双翼の大機動艦隊 上

空母艦隊猛進撃す！

◆

原　俊雄

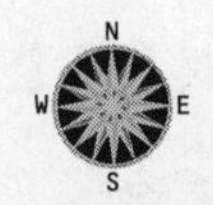

コスミック文庫

本書は二〇一一年五月・八月に学研パブリッシングより刊行された『双星の機動艦隊』シリーズを再編集し、改訂・改題したものです。

目　次

帝国海軍に燦然（さんぜん）と輝く二人の将星がいた。山本五十六（やまもといそろく）と堀悌吉（ほりていきち）である。先見の才能に秀でた二人は一致協力して、世界に類のない本格的な空母艦隊の創設に邁進する。

そして、山本五十六と堀悌吉は様々な障害を乗り越え、帝国海軍の「すべての空母を新たに一から造りなおす」という大事業を成し遂げるのであった。

プロローグ

1

昭和一六年四月一六日……。

大日本帝国という列車は、線路のない道のりをすでにひた走りつつあった。にもかかわらず、横須賀鎮守府へ向かう山本五十六の足取りは、この日に限っては、軽かった。

理由は二つある。

第一に、同期（海兵三二期）で無二の親友でもある堀悌吉に、久しぶりに会えること。そしてもう一つは、長年に亘（わた）って思い描いてきた空母中心の艦隊構想が、ようやく実現にこぎ付けたことだった。

前日の四月一五日には、主力空母六隻を基幹とし軽空母三隻と高速戦艦三隻を伴う、画期的な艦隊「第一航空艦隊」が編制されていた。しかも、主力の双型空母六隻と三隻の軽空母はすべて、性能が向上し生まれ変わっていた。

九隻もの第一級の空母を結集して、戦艦を空母の護衛に従えた本格的な空母機動部隊は、この時点で世界中のどこを見渡しても、帝国海軍にしか存在しなかった。

山本五十六の〝じつに時機を得た〟荒療治によって、最後の最後までかたくなに抵抗し続けてきた軍令部が、空母をようやく戦艦部隊の護衛任務から解放し、空母を主力とする艦隊の創設を制式に認めたのだ。

――ついに時が来た。堀に、真っ先に打ち明けなければならない！

山本は、はやる気持ちを抑えつつ、横須賀鎮守府へ向けて足を運んだ。

横須賀鎮守府司令長官の堀悌吉大将も、このたび世界初の「本格的な機動部隊」が編制されたことは、当然ながら承知していた。連合艦隊司令長官の山本五十六大将が、彼に〝打ち明けよう〟としていたのは、そんなわかり切った、部内公然の事実ではなかった。

長年に亘って苦労を共にしてきた堀悌吉に対して、事前に必ず打ち明けなければならない、もっと重要で遠大な〝ある計画〟が、山本五十六にはあったのだ。

2

山本五十六と堀悌吉の先見性と努力がついに結実し、連合艦隊の指揮下に理想的な「第一航空艦隊」が創設された。そのうえ幸いにも、米海軍はいまだ航空主兵に目覚めていない。

山本五十六には確固たる信念があった。

——まだまだやるべきことは山ほどあるが、理想的なこの空母九隻をもってすれば、太平洋艦隊を沈黙させるのも決して夢ではない！

この日。山本五十六がドアを叩くと、堀悌吉は自ら扉を開けて山本を迎え入れ、ソファを進めながらにこやかに言った。

「我々の努力がついに実ったな！」

山本がうなずき、しみじみと返した。

「ああ。『加賀（かが）』の改造を中止してから、もう、かれこれ二〇年近くにもなる……」

堀が応じてあとを続けた。

「今、思えば、たしかに『加賀』の改造中止がすべてのはじまりだった。なにせ主力の双型空母六隻はすべて三一ノット以上。しかも、これまた斬新な軽空母と高速戦艦が三隻ずつ付いているのだから、まさに貴様と俺の構想どおり。……苦労の甲斐もあったというものだ」

「うむ。それにしても、幾多の障害をきわどく、よく乗り越えてきたものだ……」

山本がそう返すと、堀が一転もの憂げな表情になり、つぶやくように語りはじめた。

「今になって思うが、塩沢（幸一）には悪いことをした。どうやら、当時海軍次官だった山梨（勝之進）さんは、ロンドン軍縮会議に臨むに当たって、俺を軍務局長にしようとしていたらしい。もし、俺が軍務局長に就任していたら、塩沢ではなくこの俺が、艦隊派の重鎮から睨まれ、予備役に編入されていたかも知れない」

「ああ。たしかに……塩沢は気の毒だった。アイツは我ら同期のなかで、常に貴様と首席の座を争う秀才だったからな。ずいぶん前になるが、山梨さんは次官を退かれたあと、俺に対してそれとなく打ち明けられた。……堀を巻き添えにしなくて済み、それはそれでよかった、と。いや、こう言っては、塩沢には本当に申し訳ないがな」

海兵三二期卒で二人と同期の塩沢幸一は、艦隊派の重鎮から睨まれて、昭和九年一二月一五日付けで予備役に編入。要するに海軍をクビになっていた。

堀は、とても言葉を返す気になれなかった。

——塩沢は、俺の身代わりとなって海軍をクビになった！

堀悌吉は真剣にそう考えていたのだ。

堀の心情を察して山本が断言した。

「なにも貴様が気に病むことはない！　悪いのは塩沢を、いや親米英派（条約派）を、ことごとくクビにしたわからず屋どもだ。しかも、米国との関係は日増しに悪くなってゆく。現役にとどまった貴様と俺は、その信条とはまったく逆の仕事をやらされることになるかもしれん。そういう意味では、ゆくゆくは、我々のほうがもっと、苦境に立たされるかもしれんのだ！」

たしかに山本の言うとおりだった。堀は山本の言葉に黙ってうなずいた。

話題を変えるため、ついに山本が、もっとも重要な〝打ち明け話〟を切り出した。

「俺は連合艦隊を辞めたいぐらいだが、その職にある限り、対米戦に備えるのが務めだ」

こう前置きしたうえで、山本が身を乗り出し、さらに踏み込んで言った。

「もし、どうしても中央が俺に連合艦隊を続けろというなら、日米開戦の第一日目に、貴様と一緒に創り上げた、この第一航空艦隊の空母九隻をもってして、敵の心臓〝真珠湾〟に対し、殴り込みを掛けてやる！」

語気を強めながら激白した山本の宣言は、あまりにも衝撃的すぎて、堀の頭のなかでいつまでもこだましていた。

――九隻もの空母を引き連れ、真珠湾に猛攻を仕掛けるのか……開戦の初日に。

しかも、新機軸を盛り込んだ双型空母六隻をすべて使うとは、なるほど米軍の度肝を抜く、空前絶後の大作戦になるに違いない！

さしもの堀も、驚きの色を隠せなかった。

たしかに壮大だが、極めてリスクの大きい作戦でもある。敵の根拠地に対していきなり殴り込みを掛けるのだから、空母九隻を一気に失うという危うさもはらんでいる。

――堀もこの作戦を否定してくるに違いない。

山本はてっきりそう思い込んでいた。

というのは、これまでに山本が真珠湾攻撃を明かした相手は、一人残らず全員が、この作戦を一度は必ず否定してきたからである。

ところが、堀悌吉だけは違った。

堀はにわかに顔を紅潮させて、うなずきながら言い切った。

「その作戦。是非ともやろうじゃないか！」

今度は逆に、山本が驚いた。

「……いきなり賛成してくれたのは、き、貴様がはじめてだ」

鋭い堀は、すかさず突っ込んだ。

「なんだ。一緒に空母の建造に奔走してきた、この俺を差し置いて、もう、ほかの誰かにも、この作戦のことを打ち明けたのか」

「な、なにを言う。第一航空艦隊が制式に編制されたのは昨日だぞ。まさに今日、こうして真っ先に、貴様に相談しに来とる。ただし、この作戦が本当に実施可能かどうか、大西瀧治郎（少将）など一部の航空関係者だけに、極秘で研究を命じたまでのこと。……でないと貴様に、きっちりとした説明もできんではないか！」

「アハハ……。むろん冗談だが、今日、来たのだから赦してやる。で、現実的な作戦として、やれそうか？」

「真珠湾の水深が浅いなど、まったく問題がないわけではないが、概ね解決できそうだ」

戦艦や空母を確実に撃沈するには、どうしても魚雷攻撃が必要になる。ところが、真珠湾の水深が浅いので、投下した魚雷が海底に突き刺る可能性が極めて高く、そうなれば当然、魚雷攻撃の意味がなくなってしまう。

山本はこの問題を解決するために、浅海面でも使用可能な「沈度安定板付き魚雷」の開発を、すでに命じていた。

山本はかなりの自信を持って、問題は解決できそうだ、と答えた。

しかし堀は、この作戦におけるもっとも重要な問題点を、ずばり指摘した。

「空母部隊の弱点は、艦上機の航続距離が陸上機よりも短いことにある。行動を完全に秘匿してオアフ島へ近付き、こちらが先制攻撃を仕掛けられるなら問題ない。が、オアフ島に配備されている敵の大型爆撃機に、先に発見されてしまう危険性のほうがむしろ高い。もしそうなれば、味方空母のほうが逆に先制攻撃を喰らってしまい、大きな犠牲を払うことになる。米軍大型機による先制攻撃を、完全に封じる手立てはただ一つ。……開発中の〝双発艦上攻撃機〟だ！」

堀が言うように、海軍航空本部は空母から発進可能な「双発の長距離艦上攻撃機」を開発中であった。

同機は大型陸上機並みの航続力を有しているので、この双発艦攻が完成して真珠湾作戦に間に合うとなれば、連合艦隊にとって非常に有力な切り札となる。

この双発艦上攻撃機は、山本五十六が航空本部長をしていた昭和一一年ごろから、ずっと継続して、開発に取り組んできているので、山本も当然そのことを承知していた。

「ああ、貴様の言うとおりだ。もし実際に、双発艦攻の開発が間に合えば、ほとんど完璧なかたちで奇襲攻撃が成り立つ。……が、はたして本当に米国と戦うことになるのか、またそうなるとしても、いつ戦争がはじまるのか、それは政府の決めることだから、双発艦攻が間に合うかどうか、現時点ではなんとも言えない。秋にでも戦争がはじまってしまえば、まったく間に合わんだろうが、今年（昭和一六年）中にはなんとしても完成させるように、と、空技廠の和田操（少将）には、せっついてある」

「なるほど。まあ、貴様のことだから、抜かりなかろうが、この双発艦攻が間に合うかどうか、そのことが、作戦の成否に大きな影響を与える。……双鶴型空母二隻はすでに第一航空艦隊の編制にも加えられているので、俺も、一日もはやく竣工させるよう督促しておく。ほかにも手伝うことがあれば、なんなりと言ってくれ」

双鶴型の新鋭空母二隻「翔鶴」「瑞鶴」はいまだ建造中で、現在、横須賀海軍工廠で最終的な艤装をおこなっていた。

この双鶴型空母二隻には、開発中の双発艦攻を本格的に運用できるよう、とくに、必要な対策が充分に施されてあった。

言うまでもないが、横須賀鎮守府司令長官の堀悌吉大将は、横須賀海軍工廠を所轄する立場にある。だからそう申し出た。

堀悌吉が全面的な協力を約束すると、山本五十六はその厚意に深く感謝し、山本は、あらためて堀に対して、握手を求めた。

「これからもよろしく頼む。……貴様がいなければ、とてもここまでは来られなかった」

その思いはもちろん堀も同じ。二人はガッチリと握手を交わし、革新的な「本格機動部隊」の創設に至るまでの努力と、大変な苦労をしみじみと思い返していた。

第一章 「加賀」の空母改造を阻止せよ！

1

海軍兵学校を首席で卒業した堀悌吉大佐は、常に冷静な彼にしてはめずらしく、怒りをあらわにしていた。

「なんだ！　我が海軍のお偉方は、手ぬぐいがないからといって、ふんどしで顔を拭け、と言うのか⁉」

帝国海軍は大正一二年一一月一一日に、戦艦として建造中の「加賀」を空母に改造する、と決定した。堀悌吉はどうしても、この決定が気に入らないのである。

堀にしてみれば、空母（手ぬぐい）がないからといって、戦艦（ふんどし）で、その代用が利くはずがなかった。

「たしかに〝双玉（そうぎょく）〟のおわします〝本陣〟を守るふんどしは、手ぬぐいよりよほど丈夫にできているだろう。だが、この場合、丈夫かどうかはさほど重要じゃない。空母という兵器はまず速度が重要で、多少〝破れ〟やすくとも、速く走るために手軽、いや身軽でなければならない。……丈夫かどうかは二の次だ！」

機動部隊の中核を担う空母は、まさに機動力を発揮できなければ、その存在意義がほとんどなくなるので、堀が言うように、速度が速いということが、もっとも重要なのであった。

戦艦として計画されていた「加賀」の、出し得る最大速度は時速二六・七ノット。

堀は考えた。

――二六・七ノットでは遅すぎる。これでは巡洋艦にやすやすと追い付かれてしまう。どうせ空母に改造して、脆弱(ぜいじゃく)な飛行甲板を設置するのだから、「加賀」の艦体がいくら頑丈でも、さほど意味がない。

重巡洋艦の放つ二〇センチ砲弾を喰らうと、装甲の薄い飛行甲板はとても耐えられず「加賀」はたちどころに航空母艦としての機能を失う。艦の装甲重量を減らしてでも、敵重巡から逃げ切れるだけの速力を持たせたほうが、よほど有意義なのだ。速度が速ければ当然、敵重巡から砲撃を受けなくて済む。

堀が再び、つぶやくように言った。

「空母に改造するには、最低でも三〇ノットは必要だ。……鈍足な『加賀』では、まったく話にならない」

空母が低速では困るということは、むろん海軍のお偉方も承知していた。それでは、なぜ帝国海軍は「加賀」を空母に改造するなどという愚かな決定を下したのだろうか。それには一応、彼らなりにもっともらしい理由があった。

当初、帝国海軍は、ワシントン軍縮条約の規定に従って、巡洋戦艦として建造中の天城型の一番艦「天城」と二番艦「赤城」を、空母に改造する計画だった。

同時に米海軍は、同じくワシントン軍縮条約の規定に従って、巡洋戦艦「サラトガ」と「レキシントン」の二隻を、空母に改造することになっていた。

巡洋戦艦というのは、平たく言えば、戦艦と巡洋艦の〝あいの子〟で、装甲が薄い代わりに速度が速い、という特徴を持っている。巡洋戦艦として計画、建造中の「天城」「赤城」は、完成すれば時速三〇ノットの速力を発揮できる。だから帝国海軍は、この「天城」と「赤城」を空母へ改造することにした。

ところが、大正一二年の九月一日に関東大震災が発生。横須賀で建造中の一番艦「天城」が、大損害を受けてしまった。

堀悌吉は震災後、海軍省兼海軍軍令部出仕の扱いとなって、関東地方に在る海軍施設の被害調査と、震災復興の任務を任されることになった。海軍としても震災復興は緊急の課題だ。兵学校を首席で卒業し、大佐として年齢的にも働き盛りにある堀悌吉に、海軍上層部は目を付けて、この重要な仕事を任せることにした。

ちなみに堀悌吉は、大正一二年一一月二〇日に軽巡洋艦「五十鈴（いすず）」の艦長に就任し、同年一二月一日付けで大佐に昇進していた。そして、それから半年と経たずして、大正一三年三月六日に海軍省兼海軍軍令部出仕の扱いとなり、震災復興の任に当たることになったのだ。

震災復興の仕事を任された堀は、直接、横須賀海軍工廠に足を運んで、「天城」の被害状況を調査した。破損した「天城」の代わりに「加賀」を空母に改造することが、このときすでに決定していたが、堀は「天城」の空母改造をあきらめ切れなかった。

――被害の程度によっては無理してでも当初の計画どおり、速度に不安のない「天城」を空母に改造すべきだ！

しかし、残念ながら「天城」の修復が不可能なことは一目瞭然だった。

一番艦「天城」は、竜骨（キール）が切断されて、致命的な損害を被っていた。

堀は天を仰いでつぶやくしかなかった。

「だめだ。背骨が折れているのでは、なるほど復旧の見込みは皆無だ」

だが長い目で見ると、「加賀」を空母に改造するというのは、やはり得策ではない。

堀はあきらめずに思考をめぐらせ、そしてついに、次善の策をひねり出した。

――残念だが、「天城」の改造はあきらめるしかない。けれども同じ天城型の三、四番艦はすでに起工されており、処分保留のまま放置されているではないか。……「加賀」を改造するぐらいなら、残る天城型のどちらかを空母に改造したほうが、断然よいに決まっている！

堀悌吉は海軍軍令部に対して、「加賀」の改造を取り止めて、天城型四番艦を空母に改造すべきだと上申したのである。

2

天城型巡洋戦艦は四隻が建造されることになっており、すでに四隻とも起工済みであった。

・一番艦「天城」／横須賀海軍工廠
大正九年一二月一六日に起工。
・二番艦「赤城」／呉海軍工廠
大正九年一二月六日に起工。
・三番艦「高雄（たかお）」／長崎三菱造船所
大正一〇年一一月一九日に起工。
・四番艦「愛宕（あたご）」／神戸川崎造船所
大正一〇年一一月二二日に起工。

いっぽう「加賀」は、大正九年七月一九日に神戸川崎造船所で起工され、大正一〇年一一月一七日にすでに進水式を終えていた。つまり「加賀」の艦体は出来上がっており、同艦はすでに海上に浮かんでいるのであった。

海軍上層部にしてみれば、「天城」がダメとなれば、「加賀」を空母に改造するのが、もっとも手っ取り早かったのだ。

――いわば箱のような格納庫と飛行甲板を、上に乗せるだけの工事で済むので、

「加賀」を空母に改造すれば、金も節約できるし、工期も短くて済む。

こうして大正一二年一一月一二日に「加賀」の空母改造が決定した。が、すぐに改造工事に着手できるわけではなかった。着工する前に設計図を作成する必要がある。

計画では、「加賀」の改造工事は大正一三年九月はじめに着手されることになっていた。その半年ほど前の三月中旬に、堀悌吉は「加賀」の改造中止を上申したのだ。

堀にとって幸いなことに、このとき天城型三、四番艦に対しては、いまだ正式には建造中止命令が下りておらず、両艦は処分保留のまま放置されていた。

しかし、いつ建造中止の命令が下りてもおかしくない。現に堀は、海軍省軍務局から、おそらく四月中旬の一四日ごろには正式な建造中止命令が下りるだろう、という情報を得ていた。部内では、天城型三、四番艦に処理に関する稟議書が、すでに回りはじめていたのだ。

堀は事を急いで、「加賀」と同じ神戸川崎造船所で建造中の、天城型四番艦を空母に改造すべきである、との上申書を海軍軍令部に提出した。それは三月一六日のことだった。

しかし歯がゆいことに、上申書の提出から一〇日以上経っても、軍令部ではこの件に関して、なんら検討のなされた様子がなかった。

——だめだ。私は、あくまでも出仕の扱いで正式な部員ではないので、海軍軍令部内で自ら発議するようなことははばかれる。

いよいよ明日は四月になるという三月三一日には、堀はもうすっかりあきらめの境地に入り、とぼとぼと東京駅へ向かった。

大正一三年三月三一日。この日、同期で無二の親友でもある山本五十六が、欧米出張から帰朝するので、堀は山本を、東京駅へ迎えに行くことになっていた。

堀悌吉は、海軍兵学校三二期を首席で卒業したが、入校時の席次は三番だった。入校時の一番は実家が「養命酒」で有名な養命酒本舗の四男である塩沢幸一。そして二番が山本五十六。この海兵三二期から、のちに海軍大将にまで上り詰める者に、ほかに吉田善吾（よしだぜんご）と嶋田繁太郎（しまだしげたろう）がいた。

堀悌吉を含めて塩沢幸一、山本五十六、吉田善吾の四人が、大正一二年一二月一日付けで同時に大佐に昇進していた。が、嶋田繁太郎は一年遅れの大正一三年一二月一日付けで、大佐に昇進することになる。

堀はとくに山本とウマが合い、卒業後も二人でよく旅行などに出掛けた。

山本五十六は海軍軍令部出仕の扱いで、大正一二年六月二〇日に欧米出張へ出立したので、二人が顔をあわせるのは約九ヵ月ぶりのこと。船旅のせいか山本はよく日焼けしており、見るからに元気そうだった。

「山本。お疲れさん」

堀が、汽車から降りてきた山本を見つけて駆け寄り、そう声を掛けると、山本はいかにも嬉しそうに、にっこりと微笑んで返した。

「おう。出迎えありがとう。……それにしても大変だったな」

「ああ、俺の家もやられた。揺れもひどかったが火事でずいぶんやられた」

どうしても震災の話になる。山本は堀の話に耳を傾け、しばらく土産話はひかえた。駅構内から出て車を拾い、二人は芝の水交社へ向かった。震災の衝撃は相当に強く、車を降りてからもその話は続く。堀が言った。

「海軍もかなり損害を受けた。『加賀』を空母に改造することになった」

「ああ、『天城』がやられたんだな。復興で金も足りんだろうし、この際、『加賀』で我慢するしかないな」

山本は何気なくそう返したが、喫茶室のイスに腰掛けながら首を振って、堀がため息混じりでつぶやいた。

「山本。貴様もやはり、そう思うか」

「ん？　……致し方なかろう」

堀が少し間をおいて言った。

「そもそも『加賀』は戦艦だぞ。二六ノットそこそこで空母に改造して、それで本当に役立つと思うか？」

「たしかに二六ノットじゃだめだ。が、戦艦として計画されていた一〇門の大砲はまったく積まんのだから、そのぶん軽くなって、改造時に速度の向上が図れるんじゃないか？」

「では聞くが、何ノットなら合格だ？」

山本はまだ航空に詳しくないので、返答に困ったが、相手が堀なので、浮かんだ数字を素直にぶつけてみた。

「三〇ノットは欲しいところだが、二九ノットでも我慢しよう」

「ああ、現状でもそれぐらいは必要だろうが、飛行機は想像以上に進歩するだろうから、少なくとも現時点で、米軍の『サラトガ』や『レキシントン』に引けを取っているようでは、近い将来、大きな禍根を残すことになりかねない。……そうは思わんか？」

たしかに堀の言うとおりだった。山本はにわかに考えをあらためて返した。

「うむ。サラトガ型の計画速度は三三ノット。たしかにそれを思えば、こちらも三〇ノット以上は是が非でも確保しなければならん」

「そうだ。だから『赤城』は、三二ノットを目指して改造することになっている」

山本がため息を付きながら聞きなおした。

「やはり、『加賀』を三〇ノット以上にするのは不可能だろうか？」

「じつは艦政本部へ足を運んで調べてみた。艦本はいかなる改造もやるということだが、合理的な範囲で改造した場合、『加賀』は二八・三ノットを確保できれば上出来で、それ以上の大改造を加えるとなると、一から新造空母を造り直したほうがマシで、かえって金も時間も節約できるだろう、ということだった」

「なるほど。たしかにそうだろうな。……しかしなんといっても、震災復興で金がない。二八ノットしか出せなくても、やはり『加賀』で我慢するしか、ないのではないか？」

「ああ、じつは俺も一旦は、そう思ってあきらめかけた。だが、さらに突っ込んで艦本に確認してみると、『加賀』の速度を二八・三ノットに向上させるには、一旦すべての甲板を引っぺがし、罐や主機の半数を換装して、さらに艦尾も八メートルほど延長する必要がある、と言うんだ。……俺は耳を疑い、思わず聞いた。それは合理的な範囲での改造というより、大改造ではないか。そんな金がはたして海軍にあるのか、と」

「違いない。軍縮条約を結んだのだから、改造を急ぐ必要はないだろうが、そんな大改造をおこなう金銭的余裕は、今の海軍にはないはずだ」

「だろう。だからその点を艦本に確かめると、震災の復興が一旦、落ち着いてから、数年後に『加賀』を二次改装するための予算を、海軍省が確保するので問題ない、ということなんだ」

「つまり数年後に金ができてから、二八・三ノットに大改造するということだな？」

「そうだ」

「えらい、まわりくどい話だな」

山本が思わずそうつぶやくと、すかさず堀が突っ込んで言った。

「手間ひまを惜しまぬというのはよいが、それでも二八・三ノットだぞ！」

「なるほど。たしかに手間ひまをかける割には速度がいまひとつで、俺も、『加賀』の空母改造は不合理に思えてきた」

「そこで俺はもう一度、原点に立ち戻って考えてみた。空母に限らず軍艦は、同型艦どうしで戦隊を組んで行動するのがベストだ」

「なるほど。〝国〟と〝山〟では不釣合い。さしずめ、国は国どうし、山は山どうし、といったところだな」

海軍の規定では、戦艦には旧国名、巡洋戦艦や重巡には山の名前が艦名として、進水式のときに付けられることになっていた。だから戦艦の「加賀」には旧加賀藩の「加賀」という艦名が、巡洋戦艦の「赤城」には赤城山の「赤城」という艦名が付されていたのだ。

「うむ。やはり『赤城』の相棒は〝山〟でなくてはならず、格上の〝国〟を持ってきても、かえって足手まといになり、戦艦の自尊心を傷付けるだけで『加賀』も迷惑だろう」

「過ぎたるは及ばざるがごとし、だな。……しかし、本命の天城山は震災で崩れてしまった。ほかにいい山があるか？」

「畿内に一つ、とっておきのヤツがある」

「……京都・山城(やましろ)の愛宕山か」

「うむ。たしかに天城型の四番艦には違いないのだが、艦名は予定の『愛宕』ではなく、この際かえてやろうと思う」

「そんな、頼りになるヤツが、いったいぜんたいどこにいる？」

「いや、お前が本気になってやれば、可能性は充分に残っている。……手足となって、貴様のために喜んではたらくヤツが、少なくとも一人は残っている」

様でも決して不可能だろう」

わずか二週間で上層部の考えを変えさせるのは、俺ごときではもちろん、本当の神

来月の中旬ごろには正式に処分が決定する。だから残りあと二週間ほどしかない。

「のんきなことを言うな。貴様が知らんのは無理もないが、天城型の三、四番艦は

脳〟とうたわれた、お前らしくもない」

「いや、あきらめるのははやい。我ら同期のあいだで〝神様の傑作のひとつ堀の頭

て天城型四番艦を空母に改造する旨上申したが、まったくなしのつぶてだ」

「ご名答。だが、所詮は画に描いた餅だ。俺は二週間以上前に、海軍軍令部に対し

を『葛城（かつらぎ）』にしようというのだな」

「ああ、たしかに。奈良県と大阪府のあいだにふさわしい山が残っていた。四番艦

堀がにっこり、そう言うと、さすがに山本は少し考えただけでピンときた。

「やはり〝シロ〟が付くほうが、いいな」

「ほう。どういった艦名にかえる？」

「恥ずかしながら、ここにいる」

堀は思わずふき出しそうになるのをこらえて、ため息混じりで念を押した。

「それはひょっとして、山本五十六という人のことか？」

「……ほかに誰がおる？」

「知るか。考えがあるなら、もったいぶらずにはやく言え！」

「じゃあ、手短に言う。今の海軍軍令部長は正直少し煙たいが……俺の親戚だ。俺はオヤジ宅には常時出入りしている。オヤジをつかまえて直談判してやる」

山本が言うように、現・海軍軍令部長の山下源太郎大将は山本の妻・礼子の母親といとこで、山本の家と、山下大将の家とは正真正銘、親戚づきあいをしていた。

山下大将の妻・徳子は、茶目っ気たっぷりな山本のことを気に入っており、山本の家へ何度も遊びに来たことがある。逆に山本は、ふいに山下宅を訪れては、台所へゆき、ぬか味噌をかき回して勝手にお茶漬けを食べる、といったふうで、山下大将の孫・温子も山本には懐いていた。

堀もそのことは知っている。

「だが、オヤジさんの家へ押し掛けて、直接、空母改造などという野暮な話を、貴様、本当にできるのか？」

「ああ、できるよ。どのみちオヤジには、無事に帰朝したという、挨拶をせにゃならん。しかも俺は、海軍軍令部出仕の扱いで欧米へ出張したのだから、その報告にからめて、空母改造の話でも何でも、やってやれないことはない」

「……そうか。だったら、貴様の直談判に賭けてみるしかない」

「うむ。引き受けた。この変更で、空母の速度が二八ノットから三二ノットに向上する可能性があるのだから、たとえ相手がオヤジといえども、なんら遠慮する必要はない。……そこで、念のために確認しておくが、天城型四番艦を改造した場合でも、掛かる経費は『加賀』を改造した場合と、さほど変わらんだろうな。であれば、なおさら説得しやすい」

「いや、今一時だけでソロバンをはじけば、やはり『加賀』を改造したほうが安く付くだろう。だが、最終的に二次改装までおこなうような大改造をやるというなら、天城型四番艦を改造したほうが安く付くはずだし、速度は格段に向上する」

「よし、わかった。任せておけ」

山本五十六は完全に納得して、堀悌吉にうなずいて見せたのである。

3

山下源太郎の妻・徳子が言った。

「明日の夕方六時ごろに、五十六さんが来るそうよ」

「おう、そうか。久しぶりだな」

山下は機嫌よく妻の言葉にそう返した。

四月一日午後六時過ぎ、山本五十六は約束どおり、山下大将宅を訪れた。居間に通されて主人の正面に座る。山本が言った。

「ご無沙汰しております。無事に戻りました」

浴衣を着た山下源太郎が、腕を組みなおして応えた。

「うむ。ご苦労だった。さすがに疲れたろう。今日はメシでも食っていけ」

「遠慮なくいただきます。やはり日本はいい。ですが、震災は大変でした」

「このあたりもようやく落ち着いたところだ。が真の復興には、もうしばらく掛かるだろう……で、欧米はどうだった」

そう言って山下が水を向けると、山本がゴソゴソしながら答えた。

「これからはもうコレの時代です。米国で買ってまいりました」

山本が差し出したその手には、複葉機のミニチュアが乗っていた。それを摘み上げて山下が、まじまじと眺めまわしつつ言った。

「ほう。米国ではもう、こんなものまで売っているのか」

「はい。じつによく出来ておりましたので、これは是非、土産によいと思い……」

「うむ、これはよい。遠慮なく頂戴しよう。それで、やはり米・英も、飛行機の開発には力を入れておったか」

「はい。これから航空はどんどん進歩します。我が国も米・英に負けておられません。これを機に私は、海軍航空の発展に携わろうと、そう決意いたしました」

山本はその言葉どおり、このあと霞ヶ浦(かすみがうら)航空隊副長兼教頭を皮切りに、空母「赤城」艦長、航空本部長、航空戦隊司令官などを歴任し、航空の道を歩んでゆくのであった。

この時期、帝国海軍も空母「鳳翔(ほうしょう)」を完成させており、同艦に対する戦闘機の発着艦をすでに成し遂げていた。むろん山下も、そのことは承知している。

「それはよいことだ。主力艦は対米六割に抑えられてしまった。だが、航空軍備に制限はない。優秀な飛行機ができれば、どしどし造ってかまわんのだ」

「そうです。飛行機は近い将来、国防の主兵たり得ると、私は信じます」

山本は目を輝かせてそう返すと、ついに意を決して山下に尋ねた。

「海軍軍令部はどうして、『加賀』を空母に改造すると決めたのですか？」

「本命の『天城』がつぶれたのだから、やむを得まい」

「ですがこれは、個艦優越主義を日ごろから唱えている、海軍軍令部らしからぬ決定です。……速度の遅い『加賀』では、到底『サラトガ』に対抗できません」

「いや、震災直後で予算がない。海軍軍令部としては不本意ながらも、今回ばかりは海軍省の意向を尊重すべきだ。と、そう判断したのだ」

「部内から、異論は出なかったのですか？」

「先立つものがなけりゃ、仕方がない。さしたる異論は出なんだ」

山下はそう言うと、あらためて山本の顔を見据えて、釘を刺した。

「決定済みの事項に関して、部外者があれこれ口をはさむものではない。……これ以上、この話は無用だ」

山下にこう言われると、山本は、口を閉じるしかなかった。

山本が急におとなしくなったので、山下が言葉をつないだ。

「艦政本部には、改造時に、出来るだけ速度向上を図るよう要請してある。さほど心配する必要はない」

「何ノットぐらいになりそうですか？」

山本はできるだけ簡単な質問を返した。これぐらいの質問なら、山下も応じるのはやぶさかではない。

「現状では予算がないので、とりあえず二七・五ノットを確保する。だが、最終的には二八ノット以上にまで向上させる」

「……サラトガ型より五ノットも遅いのですね。何年も掛けて大改造するのに……」

あらためて山本に強調されると、さすがに山下も、『加賀』の速度には、もの足りなさを覚えずにはおられなかった。

「ほかによい手がない。……『加賀』で我慢するしかなかろう」

山下はつぶやくようにそう返した。が、山本はこの言葉を待っていた。

「よい手がないかどうか、もう一度よく考えてみたいのです。……日本海海戦で大勝利を収めた名参謀・秋山真之(あきやまさねゆき)中将は、〝明晰な目的樹立、そして狂いない実施方法〟という金言を、我々後進に遺されました」

「明晰な目的樹立か……。たしかに大戦術家・秋山真之に似つかわしい、いい言葉だ」

秋山真之は海兵一七期。山下源太郎は海兵一〇期の卒業だから、秋山は山下の後輩になるが、むろん山下も、秋山の明晰な頭脳には敬意を払っており、海軍軍令部第一斑長（のちに第一部長と改称）として日露戦争を戦った当時のことを思い出して、非常に懐かしく思った。

そして今、目の前にいる五十六は、当時の自分と同じ階級の、大佐となって成長している。

「秋山の言葉を、お前よく覚えていたな……」

山下源太郎は明治の軍人らしく、いかにも頑固一徹といった気風の持ち主だが、決してわからず屋ではなかった。

山下の目に、ふと、山本の買ってきた模型飛行機が映った。

——こういう土産を買ってきて差し出すということは、なるほど、航空の道に進みたいという五十六の心に偽りはなく、その決意のあらわれであろう。であれば、〝航空〟母艦の改造に疑問を持つのも自然で、やる気のなせる業(わざ)といえよう……せっかく進むべき道を決めたのに、頭ごなしに押さえ付けるのもよくない。話だけでも、じっくり聞いてやろう。

山下が三たび、口を開いた。

「なにか考えがありそうだな。まあ言ってみろ」

この言葉を聞いて、山本は、もちろん口に出しては言わないが、オヤジはさすがにふところが深いな、と思った。

こうなれば遠慮は無用だ。山本は自らの考えを率直に述べた。

「明晰な目的樹立とは、米・英に遅れを取らぬよう、海軍の航空兵力を充実させることにある、と考えます。はじめからサラトガ型に負けているようではまったく話になりません。帝国海軍は、少なくともサラトガ型に充分対抗し得る空母を建造する必要があります。……『赤城』は合格でしょうが、『加賀』は速度が遅すぎて失格です。そして狂いない実施方法とは、『赤城』と同等の性能を持つ空母をもう一隻建造する、ということにほかなりません」

「むろんそれが正論だろう。しかし金がなくて、そうは問屋が卸さぬから困っておる」

山下がすかさずそう突っ込んだ。が、山本はおくせず反論した。

「金ができるまで待ちます。急いては事を仕損じる。狂いのない実施方法とは、秋山さんはまさに、急いで『加賀』を改造する必要はない、と示唆されているように思います。『加賀』が空母に改造されると聞かされたとき、私は真っ先に、秋山さんのこの戒め(いまし)を思い出し、海軍航空の将来に不安を覚えました」

「……お前が言うほど、わしには、それほど『加賀』の速度不足が致命的になり得るとは、どうしても思えん」

無理もない。山下源太郎は、航空に眼を開くには、ずいぶん歳を取りすぎていた。

山本が丁寧に説明した。

「航空は、私も素人の域を出ませんが、それでもこれぐらいのことは申し上げられます。……戦艦として建造された『加賀』は、天城型巡洋戦艦と比べて全長が二〇メートル近くも短く、長い飛行甲板を取り付けられません。しかも、そのうえ速度が遅いとなりますと、将来もし、性能に優れた艦上機が開発されましても、『赤城』からは発艦できるが、『加賀』からは危険で発艦できない、というようなことが充分に考えられます。まさにそのような事態になってからあわてても手遅れで、そのときになって〝実施方法に狂いがあった〟といくら悔やんでみても、もはや取り返しはつかないのです」

山本の言うとおりだった。

飛行機が発進するには、それ相応の滑走距離と向かい風が必要なことぐらいは、山下にも容易に理解できる。

「なるほど。たしかにそういうようなことはあり得る」

山下の反応を確かめて、山本が言った。

「ですから、『加賀』を空母に改造するのは、得策ではありません」

「じゃあ、本当に金ができるまで待つのか？　時は金なり、とも言うぞ」

「そうですね。やはり時間を無駄にするわけにもいきません。ですから、こうしてはいかがでしょうか。……『加賀』を改造する予算は、とりあえず海軍省も認めているわけですから、その金と資材を使って、天城型の三番艦か四番艦を、予算の許す範囲で空母に改造しはじめます。竣工は半年もしくは一年ほど遅れるでしょうが、速度は必ず三〇ノット以上を確保できるのですから、そのほうが、悔いが残りません」

「うむ。聞けば聞くほど、お前の考えのほうが的を射ているように思う。……だがな、その案には一つ、致命的な欠陥がある」

この山下の言葉は意外だった。山本は、思わず聞きなおした。

「どっ、どうしてでしょうか？」

「今お前がした話は、たしかに名案だ。だが、この話は、わしとお前しか知らん。我が家でなされたこのような非公式な会話を、そっくりそのまま海軍軍令部の方針として、採用するわけにはゆかない。考えてもみろ。お前が部員だとして、決定事項を、知らぬあいだに勝手に覆すような部長に黙って従えるか？」

むろん、海軍のれっきとした方針が、茶の間でのこのような会話で簡単に覆されるとなれば、全海軍将兵がたまったものではない。

山本はぐうの音も出なかった。

これはあくまでも親類縁者の私的な懇談。たしかにもし、オヤジがいとも簡単に自分の考えに同調し、海軍の正式な決定をないがしろにしたとすれば、ゆくゆくは自分自身が、オヤジの軽率さに嫌気が差すに違いなかった。

立場をわきまえたオヤジの態度は、やはりさすが、としか言いようがなく、格の違いというものを山本は思い知らされた。

さしもの山本五十六も、万策が尽きた。

――海軍軍令部に対して、自ら上申書を提出することはできるが、急いでまとめて三日後に書類を提出したとしても、オヤジのところへ上がるまでに何日かかるか、まったく当てにならない。しかも、それからさらに、海軍省に話を通すとなると、天城型三、四番艦の処分が下るまでに、到底間に合いそうもない。

するとついに山下が、大事そうに模型飛行機を脇机の上に置いて、言った。

「じつにいい土産をもらった。さあ、話はこれぐらいにして、メシにしよう」

しかし山本は、山下が立ち上がろうとしたその直前に、〝二週間以上前に上申書を提出した〟という堀の言葉を思い出し、辛うじて口を開いて待ったを掛けた。

「私と同じような考えの意見書が、オヤジさんのところへ、上がっておりませんでしたか？」

山下がため息を付きながら座りなおし、仕方なさそうに応じた。

「さあ、そんな書類は見掛けた覚えがない。重要なことだから、おそらく見ておれば、忘れることはないはずだ」

「それは本当でしょうか？　だとすれば、おかしい。オヤジさんも、堀悌吉のことはご存知でしょうが、彼は海軍軍令部に、『加賀』の改造中止を上申した、と申しておりました。私はてっきり、オヤジさんもそのことはご存知だ、と思っておりました」

「いや、堀くんが海軍軍令部に出入りしていることは、私も承知しておるが、そんな書類は見た覚えがない」

山下の言葉にウソ偽りはなかった。彼はウソをついてとぼけるような、そんなタヌキオヤジではなかった。

山本が首を傾げながら言った。

「むろん堀は、ウソをつくような男ではありません。アイツは、二週間以上まえに提出した、と申しておりました。もし、オヤジさんが本当に堀の上申書をご存じないとすれば、その書類は部内のどこかで埋もれているに違いありません。……だとすれば、これはあきらかに海軍軍令部内の問題です」

「……むろんわしも、堀くんの〝人となり〟はよく知っておる。お前が今言った、その話に間違いがないとすれば、たしかに事情は違ってくる。……わしとお前だけの内輪話では済まされず、必要な手続きの踏まれた、正式な検討課題ということになろう」

山下に落ち度はなかったが、彼は責任者らしく部内に〝問題あり〟と暗に認めた。

山下は頑固一徹なだけに、事をうやむやにするのが大嫌いなのだ。ごまかしや卑怯な振る舞いは断じてしないし、許さない。

山本はもちろん、オヤジのそうした一本気な性格をよく承知している。

「むろん『加賀』の改造を中止するか否かは、海軍軍令部でお決めいただくことです。当然ながらその決定には、私も堀も従います。……しかしながら、きっちりと手続きのふまれた書類が、海軍軍令部長にまで達していない、ということであれば、私も堀も納得できません」

山本が正々堂々とそう主張すると、山下は大きくうなずいて断言した。

「よし、わかった。ただちに調査して、堀の上申書提出が事実であると判明すれば、『加賀』の空母改造をあらためて検討しなおす。それは約束してやる」

山本五十六は、山下源太郎のはからいに、深々と頭を下げたのである。

第二章　双城型空母「赤城」「葛城」――第一世代

1

大正一三年四月二日。海軍軍令部長の山下源太郎大将は、第二班長（のちに第二部長と改称）の関干城（せきたてき）少将（海兵二七期）を自室へ呼び出して、問いただした。

「二週間以上前のことになろうと思うが、『加賀』の空母改造に関する上申書が、堀悌吉大佐から出されていなかったか？」

関には思い当たるフシがあり、彼は山下の問いに一瞬ぎくっとした。たしかにそうした書類を見た覚えがある。

山下部長にごまかしは通用しない。関はあっさりと自らの落ち度を認めた。ただちに書類を探して、持ってまいります」

「見た記憶がございます。忙しさにかまけて処理を怠っておりました。ただちに書類を探して、持ってまいります」

その言葉どおり、関は上申書を携えて、一〇分と経たずに戻って来た。

しかし山下は、関の失態を問い詰めるようなことはしなかった。関は実際にこの何週間非常に多忙で、山下は、そのことをよくわかっていたからである。

というのは、山下を補佐すべき海軍軍令部次長のイスは、このとき〝空席〟になっていた。

明治二六年に海軍軍令部が発足して以来、海軍軍令部次長が〝欠員になる〟というようなことは、あとにも先にも、大正一三年二月五日から四月一〇日までの、このわずか二ヵ月足らずのあいだだけのことであった。

だからこのとき、第二班長である関千城は、海軍軍令部の実質的なナンバー・ツーだった。

第一班長の鳥巣玉樹少将（海兵二五期）は二月五日に就任したばかりで、部内の事情がよく呑み込めていない。関千城は、鳥巣玉樹が着任する二月五日までは、なんと実際に、第一班長と第二班長を兼務していたのだ。

山下が関を呼び出したのは、関が部内の事情をもっともよく把握している、と考えたからにほかならない。

山下をじかに補佐すべき、女房役の次長が欠員で、しかも鳥巣が不慣れだったので、関はこの何週間は、次長、第一班長、第二班長と、一人でほぼ三役をこなさなければならず、忙しいのは当たり前だった。

案の定、堀悌吉の出した上申書は、関の机のなかで眠っていた。

「重要な案件だ。二度とこのようなことがないよう、充分に気を付けてくれ」

山下は、今回は忠告だけにとどめ、関に対してあらためて指示を与えた。

「艦政本部へ行って、『加賀』を二八ノット以上に大改造した場合と、天城型の三番艦もしくは四番艦を空母に改造した場合の概算を調べてもらいたい。要するに、どちらのほうが、金が掛かるのかを知りたい」

「はっ、承知いたしました」

関はそう返事をすると、この件だけは部下には一切任せず、翌日さっそく、自ら艦政本部に足を運んだ。

三日後の四月六日に、艦政本部からなされた回答は、堀悌吉が先に調査していた内容と、まったく同じであった。

「結局、『加賀』を二八ノット以上に大改造するなら、天城型四番艦を空母に改造したほうがかえって安く付く可能性が高い、しかし時は金なり、という観点から、『加賀』のほうが数段はやく戦力化できる、とのことです」

関がそう報告すると、山下は、ゆっくりとうなずいて言った。

「よし。これで堀大佐の上申に対して、海軍軍令部内でも、きっちりとした裏付けが取れた。……ところできみは、どちらを空母に改造すべきだ、と考える？」

関が少し考えてから返答した。

「天城型四番艦を改造する場合でも、工事に五年以上掛かることはないでしょう。もし五年以内に戦争が起こるなら、やはり『加賀』を空母に改造すべきです。が、五年以内に戦争が起こらないとすれば、天城型四番艦を空母に改造したほうが、悔いが残らないと思います」

「五年以内に戦争が起こるかね？」

「米・英とは軍縮条約を結んだばかりで、両国と戦争になるとは考えられません。少なくとも空母を必要とするような相手と、五年以内に戦争になる、とは思えません」

「うむ。私の考えも同じだ。では、天城型四番艦を空母に改造するということで、部内の意見を取りまとめられるな」

「部長と私が同意見なら、鳥巣少将はすぐに納得されるでしょうから、ほかに反対する者はおりません」

山下は関の言葉に大きくうなずき、海軍軍令部は、『加賀』の空母改造を中止して天城型四番艦を空母に改造する、と決定したのである。

2

海軍軍令部は『加賀』改造の方針を、にわかに撤回したが、問題は予算を握る海軍省が、この変更を認めるかどうかだった。

このとき、省内を実質的に取り仕切っていたのは、海軍次官の岡田啓介中将（海兵一五期）だった。大臣の村上格一大将（海兵一一期）は、前任者の財部彪大将が「虎の門事件」で辞職に追い込まれたため、その代わりとして急遽、一月七日に就任したばかりであった。

——天城型四番艦に対してはいつ処分命令が下りてもおかしくない。事は急を要する！

そう考えた山下源太郎は、自ら海軍省に出向いて、直接、岡田次官と話し合うことにした。

「海軍軍令部としては、『加賀』の改造を止めて天城型四番艦を空母に改造してもらいたい、と考えている」

　岡田としては寝耳に水だった。

「部長のお申し出とはいえ、そんなことを急に申されましても困ります」

「なにが困る」

「第一、金がありません」

「天城型四番艦の改造はそれほど急がない。あるだけの金で、できるだけの工事を進めてもらえれば、それで結構だ」

「無理を言わないでください」

「艦政本部からは、『加賀』を改造するにしても二八ノット以上の速力を確保するには大工事が必要で、今の予算だけでは到底足りない、と聞いておる。ならば多少工期が長くなっても、天城型四番艦を空母に改造したほうがマシだ。速力は確実に三〇ノット以上を確保できる」

「なるほど、お気持ちはわかります。ですが、すでに『加賀』に対しては、空母にすることを前提にして艤装を進めております」

　岡田の言うとおり、『加賀』に対しては設計がまとまるのを待たずに、前年の一二月一三日から前倒しで艤装がおこなわれていた。

「そんなことは言われずともわかっておる。しかし、正式に改造工事に着手するのは九月はじめだと聞いておる。それまでは、変更しようと思えばできるはずだ」

「そりゃ、できないことはありませんが、一旦は海軍軍令部も、『加賀』の改造に同意されたではありませんか。それを急に撤回すると申されましても、艦政本部や工廠にしてみれば、はなはだ迷惑な話です」

「迷惑は承知のうえで、こうして頼んでおる。それに金のことだが、〝安物買いの銭(ぜに)失い〟ということもある。『加賀』を空母に改造するのが一番安上がりだと考えていたが、結局、大改造しなければ空母として使いものにならず、かえって高く付いた、というようなことにはならんだろうな。……繰り返しになるが、艦政本部は、今の予算だけでは到底二八ノット以上にできない、と言っておるんだ」

たしかに、山下の言葉は〝はったり〟ではなかった。岡田も、艦政本部長の安保(あぼ)清種(きよかず)中将（海兵一八期）から、第一次改装では二七・五ノットの速力を確保するのが精いっぱいだ、という報告を受けていた。

「なるほど。それは一理ありそうですが……」

岡田の態度が軟化したとみるや、山下がすかさず突っ込んだ。

「海軍軍令部はもう一度、原点に立ち戻って考えてみた。天城型四番艦を空母に改造するというのは、なるほど一見すると、高い買い物のように思われる。

　だが、人の心理というのはおかしなもので、高い買い物をすると思えば、より真剣に、慎重になって品定めをする。……君も、高価な腕時計を買うときには、ニセモノじゃないかと、ちゃんと確認するだろう。

　むろん空母は官費(かんぴ)で建造するのだが、だからといって安直な考えで血税を無駄にはできん。はたして我々は、本当にきっちりと品定めをして、ソロバンをはじいただろうか？　……そのうえでもう一度、きみに聞きたい。天城型四番艦を改造すれば、確実に三〇ノット以上の速力を確保できる。米軍のサラトガ型空母にも充分対抗し得るだろう。『加賀』の改造は目先の損得だけで安物に飛び付くようなもの。結局は高い買い物になる、とは思わんか？」

　なるほど、よくよく考えてみると、岡田も「加賀」の空母改造は不合理に思えてきた。が、一つだけ、念を押しておくべきことがあった。

「海軍軍令部は、この空母の完成が遅れても、かまわないのですね？」

「ああ。いくらなんでも、五年以内には完成するだろう？」

「ええ。それは大丈夫だと思いますが」

「であれば、かまわん」

山下の確認を取ってから、岡田があらためてつぶやくように言った。

「どうやら海軍省は、はやく完成させるべきだと勝手に海軍軍令部に気を使い、反対にそちらは金が掛からないようにと、海軍省に気を使っていただいていたようですな。だから一旦は『加賀』の改造に同意された」

「違いない。君の言うとおりだ」

「しかし、よく途中で〝安物買いの銭失い〟ということに、気が付かれましたな」

「じつは、それは海軍省のおかげでもある」

「ほう、そうですか？」

「ああ。君も、堀悌吉のことは知っているだろうが、彼は、海軍軍令部出仕の扱いであると同時に海軍省出仕の扱いでもある。堀が上申書を出してくれていたので、気が付いたんだ」

「なるほど。やはり堀くんの頭脳は、うわさどおり、飛び抜けておりますな」

岡田がそう返すと、山下はしみじみとうなずいて言った。

「うむ。もし彼の上申書が埋もれておれば、我々は、なんの疑問も感じずに、『加賀』を空母に改造していただろう」

岡田は黙って、山下の言葉にうなずき返したのである。

3

海軍大臣の村上格一大将は、岡田次官の説明にすぐ納得し、海軍省も、『加賀』に代わって天城型四番艦を空母に改造する、と決定した。

天城型四番艦は、神戸川崎造船所で大正一〇年一一月二二日に起工されていたが、同年一一月一二日にワシントン軍縮会議がはじまったので、会議の行方を見守りながら、工事が進められるという状況だった。

そして一二月下旬には、天城型四番艦は軍縮会議において廃棄されることがほぼ確定し、それ以降、同艦の建造は事実上、中断されることになった。国内においてワシントン条約が批准されるまで、帝国海軍は同艦の処理を保留していたが、大正一三年四月中旬には、正式な建造中止命令が下りる予定だった。

以上のような経緯から、天城型四番艦は起工には至ったものの、船台上に竜骨がすえられた程度で、建造工事はほとんど進んでいなかった。

海軍軍令部との話し合いによって、海軍省は大正一三年四月一四日に、天城型四番艦を空母に改造すると決定し、艦政本部はただちに改造設計案の作成に取り掛かった。

　同型二番艦の「赤城」はこのとき、呉海軍工廠において、船体工事が約六〇パーセントまで進捗しており、同艦の空母改造設計案が四番艦にも、ほぼそのまま適用されることになった。

　そして天城型四番艦は、大正一三年七月二〇日に空母として建造工事が再開され、昭和二年二月一日に神戸川崎造船所で進水。正式に空母「葛城」と命名された。

　このあと「葛城」は、横須賀海軍工廠に回航されて艤装をおこない、改造着工から約四年半後の昭和四年一月二五日に、「赤城」と同様に三段式の飛行甲板を持つ空母として、完成するのであった。

　ちなみに「赤城」は、昭和二年三月二五日に竣工し、「加賀」は艦砲射撃の標的艦として処分されることになった。

　姉妹艦として完成した、双城型空母「赤城」「葛城」は、海軍将兵から〝シロ〟型空母と呼ばれることになる。

　こうして一旦は三段式空母として完成した「赤城」と「葛城」だったが、このあと両艦は複雑な運命をたどることになる。

昭和四年の夏ごろから日・米・英の政府間で再び海軍軍縮の気運が高まり、一〇月には、補助艦の削減を目的とする、ロンドン軍縮会議の開催が決定した。

八月下旬。この動きを察知した海軍軍令部次長の末次信正中将（海兵二七期）は、日本の要求を是が非でも通すために、部長の加藤寛治大将（海兵一八期）に、ある献策をおこなった。

「部長も、『葛城』の空母改造に堀悌吉が関わっていたことは、ご承知でしょうが、ロンドン会議に臨むに当たって、切れ者の堀を、海軍省に取られてしまいますと、やっかいなことになりかねません。……先手を打って堀悌吉を、海軍軍令部に着任させておくべきです」

末次がそう進言すると、加藤は一も二もなくうなずいた。

「それは名案だ」

このとき堀悌吉は第二艦隊の参謀長をしていたが、末次の画策は成功して、堀は九月六日付けで海軍軍令部第二班長に就任することになった。

堀悌吉がすでに、第二班長に予定されていることを知って、驚いたのは海軍次官の山梨勝之進中将（海兵二六期）だった。

――海軍軍令部にしてやられた！　堀悌吉を軍務局長（実質的な海軍省のナンバ

ー・スリー）に据えて、ロンドン軍縮会議に臨もう、と思っていたのに！

しかし、山梨がいくら悔やんでも、もはやあとの祭りだった。大臣の財部彪大将は、海軍軍令部に対してすでに、堀悌吉の第二班長就任を承諾してしまっていた。財部彪は七月に大臣に返り咲いたばかりだった。

山梨は仕方なく、塩沢幸一を軍務局長に据えることにした。海兵三二期卒では塩沢幸一と堀悌吉だけがすでに、昭和三年一二月一〇日付けで少将に昇進しており、山本五十六、吉田善吾、嶋田繁太郎の三人が少将に昇進するのは、昭和四年一一月三〇日のことであった。

——軍務局長は少将であることが望ましい。塩沢幸一は兵学校で、堀悌吉と常に一、二を競っていたので、彼の頭脳もまた明晰だ。軍務局長は塩沢幸一でいくしかあるまい。

海軍省は、財部大臣、山梨次官、塩沢軍務局長の布陣で、なんとかロンドン軍縮会議を成功に導いたが、重巡と潜水艦の要求量を満たせず、このあと海軍部内で、いわゆる艦隊派の台頭をまねくことになる。

艦隊派を牛耳っていたのは、まさにこのとき海軍軍令部長を務めていた加藤寛治と、海軍軍令部次長であった末次信正で、両名は伏見宮博恭王と東郷平八郎元帥を担ぎ出して、海軍軍令部の権限を強化していく。

昭和八年九月二六日。海軍軍令部は単に「軍令部」と改称されて、軍令部総長の伏見宮博恭王は、さらに権限を拡大して、人事にまで容喙するようになる。

昭和七年以降の帝国海軍は完全に艦隊派が牛耳っており、条約派の財部彪、山梨勝之進、谷口尚真、左近司政三などは、次々と予備役に編入されていった。

そして海兵三二期では、ロンドン軍縮会議のときに軍務局長を務めていた塩沢幸一が、ついに槍玉に上げられて、昭和九年一二月一五日に海軍をクビになる。

軍令部第二部長（当時は第二班長）としてロンドン軍縮会議に臨んだ堀悌吉は、みだりに軍令部内の統制を乱すわけにもいかず、加藤寛治と末次信正に従わざるを得なかった。

この軍令部在職中に、堀悌吉は〝戦時空母予備艦〟という着想をもって、主力艦及び補助艦の不足を補うことを提唱し、空母不足の帝国海軍をのちに救うことになる。

このあと堀悌吉は、昭和六年一二月一日に連合艦隊兼・第一艦隊参謀長に就任し、昭和八年一一月一五日付けで中将に昇進。続いて昭和九年一月一七日には航空本部長に就任する。

いっぽう山本五十六は、ロンドン軍縮会議のあと昭和五年一二月一日に、航空本部技術部長に就任し、そのあと三年近くに亘って、海軍航空の発展に手腕を振るうことになる。

そして、山本五十六の航空本部技術部長就任によって、双城型空母「赤城」「葛城」の運命が大きく変わるのであった。

帝国海軍は昭和九年一二月二九日に軍縮条約の廃棄を通告して無条約時代に突入するが、それを見すえて海軍は、「赤城」と「葛城」を大幅に改造することにしていた。

――航空機の発達によって、三段飛行甲板式の空母は時代遅れになりつつある。米軍のサラトガ型空母に対抗するため、「赤城」と「葛城」を全通一段式の空母に改造しなければならない。

これが関係者の一致した見解であった。

ところがこのとき航空本部は、双城型空母の改造に関して、まったく別の思惑を持っていた。

三菱は、〝双発艦上〟攻撃機として開発を進めていた「九三式攻撃機」を、昭和七年九月に初飛行させており、技術部長の山本五十六少将はこれに目を付け、同機をなんとかして全通一段式・大改造後の「赤城」と「葛城」で運用できないものか、と考えはじめていた。

――堀の言うとおりに、「加賀」の改造を中止して「葛城」を空母に改造しておいて、本当によかった。もし双城型空母二隻が、大改造後も三〇ノット以上の速力を維持し続ければ、今年（昭和八年）に制式採用された三菱の「九三式攻撃機」を開発当初の目的どおり〝双発艦上機〟として運用できるかもしれない。……「加賀」が速力二八ノットそこそこで、さらに双城型空母よりも飛行甲板が短いとなれば、「九三式攻撃機」の運用は極めて危険となり、同機は永久に〝陸上機〟に成り下がっていたに違いない。

実際に海軍は、大型空母で運用可能な双発艦上攻撃機の開発を命じており、三菱は昭和四年ごろから開発に取り組んで、昭和八年には「九三式攻撃機」を完成させていた。

当然ながら双発機は、単発機と比べて機体重量が重いので、空母の速度が遅く、飛行甲板が短いとなれば、離昇速力を充分に得られず、発艦に非常な危険を伴うのだ。

――大改造後も「赤城」と「葛城」が三〇ノット以上の速力を維持できるのは確実だ。

そう考えた山本五十六は、昭和八年当時に航空本部長をしていた、上司の松山茂（まつやましげる）中将（海兵三〇期）に対して進言した。

「三菱の九三式攻撃機が〝城〟型二隻で運用できるかどうかは、空母の改造が終わってみないとなんとも言えませんが、たとえ同機が運用できなくても、飛行機の性能は日進月歩で向上いたしますので、双発艦上攻撃機の開発は今後も継続しておこなうべきです。また空母に対しても、双発攻撃機の運用を考慮に入れた、改造を施しておくべきです」

「うむ。きみの思いどおりに、どんどんやってくれたまえ。空母の改造に関しては、軍令部や艦政本部に対して、双発機の運用を考慮に入れるよう申し伝えておく」

松山は非常に理解があり、山本にとって、じつにありがたい上司だった。

むろん軍令部も艦政本部も、長距離攻撃が可能な双発機が空母で運用できるとなれば、それに越したことはない。

——飛行甲板の後部を広く取って全通一段式に改め、速力は最低でも三〇ノット以上、双発機の発着艦に配慮した改造をおこなう。

艦政本部は軍令部と協議した結果、この方針に従って、双城型空母「赤城」と「葛城」を二次改装する、と決定したのである。

第三章　双龍型空母「蒼龍」「飛龍」――第二世代

1

双城型空母の大改造に取り掛かろうとしていた昭和九年ごろ、帝国海軍は「第二次補充計画」という、軍艦の建造計画を策定していた。

新型の本格的な空母を造る、というのが、この計画の目玉であった。

ワシントン条約によって、日本の空母保有枠は八万一〇〇〇トン以下に制限されることになったが、新たにロンドン条約によって基準排水量一万トン以下の軽空母「龍驤（りゅうじょう）」も制限枠内に組み込まれることになり、残る日本の建造可能枠は、余すところ一万二六三〇トンとなっていた。

しかし、ワシントン条約の規定によって、軽空母「鳳翔」は試験艦とみなされて代艦建造の自由があり、「鳳翔」を廃艦にすることで二万〇一〇〇トンの新造枠が得られることになった。

昭和八年一〇月一日の省部互渉改定により、軍艦を造る権限はすでに、海軍省から軍令部に移管されており、どのような空母を造るかは、軍令部が決定する。

軍令部は三つの空母建造案について検討した。

一、空母「鳳翔」を廃棄して、基準排水量二万〇一〇〇トンの空母一隻を建造する。

二、空母「鳳翔」を廃棄して、基準排水量一万〇〇五〇トンの空母二隻を建造する。

三、空母「鳳翔」を廃棄せず、基準排水量一万二六三〇トンの空母一隻を建造する。

この時点で帝国海軍の保有している空母は、双城型「赤城」「葛城」と軽空母「龍驤」「鳳翔」の四隻。そこへ新たに、どのような空母が加わるかによって、のちの機動部隊の編制に大きな影響を及ぼす。

この三案を検討しているさなかに、軍令部次長に、航空本部長であった松山茂中将が就任する。松山は昭和八年一一月一五日付けで軍令部次長に着任した。

——〝城〟型二隻と同様に、長距離双発艦上攻撃機の運用に含みを持たせるため、新造空母はできるだけ大型、高速でなければならない。第一案の二万〇一〇〇トンでいくべきだ！

松山は着任早々、第一案を強力に推した。

ところが不幸なことに、松山茂は軍令部に着任したあと病気を患い、在任わずか二ヵ月で、昭和九年一月一七日に辞職。無任所の出仕扱いで療養に努めたが、いっこうに回復の兆しがなく、昭和一〇年一二月一四日をもって予備役に編入、ついに海軍を去ることになった。

そして名伯楽・松山茂は、中国戦線で九六式陸攻が活躍しているさなかの、昭和一二年一二月二九日に永眠してしまう。

代わって昭和九年一月一七日に、軍令部次長に就任したのが、加藤隆義中将（海兵三一期）だった。

加藤隆義は旧姓・船越。ワシントン会議で軍縮を成し遂げた加藤友三郎大将の養子となって加藤姓に改めた。友三郎と違って隆義は、根っからの艦隊派だった。けれども彼は、大艦巨砲主義者ではなく、航空に明るかった。

――主力艦と補助艦の不足を補うためにも、航空軍備の充実をはからねばならない。


これが加藤隆義の信念だった。

彼は、国連海空軍代表を経験してから、航空機の将来性に目を向けるようになった。昭和五年一二月には第一航空戦隊の司令官に着任し、昭和八年一一月一五日には、松山茂のあとを受けて航空本部長に就任していた。

だから加藤隆義は、昭和九年一月一七日に軍令部次長に就任したとき、二回連続で松山茂のあとを引き受けたことになる。

そして、加藤が軍令部次長へ転任したため、堀悌吉が昭和九年一月一七日付けで、航空本部長に就任することになった。


第一案を推した松山茂の信念は、もはや〝風前の灯火(ともしび)〟となりかけていた。新任の軍令部次長・加藤隆義は、空母二隻を新造するという第二案に固執した。

彼によれば、〝多少は小型になっても一万トン級の空母二隻を建造したほうが搭載飛行機数は増える〟と言うのであった。

昭和九年三月はじめの時点で、空母建造案の決定にかかわりのある主要人物は、軍令部総長の伏見宮博恭王、次長の加藤隆義中将、第一部長の嶋田繁太郎少将、第二部長の古賀峯一少将、そして海軍大臣の大角岑生大将、次官の長谷川清中将、艦政本部長の杉政人・機関中将、航空本部長の堀悌吉中将の八名だった。

このうち、総長の伏見宮と大臣の大角は、あくまでも、意見がまとまるのを静観しており、ほとんど口出しをしてこない。

残る六人のうちで、第一案を推す者は堀悌吉と古賀峯一の二人だけ。長谷川清は同期のよしみで加藤の推す第二案を指示し、嶋田繁太郎は上司の加藤に色目を使い、杉政人も加藤に従った。

四対二の多数決で、一時はほとんど第二案に決まりかけた。ところが、この状況を一変させるような大事件が三月二二日に発生した。

新造艦の水雷艇「友鶴」が嵐に遭遇して転覆した、いわゆる「友鶴事件」である。

転覆の原因は、少しでも多くの砲火器を搭載させようとした、軍令部の過剰な要求だった。この事件は国会でも取り上げられ、まさに大問題となって、艦政本部長の杉政人・機関中将は引責辞任に追い込まれた。

この事件によって新造空母の第二案は一気に消し飛んだ。軍令部次長の加藤隆義中将は、一万トン級空母二隻にそれぞれ、五〇機近くの艦載機を搭載させようと考えていたが、このような過剰な要求の結果大事件を招いたのだ。

急転直下、空母建造案は第一案と第三案に絞られることになった。

杉政人の後任の艦政本部長には、五月一〇日付けで中村良三（なかむらりょうぞう）大将（海兵二七期）が就任した。従来艦政本部長には、中将が就任する慣わしになっていたので、海軍首脳がどれほど「友鶴事件」の原因究明と事態収拾に躍起になっていたか、が、この人事によく現れている。

この事件を受けて、艦政本部の設計思想は保守的なものに変わらざるを得ず、安全性を絶対視する新任の中村艦政本部長は、大型でもっとも艦の安定性を確保しやすい第一案を、当然のように主張してきた。

これで第一案を推す者は、中村良三、堀悌吉、古賀峯一の三人となった。

しかし、加藤隆義を筆頭に長谷川清と嶋田繁太郎の三名は、それでも第一案に同意せず、今度は第三案を主張してきた。

昭和九年五月一八日に会議が開かれ、その席上で加藤が主張した。

「空母『鳳翔』を廃棄せず、基準排水量一万三五〇〇トンの空母を新造すべきである。理由は単純明快、どちらの案に落ち着いても、新造できる空母は一隻のみ。ならば『鳳翔』を残したままのほうが、搭載航空兵力は多くなる」

嶋田はどこまでも加藤に付いてゆく考えで、ただうなずいている。長谷川も表面上は加藤の考えに同意を示していた。

しかし第二部長の古賀は、この主張に真っ向から反論した。

「第三案の場合の残り建造可能枠は、基準排水量一万三五〇〇トンではなく、一万二六三〇トンのはずです」

古賀の指摘したとおりだ。ところが、加藤は平然と返した。

「基準排水量が一割増し程度なら、建造設計中の誤差の範囲ということで片付けられる。米・英もそこまでは細かく突っ込めまい」

「ですが、ごまかしはよくありません」

「ふん。ワシントン条約で定められた空母の個艦上限・基準排水量は三万三〇〇〇トンだ。情報によると、米海軍のサラトガ型はこの規定を一割ほど上回っている、というではないか。さしもの米国も、自らの非を差し置いて、我が国を非難することはできまい」

たしかに加藤の言うとおりだった。米軍の「サラトガ」と「レキシントン」は、二隻とも三万三〇〇〇トンを超えて、基準排水量三万六〇〇〇トンの空母として完成していた。

厳密に言えば、米国はすでにワシントン条約の規定を、ごまかしていたのである。

古賀もさすがに、日本だけが厳密に規定を守るべきだと、そう言う気にはなれなかった。

古賀に代わって堀が口を開き、にわかに論点を変えた。

「艦政本部長にお尋ねいたします。……加藤次長がおっしゃるように基準排水量は一万三五〇〇トンで計画するとして、軍令部の性能要求を満たせるような空母が、はたして本当に建造可能でしょうか？」

基本計画番号「G八」と呼ばれる建造案で、軍令部は、搭載機数・常用七二機、一五・五センチ砲五門を装備する空母を要求していた。

中村が即答した。

「いや、不可能だ。G八は欲張りすぎで、復元性能があきらかに不足しておる。一五・五センチ砲の搭載を一切断念し、搭載機数を常用五七機、補用一六機の合計七三機に改めても、基準排水量は一万六〇〇〇トン近くにもなる」

これを受けて、堀がすかさず言った。

「一万六〇〇〇トンで常用五七機ですか。加藤次長がおっしゃるように、一万三五〇〇トン以下に抑えるとなると、常用機はおそらく五〇機以下に減りますな。……そうすると、これに『鳳翔』の二〇機を加えても、航空兵力は七〇機を越えるかどうか、といったところです」

「そうだ。だから最初から第一案、『鳳翔』を廃棄して基準排水量二万〇一〇〇トンの空母を新造すべきだ、と言っておる。……そうすれば、これ一隻でも七〇機以上の航空兵力を確保できるし、復元性にも問題がない」

「次長がおっしゃるように〝一割り増し〟でもよいとすれば、基準排水量二万二〇〇〇トンの空母を造れます。そうすれば搭載機数は、七五機ぐらいは確保できそうですな」

堀のこのダメ押しが、事実上の結論だった。

「そうだ」

中村が即座に同意して大きくうなずくと、第三案を推す加藤、長谷川、嶋田の三名は、完全に沈黙してしまった。

すると長谷川が、ちょっと失礼する、と言って加藤をドアのほうへ導き、一旦退出して部屋の外で加藤に語りかけた。

「大事故のあとだけに艦政本部の意向を無視するわけにもいかない。たしかに一万三五〇〇トンの基準排水量では、なにかと無理があるだろう。ここは潔く引き下がろう」

同期の長谷川にこう説得されると、加藤も黙ってうなずくほかなかったのである。

2

帝国海軍は、基準排水量二万二〇〇〇トンの空母を新たに建造する、と決定した。

ところが加藤隆義には、執念にも近いこだわりがあり、決してただでは済まさない。

翌日。加藤は、上司である軍令部総長の伏見宮博恭王に進言した。

「条約の制限下にありますので、『鳳翔』を廃棄することになりました。……そもそも条約などに縛られているから、無理を強いられ、このような大事故も起きるのです。軍縮条約は可及的速やかに撤廃すべき、と考えます」

伏見宮は即答を避けたが、結局、加藤の進言は通り、日本は昭和一一年一二月三一日に、無条約時代を迎えることになる。

そして日本は、金剛(こんごう)型戦艦の代艦として新型戦艦の建造を計画し、のちに「大和(やまと)」

「武蔵」を完成させる。が、すでに軍縮条約は廃棄されていたので、金剛型戦艦はすべて生き残った。

同じように「鳳翔」は、練習用の空母として廃棄されずに残ることになる。

第一案を推した堀悌吉と古賀峯一は、首を傾げざるを得なかった。

――どうせ軍縮条約を廃棄するのなら、話し合いなど、しなくてもよかったではないか！

しかし、とにかくこの話し合いで、二万二〇〇〇トンの空母を新造する、という案が残ることになり、同艦は昭和九年一一月二〇日に呉海軍工廠で起工された。

双城型空母と同様に、長距離双発艦上攻撃機の運用に含みを持たせるため、飛行甲板の後部を広く取った設計案が採用されて、同空母は、昭和一〇年一二月二三日に進水式を終えて、「蒼龍」と命名された。

航空本部長の堀悌吉は、松山茂の遺志を引き継いで、長距離双発艦上攻撃機の開発に、懸命になって取り組んだが、エンジンの馬力不足はいかんともし難く、同機の開発はなかなか思うように進まなかった。

そして約二年後の昭和一〇年一二月二日には、堀悌吉は航空本部長のイスを、同期の山本五十六に譲ることになる。

堀悌吉自身は一旦、舞鶴要港部司令官に就任して、続いてその三ヵ月後の昭和一一年三月一六日には、中村良三大将のあとを受けて、艦政本部長に就任する。

その前にすでに軍令部は、軍縮条約明けを見すえて、「蒼龍」の姉妹艦として双龍型空母の二番艦（のちの「飛龍（ひりゅう）」）の建造を、中村良三艦政本部長に対して命じていた。

新任の堀悌吉中将も、当然この命令には従わなければならない。だが彼は、艦政本部長に就任してまもなく、双龍型二番艦の設計に〝若干の手直し〟を加えた。

手直しのきっかけとなる話し合いが、昭和一一年三月二一日におこなわれた。話し合いの相手は、航空本部長の山本五十六中将である。

堀が言った。

「書面でも尋ねておいたが、双龍型二番艦の飛行甲板上に取り付ける艦橋は、本当に左舷側でよいと思うか？」

第一航空戦隊司令官や「赤城」艦長をすでに経験していた山本は、この問いに即答した。

「ああ。貴様の書面を見たので、前もって調べておいた。軍令部の三和（みわ）（義勇（よしたけ）少佐）に飛行機乗りとしての意見を聞いたところ、艦橋のような障害物は右側にあったほうが対処しやすいので、艦橋を左舷に設置すると、操縦者は着艦時に相当な圧迫を感じる、ということだった。……だから航空本部としては、艦橋は右舷側に設置することを希望する」

「うむ。やはりそうか。……だが、空母を造る側からすれば、左舷に艦橋を設置したほうが、船体の右側にある煙突とバランスが取れて、都合がいいんだ」

「なるほど。操艦の都合上、接岸させるのはほとんどの場合が左舷だから、船体の左側に煙突を突き出すわけにもいかんしな」

「そうなんだ」

「しかし、飛行機を安全に運用できてこその空母だ。やはりできるだけ艦橋も、煙突と同じ右舷側に設置してもらいたい」

「よし、わかった。着艦時に、操縦者がそれほど圧迫を感じるというなら、航空本部の意向を入れて、艦橋の設置は右舷側に変更しよう。……でないと、仮に将来、双発の長距離艦上攻撃機が実用化にこぎつけたとしても、左舷の艦橋が障害となって着艦できない、ということも充分に考えられるだろう」

堀がそう言うと、山本も大きくうなずいて相槌(あいづち)を打った。

「まさに貴様の言うとおりだ。が、……となると第二次改装中の『赤城』も、艦橋を右舷側に変更してもらわんと困るぞ」

「ああ、じつはそれが問題だ。『赤城』の改装工事は昭和一三年の八月中に完了する予定だが、今から艦橋を右舷に変更するとなると、少なくとも三ヵ月は竣工が遅れるだろう。……左右どちらに艦橋を設置するかという技術的なことには、むろん軍令部も口出しはしてこないだろうが、竣工時期が遅れるとなれば、艦橋の設置変更を認めない可能性がある」

「なるほど。しかし、将来、開発されるべき双発艦攻を安全に着艦させるためにも、変更してもらわぬと、禍根を残すことになりかねない」

「うむ。だから貴様にも協力してもらいたい。相手は宮様だ。が、救われるべきは、その下に嶋田がおる」

堀が言うように、嶋田繁太郎は伏見宮の寵愛（ちょうあい）を受けて、加藤隆義のあとの軍令部次長に収まっていた。山本五十六が航空本部長に就任したのと同時、昭和一〇年一二月二日のことである。

嶋田が伏見宮の寵愛を受けて、というのは決して過言ではない。彼は、昭和七年六月二八日に海軍軍令部第三班長に就任して以来ずっと、軍令部一筋で勤務しており、ほかの部署には異動していない。それほど嶋田は、伏見宮に可愛がられていたのだ。

　山本が首を横に振りながら返した。

「巧言令色とは、まさにああいうヤツのことを言う。同期ではあるが、正直言って俺はアイツのことをあまり信用しておらん」

「同じだが、まあ、そう言うな。航空本部と艦政本部が同時に、同様の事案を俎上に乗せれば、次長の嶋田としては無視できないだろう」

「ふむ。貴様と俺が同時に問題提起すれば、なるほど、嶋ハンも無視はできんだろうな」

「そういうことだ」

　最後に堀がうなずいて、二人は別れた。

　こうして堀悌吉と山本五十六は、双龍型二番艦と空母「赤城」の艦橋を右舷側に設置する、と改め、軍令部の承認を求めた。

　堀が考えたとおり、嶋田繁太郎は、空母の艦橋が左右どちらに設置されるか、ということにはまったく関心がなく、「赤城」の工期が遅れる、ということのみを問題視した。

　四月一八日。嶋田は、軍令部総長の部屋を訪ねて、伏見宮博恭王に申告した。

「艦政本部と航空本部が、『赤城』と双龍型二番艦の艦橋を右舷に変更したい、と言ってきております。いかがいたしましょう」

伏見宮も艦橋の設置場所などには、ほとんど関心がなく、そっけなく返した。

「お前が決めろ」

「右舷に変更するのが妥当に存じますが、そうしますと、『赤城』の工期は三ヵ月ほど遅れます」

「終わるのはいつだ」

「はい。それでも『赤城』は、昭和一三年の一二月中には、工事を完了いたします」

「問題なかろう。……任せる」

「では、右舷に変更いたします」

伏見宮の承諾を得て、嶋田はようやく、艦政本部に変更の許可を与えた。

昭和一二年一二月二九日。双龍型一番艦の空母「蒼龍」が呉海軍工廠で竣工。同じく右舷側に島型艦橋を持つ空母として、二番艦の「飛龍」も昭和一四年七月二〇日に、横須賀海軍工廠で竣工した。

双龍型空母二隻は飛行甲板後部を広く取り、基準排水量二万二〇〇〇トン、搭載機数・常用七二機、速力三四・五ノットの大型高速空母として誕生した。

いっぽう、双城型一番艦の「赤城」は昭和一三年一二月二九日に第二次改装工事を完了。二番艦「葛城」ははじめから右舷に艦橋を持つ空母として一足はやく、昭和一一年九月一二日に改装工事を完了していた。

双城型空母二隻も飛行甲板後部を広く取り、二〇・三センチ砲を第二次改装時にすべて撤去、基準排水量三万六〇〇〇トン、搭載機数・常用七五機、速力三一・二ノットの空母として生まれ変わっていたのである。

第四章　防空専門の航空戦隊を創設せよ！

1

堀悌吉や山本五十六の思想信条に反して、ときの政府は軍縮条約を廃棄した。よって海軍は、太平洋を挟んで対峙する米国を、仮想敵国としなければならなくなった。

「工業力は雲泥の差だ。まともに戦争して勝てる相手ではない」

堀悌吉は思わずそうつぶやいたが、帝国海軍の一員として、対米戦に備えて軍備を整えるのが、自らに課せられた義務であった。

艦政本部長としての堀の考えは、はっきりしていた。

――近い将来に、飛行機を主役として戦う時代が必ずやって来る。海軍の主力は戦艦から空母に取って代わられるだろう。……米国はいざとなれば、一年間に一〇隻以上の空母を建造してくるに違いない。そうなる前に出来るだけ、空母を揃えておく必要がある。……尋常なやり方にこだわっていては、いずれ米国に、大きく水をあけられてしまう。

そう考えた堀は、「戦時空母予備艦」という発想に可能性を見出した。

戦時空母予備艦とは、民間の貨客船や輸送船もしくは、海軍の補助艦艇のなかからふさわしいものを選んで、戦時にはそれを空母へと改造してしまうのだ。

戦時空母予備艦として、堀がまず目を付けたのが、潜水母艦「大鯨」と、はじめは給油艦として計画され、のちに潜水母艦に変更された「剣埼」「高崎」の計三隻であった。

――だが、まてよ。これら三隻を空母に改造するのはよいが、どのような性能の空母に改造するのか、それがまさに問題だ。

そう直感した堀は、航空に関しては彼より一日の長がある、航空本部長の山本五十六に意見を聞くことにした。

昭和一一年五月八日。堀悌吉は、山本五十六の執務室を訪ねて、彼の見解を求めた。

「米国と空母の建造競争をしても、勝てる見込みがない。そこで艦政本部はまず、潜水母艦として建造中の『大鯨』『剣埼』『高崎』の三隻を、空母予備艦にすることにした。しかし、これら三隻はあくまでも補助的な空母になるので、第一線級の性能を求めるのは不可能だ。運用目的を明らかにして、その目的に沿った空母に改造する必要がある」

堀がそう切り出すと、山本が返した。

「その三隻は、排水量はそれぞれ、どれぐらいになる？」

「三隻とも、基準排水量は一万二〇〇〇トン程度になる」

「速度はどれぐらい確保できそうだ？」

「めいっぱいがんばって、二九ノットが限度だろうと思う」

「艦載機は何機ぐらい積む？」

「さて、常用三〇機、といったところだろう」

「……ならば、はっきり言って、攻撃には不向きだな」

「やはりそうか」

「ああ。単独では、ちょっとした敵地の攻撃ぐらいにしか、使えんだろう。あくまでも補助的な役割に限定して、改造をおこなうべきだ。……しかしその場合でも、必ず二九ノットは確保してもらいたい」

三〇機程度しか積めないと聞いて、じつは山本には、ある考えが浮かんでいた。

堀が確認して聞いた。

「それほど二九ノット以上にこだわるのは、どうしてだ？」

「単独ではなく、主力の双城型や双龍型と一緒に行動させるためだ。……航空戦は質にも増して量が勝負となる。母艦航空兵力は集中させなければ意味がない」

「なるほど。では、速力の確保をもっとも重視して、改造させるようにする」

「うむ。だが、ほかにも注文がある」

「……なんだ」

「三〇機を積めるとして、貴様は艦戦、艦爆、艦攻をそれぞれ何機ずつ積もうと考えている？」

「搭載機の機種配分については確たる考えはないが、順当に艦戦一八機、艦爆六機、艦攻六機、という程度で考えている」

「そうだろうな。たしかに順当だが、その配分はやめてくれ」

「どうしてだ？」

「ただでさえ小型なのに、三機種とも積もうとするのは欲張りすぎだ」

「では、艦戦と艦攻に絞るのか、それとも艦戦と艦爆か？」

「いや、艦戦のみを搭載する」

　山本がそう言い切ると、堀が目を丸くしてすかさず反論した。

「それは無謀だ。第一、艦戦のみでは、敵艦を攻撃できないではないか。しかも、潜水艦に狙われたらどうする？」

「大型空母と一緒に行動することが前提だ。攻撃は主力の『赤城』や『蒼龍』など〝双型〟四隻に任せればよい」

「しかし、状況いかんによっては、この三空母が単独で行動せざるを得ないようなことも、充分に想定される。潜水艦も駆除できないようでは、さすがに困るのではないか？」

「いや、艦戦だけでも潜水艦に対処できる。これら三隻が空母に改造されるのは戦時だから、まだしばらく先のことだ。そのころには必ず航空機は更なる進歩を遂げている。エリコンの二〇ミリ機銃を装備した艦戦が完成すれば、その射撃だけでも潜水艦には充分な脅威となるし、次期艦上戦闘機は、一二〇キログラムの対潜爆弾も搭載可能にする予定だ」

　この年（昭和一一年）の六月には九六式陸攻が制式採用となり、一一月には九六式艦戦が制式採用となるので、山本の言う〝次期艦上戦闘機〟とは、まさに零戦のことであった。

「ふむ。そういうことなら、なるほど、うなずける。が、なにもそう無理せずとも、艦爆も六機ぐらいは積んだらいいじゃないか」

堀がそう返すと、待ってましたとばかりに山本が力説した。

「べつに俺も理不尽に、艦戦のみの搭載にこだわっているのではない。それには、れっきとした理由がある。……艦戦のみを搭載すれば、対潜爆弾以外の、通常積むべき爆弾や魚雷を、空母に一切積まなくて済む。つまり弾薬庫のスペースを大幅に削減できる。さすれば搭載機数を増やせるはずだ。艦戦はただでさえ艦攻や艦爆と比べて機体が小さいので、上手くいけばこれら三空母は、搭載機数を一気に、四二機ぐらいに増やせるかも知れない」

堀が感心して、思わず相槌を打った。

「ほう、それは妙案だ。これら三隻を防空専用の空母として双城型や双龍型と組ませれば、主力の大型空母には、艦戦を減らして艦爆や艦攻を優先的に搭載してもよい」

「まさに、そういうことだ」

山本がうなずくと、完全に納得して堀が最後に言った。

「よし。では俺は、防空専用の空母という発想で予備艦の設計を、根本的に見直してみる」

2

堀悌吉は〝明晰な目的樹立、そして狂いない実施方法〟という秋山真之中将の言葉を思い出していた。

――山本と話し合ってよかった。これでやるべきことがはっきりと見えてきた。

明晰な目的樹立とは、米国、いや世界に先駆けて、空母を主力とする航空艦隊を創設することにほかならない。

そして、そのためのくるいない実施方法が、堀悌吉の頭のなかで、今まさに、組み立てられようとしていた。

「重巡以下の艦艇は言うに及ばず、すべての海軍艦艇が、空母を支援するために組織されなければならない。戦艦も決して例外ではない。……幸いにも我が海軍には、うってつけの〝戦艦〟があるではないか！」

堀の言うとおりだった。帝国海軍は軍縮条約の廃棄を決めたあと、すべての戦艦の近代化改装に着手していた。なかでも、金剛型戦艦は四隻とも主機を換装して、高速戦艦に生まれ変わろうとしていた。

改装後の速度はそれぞれ、「金剛」が三〇・〇ノット、「比叡」が二九・七ノット、「榛名」が三〇・五ノット、「霧島」が二九・八ノット。

まさに金剛型戦艦は、空母を支援するのにうってつけの、高速戦艦に生まれ変わるのだ。

山本五十六との話し合いで、空母予備艦の三隻を〝防空専用の母艦に改造する〟と決めたとき、堀悌吉は一瞬にしてひらめいた。

——金剛型戦艦とペアを組ませれば、これは使えるぞ！

堀のひらめきは、防空専門の航空戦隊を創設するという、まったく新しい発想だった。

戦艦である「金剛」以下の四隻は、当然ながら強力な火器を備えているので、その対空砲火で主力空母を支援できる。

かたや改造後の空母予備艦三隻は、それぞれ四〇機ほどの戦闘機を搭載することになるので、こちらも、その戦闘機群で主力空母を強力に支援できる。

言うまでもないが、主力空母とは、「赤城」「葛城」「蒼龍」「飛龍」のことである。

防空専門の航空戦隊は、主力空母戦隊がその攻撃力を最大限に発揮できるよう、常に行動を共にして支援する。

そして、堀が考えた〝防空専門の航空戦隊〟とは、空母予備艦の一番艦が金剛型戦艦の一番艦と一対一でペアを組むということだった。同じように、空母予備艦の二番艦は金剛型戦艦の二番艦と一対一でペアを組む。

具体的には、空母予備艦「大鯨」は改造後に戦艦「金剛」と戦隊を組み、同様に「剣埼」は「比叡」と、「高崎」は「榛名」と、それぞれ戦隊を組むのだ。

今のところ戦時空母予備艦は三隻。したがって防空専門の航空戦隊は、三つ編成できる。

この防空戦隊の一つ目で双龍型空母二隻を支援させ、この防空戦隊の二つ目で双龍型空母二隻を支援させよう、というのが、堀悌吉の思い描いた空母艦隊構想だったのである。

3

堀悌吉の空母艦隊構想を具現化するには、三隻の空母予備艦を、どうしても速力二九ノット以上に改造する必要があった。

機体重量の比較的軽い、戦闘機のみを搭載するという考えなので、発艦に要する速度は、あまり重視しなくてもよいが、高速戦艦や主力空母などと統一行動を執る必要がある。

堀が艦政本部第四部に研究を命じたところ、これら三隻の空母予備艦に二九ノット以上の速力を発揮させるには、二軸で七万二〇〇〇馬力の機関に換装する必要があった。

この三隻のうち「剣埼」と「高崎」の機関換装はさほど問題がなかった。けれども、「大鯨」は新造時にディーゼル機関を採用していたため、蒸気タービンに換装する際に、相当に手間取ると予想された。

潜水母艦として「大鯨」は、すでに昭和九年三月三一日に竣工していたが、同艦に採用されたディーゼル機関は信頼性に乏しく故障が頻発していたのだ。

ディーゼル機関の不調は重大な問題とされ、軍令部は一旦、「大鯨」を空母予備艦から除外する、という方針を打ち出したほどだった。

さしもの堀もこの決定には逆らえない。ところが堀は、将来、必ず「大鯨」が空母として必要になる、との信念を持っていた。

――今よりさらに航空技術が進歩すれば、大艦巨砲主義者ぞろいの軍令部も、さすがに空母の必要性に気付いて、再び「大鯨」を空母に改造しよう、と言い出すに決まっている。

堀悌吉は、艦政本部内では、「大鯨」改造の準備を引き続き進めておくように、指示しておいたのである。

そして、堀の与えたこの指示が、後々生きてくるのであった。

第五章　双鶴型空母「翔鶴」「瑞鶴」——第三世代

1

　昭和一二年一二月。軍縮条約の期限が切れて無条約時代を迎えると、帝国海軍はその年の第三次補充計画のなかで、新・大型戦艦二隻と新・大型空母二隻の建造を開始した。
　日本は、排水量二万トンを越える大型の軍艦をいちどきに四隻しか建造できない。大型艦を造れる造船所が四ヵ所しかないからだ。

　仮称一号艦・戦艦「大和」
　　昭和一二年一一月四日　呉海軍工廠
　仮称二号艦・戦艦「武蔵」

昭和一三年三月二九日　長崎三菱造船所
仮称三号艦・空母「翔鶴」
昭和一二年一二月一二日　横須賀海軍工廠
仮称四号艦・空母「瑞鶴」
昭和一三年五月二五日　神戸川崎造船所

昭和一三年の年明けをはさんで、四隻の大型艦が各造船所で順次、起工されたが、これら四隻の建造計画は昭和九年ごろから、すでに検討されはじめていた。

そして、昭和一一年当時、まさに堀悌吉中将が艦政本部長をしていたときに、これら四隻の建造計画が最終的に決定したのだ。

条約によって排水量などが制限されていたこれまでとは違い、用兵者、技術者が、満足のゆく大きさと性能を盛り込んだ、本格的な戦艦と空母の建造である。

建造計画の成案を得るまで、関係者は日夜、激論を戦わせた。

昭和一一年七月には、まず、一号艦と二号艦をどのような戦艦にするのか、その最終的な話し合いがおこなわれた。

この新型戦艦に対する、軍令部の要求は次のとおりであった。

――主砲／四六・〇センチ砲八門以上。副砲／一五・五センチ三連装四基もしくは、二〇・三センチ連装四基。速力／三〇ノット以上。防御力は四六・〇センチ砲弾に対して二万から三万五〇〇〇メートルの距離で耐えられること。航続力／一八ノットで八〇〇〇海里。

この要求の最大の特徴は、主砲に史上最大の四六・〇センチ砲を搭載することであり、主砲については条約の制限が四〇・六センチ砲以下で、アメリカ・イギリスの戦艦を凌ぐ攻撃力を持たせることが最大の目的だった。

それまでに多くの設計案が検討されたが、設計の当事者である艦政本部第四部は、基準排水量六万一三三四トン、主砲四六・〇センチ砲九門、副砲一五・五センチ砲一二門。そして速力は、防御力を重視して艦型を出来るだけ小さくまとめる必要から、いわば船体が〝ずんぐり〟となり、要求を大幅に下まわる二七ノット、という案を最有力として推してきた。

「艦の全長を短くして防御の効率化を図り、速力は涙をのんで我慢しました。すべては、極めて沈みにくい戦艦にするためです」

これが艦政本部第四部の設計担当者の言い分だった。

ところが、艦政本部の責任者である、当の堀悌吉自身は、この案に真っ向から反対した。

「航空機の発達が著しいこんにち、長門型戦艦を建造した当時とは違って、戦艦どうしの撃ち合いなどはそうめったに起こらず、不沈などということはあり得ない。航空攻撃を受け魚雷が二〇本も命中すれば、いかなる戦艦でも海の藻屑と消え去るだろう。……防御には自ずと限界があり、艦首から艦尾にかけ、すべてに亘って装甲を施す、というようなことは技術的に不可能だ。どのような設計をしてもウィークポイントは存在するのだから、艦の全長を長くして、是非とも三〇ノットを確保してもらいたい」

すでに九六式陸攻は開発されており、少なくとも帝国海軍は、航空攻撃で戦艦を撃沈する能力を持っていた。いずれ近いうちに、米・英も同機のような雷撃機を開発してくるに違いなかった。

そうなれば戦艦は、堀の言うとおり航空攻撃に対してはほとんど無力だった。

艦政本部では、トップの堀が二七ノット案に反対で、部員がこの案を推しているのだ。

ところが軍令部では、艦政本部とはまったく逆の現象が起きていた。

軍令部トップの伏見宮博恭王は、軍艦総長と呼ばれ、海軍の建艦に大きな影響力を持っていた平賀譲の入れ知恵を受けて、この二七ノット案を容認する構えだった。

しかもそもそも、三〇ノット以上という要求を提示したのは、当の軍令部なのである。

とくに軍令部第一部・第一課の首席部員である中沢佑中佐（海兵四三期）は、二七ノット案に頑強に反対していた。

「この新戦艦と巡洋艦、それに空母を組み合わせた機動部隊を編成し、我が海軍は洋上機動作戦をおこなう。そのために三五ノットの、高速戦艦の建造が必要だ」

だが、中沢の要求はさすがにゆき過ぎだった。

「超弩級艦に対してそのような高速を求めることは、造艦技術上とても不可能だ」

艦政本部からこう回答されて、中沢もさすがに納得し、この要求はあきらめた。

しかし、できれば三二ノットは欲しい。

――少なくとも三〇ノット以下は、絶対に容認しないぞ！

中沢は信念を固めていた。

けれども「友鶴事件」以降、過剰な要求を重ねてきた軍令部の旗色は悪く、中沢は苦しい状況におかれていた。

つまり軍令部では、トップの伏見宮が二七ノット案に妥協する構えで、部員の中沢が強力に反対していたのだ。

艦政本部長・堀悌吉の考えは、中沢佑の考えとほぼ同じであった。

付け加えるならば、堀は、さらにある希望を持っていた。

――この新戦艦もまた、金剛型と同様に空母予備艦とペアを組ませて、将来は是非とも防空戦隊の〝特効薬〟にしたい！　いずれ必ずそういう空母中心の艦隊編制が、全世界的にみて海軍の王道となるはずだ。

しかしながら堀の考えは、戦艦を、完全に空母の護衛に格下げする、という先進性をはらんでいるので、過去の栄光にとらわれている伏見宮が、許容するとはとても思えなかった。

堀は公の場では、戦艦を格下げするというようなことを、決して口に出しては言わない。

それはともかく、中沢は、艦政本部長の堀悌吉中将が自分の考えとほぼ同じだ、と知って、俄然勇気を得た。

じつのところ中沢は、上司である第一部長の中村亀三郎少将（海兵三八期）から、再考するように説得されて、辞職を覚悟するほど追い込まれていたのだ。

そんな折に、堀中将が自分の考えと同じであることを知り、中沢はあらためて、最後まで踏ん張る決意を固めた。

——ほかの人が艦政本部長ならあきらめていたところだが、堀中将の頭脳の明晰さには定評がある。やはり俺の考えは間違っていないのだ。堀中将を頼ればなんとかなる！

いっぽう堀も、中沢の粘りに救われた。軍令部の要求は依然として三〇ノット以上なのだ。

——この方針が維持されている限り、軍令部と話し合う余地がある。……元凶は、いまだに艦政本部に口出しをしている、平賀譲だ。この際、毒をもって毒を制するほかない。

平賀譲はすでに、昭和六年三月三一日に海軍を退役していた。が、「友鶴事件」などの問題解決を図るため、海軍の委託顧問となって、退役後も影響力を行使し続けていたのである。

堀や中沢にとっては毒でしかない平賀を黙らせるには、それ以上の〝劇毒〟をもって事態の打開を図るほかなかった。

——伏見宮に直談判するほかない！

そう決意した堀悌吉は、同期の嶋田繁太郎に仲介を依頼し、伏見宮博恭王と直接、話し合うことにした。

「堀悌吉が、殿下にお会いしたい、と申しております」

嶋田繁太郎がそう言うと、伏見宮はそっけなく返した。

「用件はなんだ」

「新戦艦の設計のことで、なにやら妙案があるそうです」

伏見宮は、とくに平賀に肩入れしているわけでもない。妙案というのは〝まゆつばものだ〟とは思ったが、とりあえず両天秤にかけておいて、判断を下すのはそれからでも遅くはなかった。

「話を聞かんわけにもいかんだろう」

伏見宮はそう言って、堀悌吉との話し合いに応じることにした。

七月六日。堀悌吉は、軍令部総長室に伏見宮を訪ねた。

まず堀が切り出した。

「殿下。さっそくですが、私が艦政本部内で独自に研究させたところ、新型戦艦は必ず三〇ノット以上の速力を確保できます。具体的には、基準排水量六万七〇〇〇トン、二〇万馬力の蒸気タービンを採用して、三一ノットは可能です。……これが、その計画案です」

堀はそう言って、伏見宮に資料を見せた。

その資料には、艦の全長が二八七メートルと記されてあった。

伏見宮はこの点を突いてきた。

「船体が長くなると、その分、防御力が弱くなるだろう」

「はい。仰せのとおり、たしかに防御能力は若干低下します。が、重厚な鎧(よろい)を身にまとった挙げ句馬にも乗れないというようでは、サムライの名折れです。やはり軍令部の要求どおり、三〇ノット以上は絶対に必要かと思われます」

「……ほう。二七ノットでは騎馬武者にもなれんというか」

「はい、率直に申し上げます。実質、練習艦として使われている『鳳翔』を除けば、我が海軍の空母の速力は、『龍驤』の二九ノットが最低で、双城型や双龍型はいずれも三〇ノットを超えております。……新型戦艦の二七ノットではおいてきぼりになり、空母の護衛を受けることも出来ません。はたしてそれでよいのでしょうか？」

堀の言うとおり、「加賀」を空母に改造しておれば二八ノットになる予定であったが、現有の帝国海軍の実戦的空母は、すべて速力二九ノット以上なのである。

「たしかによくはない」

軍令部自体が速力三〇ノット以上を要求しているので、伏見宮もそう返した。

堀がさらに言った。

「新型戦艦は完成すれば、まさに帝国海軍の〝総大将〟になるでしょうが、肝心なときに総大将がおいてきぼりを喰っているようでは、指揮官陣頭の伝統にも反します。……もはや空母の護衛なしでは、せっかくの四六センチ砲も実力を発揮できないかもしれません」

堀が言うように、たしかに飛行機の進歩には著しいものがあり、友軍機の掩護がなければ、砲撃戦もままならない。敵・味方ともに航空機の存在を無視できず、戦艦がその実力を発揮するには空母の支援が是非とも必要だった。

これだけ航空技術が発達してくると、伏見宮もそのことは認めざるを得ない。

「わかった。二七ノット案はやめる」

軍令部総長がそう断言したのだから、堀もようやく肩の荷が下りた。だが、堀が総長室から下がろうとすると、その直後に、伏見宮がつぶやくように付け加えた。

「だが、今の話でゆくと、二九ノットあれば『龍驤』の護衛は受けられるな……」

それから数日後、艦政本部第四部から堀悌吉のもとに修正案が上がってきた。それによると新型戦艦の要目は、基準排水量六万五〇〇〇トン、全長二七四メートル、一八万馬力の蒸気タービンを採用して、速力二九ノットを確保する、となっていた。

そして、これが新戦艦の最終計画案として、海軍大臣の永野修身(ながのおさみ)大将にも、承認されることになった。

結局、伏見宮博恭王は平賀譲の影響力にも配慮して、玉虫色の決着をはかったのである。

2

新戦艦の速力は二九ノットを確保する、と決まったが、第三次補充計画において堀悌吉がもっとも重視していたのは、本格的な空母二隻の建造であった。

この新空母二隻が完成すれば、主力空母部隊を三個編成できる。堀悌吉が「高崎」「剣埼」だけではなく、「大鯨」の改造準備にもこだわったのはそのためであった。

三隻目の予備艦「大鯨」が防空専用の空母として完成すれば、「大鯨」で、この新空母二隻を支援できるのだ。

昭和一一年六月には双発の陸上攻撃機「九六式陸攻」が制式採用となり、懸案となっていた〝双発長距離艦上攻撃機〟の開発も、ようやくここへ来て現実味を帯びてきた。

出力一〇〇〇馬力を超える航空エンジンが、実用化にこぎつけていたのだ。

昭和一一年五月。航空本部長の山本五十六中将は、三菱重工と中島飛行機に対して「一一試艦上双発攻撃機」の開発を命じた。

むろん軍令部もこの動きを承知しており、第三次補充計画の新空母二隻の設計に当たり、軍令部から艦政本部に対して、はじめて〝双発艦攻の運用も考慮に入れて計画するように〟という指示が出された。

これはまさに、堀悌吉が待ち望んでいた状況だった。

――巡洋戦艦からの改造である双城型と、条約の影響下にあった双龍型に対しては、思い切った設計ができなかった。今度こそなんの制約もなしに、満足のゆく空母を建造できる！

堀悌吉は軍令部からの要求に基づいて、艦政本部第四部に新空母の計画を命じた。

計画案は八月二〇日に出来上がり、それによると、新空母の要目は、基準排水量二万七〇〇〇トン、全長二六五メートル、速力三三ノット、搭載機数・常用八一機、双発機の運用を考慮して飛行甲板の後部を広く取り、右舷に島型艦橋を設置する、というものだった。

速度の向上を図るため、この新空母には、先の新戦艦と同様に、バルバス・バウ

（球状艦首）が採用されていた。

――よし、搭載機数も多いし、速度も三三ノットを出せれば充分だ。

堀自身はこの案にすぐ満足した。が、念のために山本にも、確認を求めることにした。

八月二五日。堀悌吉は航空本部を訪れて、山本五十六に計画案を提示した。

「双発攻撃機の運用を考慮して、飛行甲板後部の全幅を三八メートルに拡張してある。俺はこれでよいと思うが、どうだ？」

山本は即答した。

「うむ。航空機用エレベーターも、長さ・幅とも一八メートルに拡張されているようだし、これでいいだろう。双発艦攻の主翼も折り畳み式にするので、この案でいける」

ところが、そう返した山本の表情は、言葉とは裏腹で、いつになく冴えない。

それに気づいた堀が、思わず聞いた。

「おい、どうした。……本当にこの案でいいんだな？」

「ああ。それで、この新型空母の完成はいつごろになる？」

「条約明け後すぐ、つまり昭和一二年末から翌年の春にかけて二隻とも着工するので、昭和一六年の秋には竣工するはずだ」

「そうか。ならば……、やはり間に合いそうにないな」

山本が不思議なことをつぶやくので、堀が首を傾げながら聞いた。

「なにが間に合わない？」

山本があらためて説明した。

「いやじつは、一〇〇〇馬力級の航空エンジンがあれば、双発艦攻の開発は順調にゆくと考えていたんだが、現実は予想外に苦戦している。……昭和一六年中の完成がきわどい状況だ」

「しかし、やるしかあるまい」

堀がそう返すと、山本がうなずいて言った。

「ああ。むろんあきらめる気など毛頭ない。けどな、開発に成功したとしても、航続距離はさほど伸ばせそうにない」

「航続力はどれぐらいになる？」

「航空魚雷もしくは、八〇〇キログラム爆弾を装備した状態で、攻撃半径が三〇〇海里。これが限界だと思う」

「それならべつに不足ないじゃないか」

「いや、全然ダメだ。最低でも攻撃半径は、四五〇海里は欲しい」

「じゃあ、五割増しだな。……しかし、なぜそこまで航続距離にこだわる」

「貴様もすでに聞いておるだろうが、来年中（昭和一二年中）には一〇試艦攻が完成し、九七式艦攻として制式採用される予定だ。これはむろん単発機だが、同機でも二五〇海里ほどの攻撃半径がある。単発機と五〇海里しか違わんのだから、それじゃ全然、話にならん」

なるほど言われてみれば、堀は、たしかにそうだ、と思った。

山本が続けて言った。

「性能がほとんど同じなら、無理して双発機を積む意味がない。機体の大きい双発艦攻を一〇機ほど積めるとしたら、同じ広さで、単発の九七式艦攻なら一五機は積めるだろう。つまり攻撃力は一・五倍に増えるわけだ」

「はてさて、そういうことだな。……とは言っても、双発艦攻の開発は続けるのだろう」

「ああ、むろん続ける。すべては搭載するエンジンの馬力しだいだ。一五〇〇馬力級の航空エンジンが、もし完成すれば、開発は一挙に進展するだろう。だから三菱にも中島にも、新型エンジンをあわせて開発するように依頼しておいた」

山本がため息まじりでそう言うと、堀があらためて確認した。

「それで、貴様はいったいその双発艦攻に、どのような性能を求めているんだ」

「通常の八〇〇キログラム航空魚雷を搭載した状態で攻撃半径が五〇〇海里以上。いっぽうで攻撃半径を二五〇海里に減じた場合には、潜水艦用の一六〇〇キログラム・五三センチ魚雷を積んで出撃させようと考えている。……この五三センチ魚雷が二、三本も命中すれば、空母なら確実に撃沈できるはずだ」

「なるほど。その性能なら、たしかに双発艦攻を積む意味がある」

「ああ。逆に、これぐらいの性能がなけりゃ、積む意味はない」

「大型魚雷で雷撃できるとなれば、我が航空隊の切り札になるだろうから、多少時間がかかっても是非とも開発してもらいたい」

「うむ。要はエンジンのパワーしだいだ。数年後には必ず一五〇〇馬力、いや二〇〇〇馬力級のエンジンだって開発できるだろうから、双発艦攻の戦力化も絶対にあきらめない！」

「わかった。是非、期待しよう。……で、新空母の設計案はこれでいいんだな？」

「ああ、それで充分だろう」

双発艦攻の開発は遅れそうだったが、これで新空母の設計案は、艦政本部の原案どおりに進めると決まったのである。

3

第三次補充計画で建造される、新型戦艦二隻には「大和」「武蔵」という艦名が、新型空母二隻には「翔鶴」「瑞鶴」という艦名が用意された。

そして、この空母「翔鶴」と「瑞鶴」は、双城型や双龍型の前例に倣って、双鶴型空母と呼ばれることになる。

いっぽう日本は、昭和八年三月二七日に国際連盟を脱退し、昭和九年一二月二九日に軍縮条約を廃棄して、国際的な孤立を深めていた。この孤立感を緩和させるため、いや、紛らわすためにドイツへの接近を図ってゆく。

昭和一一年一一月二五日には日・独防共協定が成立。

その六日後の昭和一一年一二月一日に、航空本部長の山本五十六中将は海軍次官に転任し、艦政本部長の堀悌吉中将は第二艦隊司令長官として、海へ出てゆくことになった。

昭和一二年二月二日には、永野修身大将のあとを受けて米内光政中将が海軍大臣に就任。海軍は米内光政大臣、山本五十六次官、井上成美（いのうえしげよし）軍務局長の布陣で、日・独・伊三国同盟の締結に、徹底的に反対していくことになる。

いっぽう堀悌吉は、第二艦隊司令長官を一年間務めたあと、昭和一二年一二月一日付けで連合艦隊兼・第一艦隊司令長官に就任。あわせて三年ほど海上勤務が続くことになり、その間、堀の航空艦隊構想は棚上げとなるのであった。

第六章　革新的・第一航空艦隊の建制化

1

　堀悌吉の航空艦隊構想が再び動き出すのは、昭和一四年になってからのことであった。

　堀悌吉のあとの艦政本部長には、機関科出身の上田宗重（うえだむねしげ）中将（機関一三期）が就任した。上田は機関科出身者ではじめて、大将への昇進が期待されていたが、昭和一四年一月二六日にあえなく他界してしまう。代わって昭和一四年一月二七日に艦政本部長に就任したのが、堀悌吉と同期の吉田善吾中将だった。

　吉田が艦政本部長になると知って、堀はただちに面会を求めた。

　昭和一四年二月八日。堀悌吉は上京、艦政本部長の部屋を訪ねて、吉田善吾に言った。

「同期のよしみで頼みたいことがある。……二年以上前に改造計画を立ててある。設計は完成しているので、『大鯨』を空母に改造するよう、働きかけてもらいたい」

吉田は就任したてで、まだ事情がはっきりとはのみ込めていなかった。

「潜水母艦の『大鯨』を空母に改造する、というのか？　しかしそれは、速度が遅すぎて無理じゃないか？」

たしかに「大鯨」は、ディーゼル機関の不調がたたって、速力二〇ノットしか出せなかった。

「うむ。だから機関を蒸気タービンに換装する。俺が艦政本部長をしていたときに、すでに計画を完了しているので、設計図がどこかに眠っているはずだ」

「ほう、そうか。だが、軍令部は『大鯨』を空母予備艦から外した、と聞いている」

「そうだ。だから俺は、再び空母予備艦に戻すよう、貴様に頼んでいる」

「ディーゼルからタービンへの換装は、非常に手間が掛かると思うが……」

「たしかにそうだが、空母予備艦は、絶対に三隻は必要だ」

「そんなに手間をかけずとも、まずは二隻でいいんじゃないか？」

潜水母艦「高崎」「剣埼」の二隻が空母予備艦に指定されていることは、もちろん吉田も承知している。

吉田が続けて言った。

「貴様の頼みだから無碍(むげ)にはできんが、なぜ、それほど三隻にこだわる？」

吉田の誘い水に対して、堀は待ってましたとばかりに、自らの構想を打ち明けた。

「ああ、貴様の言い分もよくわかる。しかしこれは、ただやみくもに空母を増やしたい、という話ではないのだ。……承知のとおり、現有の双城型と双龍型に加えて、双鶴型の空母二隻が完成すれば、我が海軍は空母航空艦隊を〝三つ〟保有することになる」

「なるほど……」

「これら主力空母とは別に、俺は、防空専用の空母戦隊を創設するという構想を持ち、同時に近未来的な、空母艦隊のあるべき姿を、具体的に模索しはじめた」

「防空専用の空母戦隊とは、いったいどういうものだ？」

「搭載機数を増やすために、空母予備艦を戦闘機専用の母艦に改造し、同艦に艦戦のみを四〇機ほど搭載する。そのうえで、この改造空母と高速戦艦で一対一のペアを組み、一個の防空戦隊を編成するのだ」

「しかし軍令部は、空母予備艦を戦艦部隊の直衛に使うつもりだぞ」

「いや俺は、今まさに、連合艦隊を預かっているが、軍令部がどう考えていようが、そういう艦隊運用をやるつもりはない」

「ハハハッ、それは困ったもんだ」

「冗談じゃない。困っているのは俺のほうだ。しかし軍令部が、どうしても戦艦部隊の直衛に空母が必要だと言うなら、『龍驤』がある」

「なるほど。たしかに『龍驤』があるな」

「それでも不足だと言うなら、『鳳翔』だって使えないことはない」

「うむ。まあ、不可能ではない」

「だから高速戦艦とペアを組ませて、三個防空戦隊を編成するのだ」

「それでもって、主力空母戦隊一個と防空戦隊一個でさらにペアを組み、三個機動部隊を編成するというのが、貴様の考えだな？」

「ああ、そのとおりだ。だから空母予備艦は三隻でないと困る」

「わかった。その主旨には俺も賛同するが、高速戦艦というのは金剛型のことだな？」

「そうだ」

「旧式の金剛型とはいえ、戦艦を空母部隊に編入する必要が、本当にあるだろうか？」

「対空砲火は役に立つだろうし、戦艦は通信能力も高い。それだけでも充分に編入する価値があると思うが、俺はさらに〝新兵器〟を積んでやろうと思っている」

堀がそう言うと、吉田は、首を傾げながら聞き返した。

「金剛型戦艦に積むのか……新兵器を？」

「そうだ」

「わからん。それはいったいどんな兵器だ？」

「戦艦に積むのが、もっとも効果的な兵器だ」

堀がそう言ってヒントを与えると、ようやく吉田もピンときた。

「なるほど、わかったぞ。電探（レーダー）のことだな！」

「そうだ。電探の開発が上手くいき、もし金剛型戦艦に搭載できれば、味方空母部隊に接近して来る敵機を事前に察知できるので、防空戦隊はよりその効力を発揮する」

昭和一四年には高出力マグネトロンが日本無線で開発され、このころになってようやく海軍も、電探の開発に目を向けはじめていた。

電探の開発を担当する海軍技術研究所は、艦政本部の管轄下にあったので、艦政本部長の吉田善吾も当然そのことを承知していた。

「なるほど。そうなればたしかに、高速戦艦を空母部隊に編入する意味がある」

堀は吉田の性格をよくわかっていた。吉田はけっこう細かいことにまでこだわるが、丁寧に説明して理屈さえ通っておれば、自ら納得したうえでよく協力してくれる。

疑問点がすべて解消され、吉田善吾はいまや完全に、堀悌吉の航空艦隊構想に一役買ってやろうと思っていたのである。

2

吉田善吾は軍令部を相手に、さっそく交渉を開始した。このとき吉田善吾や堀悌吉は、時の運に恵まれていた。

日本の第三次補充計画に対抗するため、ちょうど米国が「第二次ヴィンソン案」という建艦計画を成立させたあとで、米国の海軍増強に対抗するため、軍令部も空母の必要性を認め、「大鯨」を含む三隻の予備艦の、空母への改造をただちに承認したのである。

改造するにはむろん金が要るが、このとき海軍省は、大臣が米内光政、次官が山本五十六、軍務局長が井上成美だったので、完全に堀や吉田の味方で、なんとか予算をひねり出した。

さらに軍令部次長のイスには、昭和一二年一二月一日から古賀峯一中将（海兵三四期）が座っていたので、そのことも交渉が円滑に進んだ大きな要因となった。

古賀峯一という人は、非常に公平で、ものわかりがよい。

「戦艦部隊の直衛には『龍驤』を使えるし、将来は電探を積みたいので、金剛型を空母部隊に編入すべきである」

吉田がそう説明すると、古賀はその必要性を認め、戦艦第一の持論をまげてうなずいた。

ところが、事はそう簡単ではなかった。

軍令部は、予備艦三隻を防空専用の空母に改造することには同意したが、金剛型戦艦を空母部隊の護衛に格下げすることには、結局、賛成しなかったのだ。

古賀が済まなそうに、吉田に言った。

「第一部長の宇垣纏（少将・海兵四〇期）がどうしても、うん、と言わんのです。そのおかげで総長殿下（伏見宮博恭王）も、金剛型戦艦の空母部隊編入については時期尚早、という結論を出されました」

吉田としては、これ以上、古賀に無理強いするわけにもいかないので、潔く引き下がるほかなかった。

しかし、とにかくこれで、予備艦三隻の空母改造は決まった。

問題の「大鯨」は入渠（にゅうきょ）させる必要があり、昭和一四年一〇月から横須賀海軍工廠で、ほかの二隻は空母への改造を前提に、すぐに七万二〇〇〇馬力の蒸気タービンを積んで進水していたので艤装だけでよく、「高崎」は昭和一五年一月から、「剣埼」は昭和一五年八月から、やはり横須賀海軍工廠で改造に着手されたのである。

3

いっぽう、主力空母の改装と建造も順調に進んでいた。

双龍型・一番艦「蒼龍」は昭和一二年一二月二九日に竣工し、二番艦「飛龍」は昭和一四年七月二〇日に竣工していた。

また、双城型・一番艦「赤城」は昭和一三年一二月二九日に第二次改装を完了しており、二番艦「葛城」も昭和一一年九月一二日に改装工事を完了していた。

さらに、第三次補充計画で建造中の双鶴型・一番艦は昭和一四年六月一日に進水式を終えて、空母「翔鶴」と名付けられ、二番艦も昭和一四年一一月二七日に進水式を終えて、空母「瑞鶴」と名付けられた。

海軍の建艦が着々と進んでいるのとは裏腹に、日本は米・英と疎遠になり、ナチス・ドイツへの傾斜を強めていった。

昭和一四年八月には、独ソ不可侵条約の成立によって平沼騏一郎(ひらぬまきいちろう)内閣が総辞職に追い込まれ、海軍大臣の米内光政が辞めることになった。

米内は海軍大臣の後継候補の、第一に堀悌吉の名前を挙げ、第二に吉田善吾の名前を挙げたが、二人とも伏見宮の意にそぐわず、結局、米内光政のあとの海軍大臣に就任したのは、海兵三一期卒業の及川古志郎(おいかわこしろう)中将だった。

この人事には、多分に伏見宮の思惑がはたらいていたが、米内が名前を挙げた堀悌吉や吉田善吾は海兵三二期の卒業で、及川のほうが先任に当たり、序列からいけば順当な選択だともいえた。

ただし、強硬な陸軍に対抗するには、温厚な及川はこの場合、やはり不向きだった。米・英とは協調するという海軍の伝統的な考えに反して、陸軍に圧されるようなかたちで昭和一五年九月二七日、及川古志郎はついに日・独・伊三国同盟の締結を認めてしまった。

米・英がもっとも嫌っているナチス・ドイツと日本は手を握ったのである。

堀悌吉と山本五十六は思った。

——これで米国との戦争は避けられない。その危険性が極めて大きくなった。

昭和一四年八月三〇日に、山本五十六は海軍次官を退いて、連合艦隊兼・第一艦隊司令長官に就任し、堀悌吉は連合艦隊兼・第一艦隊司令長官を退いて、支那方面艦隊司令長官に就任した。

同時に、支那方面艦隊司令長官だった及川古志郎が、海軍大臣に就任したのだ。

ちなみに、山本五十六の後任の海軍次官には住山徳太郎(すみやまとくたろう)中将（海兵三六期）が就任。吉田善吾は引き続き艦政本部長を務めており、同じ海兵三二期卒の嶋田繁太郎は、呉鎮守府司令長官の職にあった。

昭和一四年一一月一五日付で堀悌吉は、一期上の及川古志郎とともに海軍大将に昇進した。

堀悌吉と同じ海兵三二期では、嶋田繁太郎、山本五十六、吉田善吾の三名が、ちょうど一年遅れの昭和一五年一一月一五日付けで、海軍大将に昇進することになるが、塩沢幸一はすでに予備役に編入されていた。

堀悌吉と山本五十六が艦隊の司令長官として海へ出されているあいだに、海軍はついに日・独・伊三国同盟の締結を容認したのだ。

もはや大日本帝国は、引き返せない道をひた走りつつあった。

——対米戦に備えて、戦争準備を整えるべき時が来た！

海軍外戦部隊の長である山本五十六は、そう覚悟を決めざるを得なかったが、連合艦隊の戦争準備は遅々として進んでいなかった。

大将に昇進して、第一艦隊司令長官の兼務を解かれた山本五十六は、昭和一六年を迎えると、対米戦の劈頭(へきとう)にハワイ真珠湾を空母艦載機で奇襲攻撃する、という執念にも近い作戦に、取り憑かれるようになる。

当然この作戦をおこなうには、空母機動部隊の創設が必須の条件だった。

ところが、軍令部は空母機動部隊の設立をなかなか認めようとはしない。

業を煮やした山本五十六は、ついに荒療治に打って出た。

——元凶は、第一部長の宇垣纒だ。

昭和一六年四月には、ちょうど海軍の定期異動がおこなわれる。

山本五十六はその前に、自分の女房役である連合艦隊参謀長の福留繁(ふくとめしげる)少将（海兵四〇期）を呼び出して告げた。

「宇垣纒を連合艦隊にもらい受ける。そのためにきみを軍令部に差し出し、第一部長に就任してもらう。……すべては、宇垣という〝関所〟を取り払い、空母中心の艦隊を創設するためだ。抜かりないように頼む」

福留繁は四月一〇日に軍令部第一部長に就任。山本五十六から聞き及んでいた堀悌吉の航空艦隊構想を、ただちに実行に移した。

この荒療治によって、連合艦隊の戦争準備は一気に加速するのであった。

4

建造中もしくは改造中の空母は、続々と竣工しつつあった。

昭和一五年一二月には、まず予備艦「高崎」が軽空母「瑞鳳」として竣工。続いて、予備艦「大鯨」が昭和一六年二月に軽空母「龍鳳」として竣工。さらに、予備艦「剣埼」も昭和一六年七月に軽空母「祥鳳」として竣工した。

これら軽空母三隻は、基準排水量一万二八〇〇トン、速力二九・五ノット、搭載機は零戦のみを三九機と、目標の四〇機には届かなかったが、双型主力空母を充分に支援可能だった。

そして双鶴型主力空母は、一番艦「翔鶴」が昭和一六年八月八日に竣工し、二番艦「瑞鶴」も昭和一六年九月二五日に竣工する予定となっていた。
軍令部第一部長の福留繁少将は、連合艦隊司令部の意向に沿って、これら新造空母すべてを新設の空母艦隊に組み入れることにした。

第一航空艦隊　司令長官　南雲忠一中将
　第一機動部隊　指揮官　南雲中将直率
　第一航空戦隊　司令官　南雲中将直率
　　空母「赤城」「葛城」
　第一防空戦隊　司令官　原忠一少将
　　戦艦「榛名」　軽空母「龍鳳」
　第八戦隊　司令官　阿部弘毅少将
　　重巡「利根」「筑摩」
　第五水雷戦隊　司令官　大森仙太郎少将
　　軽巡「長良」　駆逐艦八隻
第二機動部隊　指揮官　山口多聞少将
第二航空戦隊　司令官　山口少将直率

　空母「蒼龍」「飛龍」
第二防空戦隊　司令官　前田稔　少将
　戦艦「比叡」　軽空母「瑞鳳」
第七戦隊　司令官　西村祥治少将
　重巡「最上」「三隈」
第六水雷戦隊　司令官　田中頼三少将
　軽巡「阿武隈」　駆逐艦八隻
第三機動部隊　指揮官　角田覚治少将
第三航空戦隊　司令官　角田少将直率
　空母「翔鶴」「瑞鶴」
第三防空戦隊　司令官　山田定義少将
　戦艦「霧島」　軽空母「祥鳳」
第九戦隊　司令官　志摩清英少将
　重巡「鈴谷」「熊野」
第七水雷戦隊　司令官　橋本信太郎少将
　軽巡「川内」　駆逐艦八隻

堀悌吉の航空艦隊構想に基づいて編制された第一航空艦隊の司令長官は南雲忠一中将（海兵三六期）だ。第一航空艦隊の指揮下には三つの機動部隊があり、第一機動部隊は南雲中将直率、第二機動部隊は山口多聞少将、第三機動部隊は角田覚治少将が、それぞれ指揮官に任命されている。

さらに、一個機動部隊の指揮下には、それぞれ双型の主力空母二隻で編制された第一、第二、第三航空戦隊と、高速戦艦と軽空母で編制された第一、第二、第三防空戦隊、そして重巡二隻で編制された第七、第八、第九戦隊、加えて軽巡一隻と駆逐艦八隻で編制された第五、第六、第七水雷戦隊が編入されていた。

したがって、主力空母二隻、戦艦一隻、軽空母一隻、重巡二隻、軽巡一隻、駆逐艦八隻で編制された機動部隊が三つ存在し、それをまとめて第一航空艦隊としたので、南雲中将の指揮下にある艦艇は、主力空母六隻、戦艦三隻、軽空母三隻、重巡六隻、軽巡三隻、駆逐艦二四隻の合計四五隻にも達していた。

この艦隊の旗艦は空母「赤城」である。

また三個機動部隊の各旗艦は、第一機動部隊が空母「赤城」、第二機動部隊が空母「蒼龍」、第三機動部隊が空母「翔鶴」となっており、三つの防空戦隊の旗艦には、それぞれ金剛型戦艦が指定されていた。

　ちなみに第二機動部隊では、海兵三九期卒の西村祥治少将が、海兵四〇期卒の山口多聞少将の指揮を受けることになり、一見、序列に逆転が生じているようだが、少将に昇進した時期は、山口多聞が昭和一三年一一月一五日、西村祥治が昭和一五年一一月一五日で、少将への昇進時期が早い山口多聞のほうが先任となるので、まったく問題はなかった。

　昭和一六年四月の人事で、軍令部総長は伏見宮博恭王から永野修身大将に交代しており、永野総長も第一航空艦隊の編制を承認した。

　永野総長以下、軍令部は当然のこととして、三つある機動部隊を作戦や戦局に応じて分割するつもりでいたが、ここに、連合艦隊司令部とのあいだで齟齬が生じた。

「第一航空艦隊は分割せず、三個機動部隊をすべて、開戦劈頭の真珠湾攻撃に動員する！」

　連合艦隊司令長官の山本五十六大将は軍令部に対して、にわかにそう宣言してきたのである。

5

軍令部としては、少なくとも一個機動部隊は南方攻略作戦に投入するつもりであった。

そう考えていたのは、第一部長の福留繁少将も例外ではなく、福留は、山口多聞少将の第二機動部隊を第三艦隊の指揮下に編入し、南方作戦に使おうと考えていた。

しかし、山本長官をはじめ、連合艦隊司令部は頑として、軍令部の方針を受け入れようとはしなかった。

「主敵は真珠湾に集結している太平洋艦隊だ。フィリピンを含む南方には、機動部隊の相手となるような敵は存在しない。南方作戦に第二機動部隊を派遣するのは、〝牛刀をもって鶏を割く〟に等しい！」

昭和一六年九月になっても、軍令部と連合艦隊司令部の話し合いは平行線をたどっていた。一番の問題は、米軍の一大航空拠点が存在するフィリピンに対する攻撃だった。台湾南部の日本軍基地からルソン島のマニラ周辺米軍基地までは、距離が五〇〇海里以上も離れているので、攻撃には絶対に空母が必要だ、と軍令部が訴えるのも無理のないことだった。

この問題が決着したのは、ようやく一〇月に入ってからのことだった。

零戦に増槽を装備させて航続力を伸ばし、そのうえで台湾南部の基地から出撃させれば、基地航空隊の攻撃だけでもマニラ周辺の米軍基地を無力化できる、という目処（めど）がついたのである。

一〇月中旬にはついに軍令部が折れて、第一航空艦隊は分割せず三個機動部隊のすべてが、真珠湾攻撃に投入されることが決まった。

けれども情けないことに、航空艦隊を率いる肝心の南雲忠一中将が、最後の最後まで真珠湾攻撃に消極的で、参謀長の草鹿龍之介（くさかりゅうのすけ）少将（海兵四一期）に対して、まったく成功させる自信がない、と愚痴をこぼす始末だった。

そんな折に、日本に政変が起きて第三次近衛文麿（このえふみまろ）内閣が総辞職。一〇月一七日には東條英機（とうじょうひでき）内閣が成立する。

及川古志郎に代わって、東條内閣の海軍大臣に就任したのが堀悌吉だった。

堀悌吉は大将に昇進したあと、昭和一五年五月一日に横須賀鎮守府司令長官に就任していたが、対米戦を危ぶんだ重臣の岡田啓介や米内光政などが、東條内閣成立の立役者である内大臣の木戸幸一に働きかけて、堀悌吉の海相就任の裁可を、天皇から得たのであった。

すでに軍令部総長の職からは退いていたが、伏見宮博恭王の意中の新任大臣は、嶋田繁太郎だった。岡田啓介は、嶋田繁太郎では東條英機を抑えることができないとみて、伏見宮の先回りをしたのだ。

親米派である堀悌吉の海軍大臣就任は、天皇の望むところでもあった。

「このような事態であれば、戦争準備を進めるのはやむを得ないであろうが、なんとか極力、日米交渉の打開を図ってもらいたい」

これが昭和天皇の本心であった。

東條英機は天皇の内意を肝に銘じて、対米戦を回避しようと考えた。が、これまで散々強硬論を主張してきた東條としては、にわかに手のひらを返すわけにもいかず、海軍大臣の堀悌吉に自らの意向を打診してきた。

「なんとか海軍が、戦争を欲しない、ということを公言してもらえないだろうか。……そうすれば陸軍としては、強硬な中堅、若手将校を抑えるのに抑えやすい」

首相でしかも陸軍大臣をやっている者が自分の部下も抑えられないとは、じつに情けない話であるが、この申し出を受けて堀悌吉は、海軍大臣としての意見を堂々と、正式な場で述べた。

「海軍は戦争を欲しない。米国と戦争をしても必ず負ける」

この発言で、世論は一夜にして紛糾した。だが一部の紙上では、堀の発言を擁護する動きも見られ、数日後には世論は冷静さを取り戻し、騒ぎは沈静化しはじめた。

こうして東條内閣成立後、一旦は和平の動きが本格化しはじめたが、すでに米国政府には、日本とまともに交渉する気など一切なく、有名なハル・ノートの提出によって、さしもの堀悌吉もあまりに強硬な米国政府の態度に失望し、日本政府は昭和一六年一二月一日の御前会議において、ついに対米戦を決意するのであった。

堀悌吉が大臣に就任するや、山本五十六はただちに上京して、堀に相談を持ちかけた。

「南雲が消極的すぎてどうにもならん。……第一航空艦隊の司令長官をほかの者に代える、というのは無理だろうか？」

堀は少し考えてから返した。

「真珠湾攻撃はもっとも重要な作戦だ。そういうことなら代える必要があるだろう。しかし問題は南雲の処遇をどうするかだ……」

「連合艦隊で引き続き預かる。南方作戦全般を指揮する南西方面艦隊を新設し、その長官に南雲を任命する。南雲には戦艦『金剛』を与えて、南遣艦隊長官に三川軍一（中将・海兵三八期）をもってくる、というのはどうだ？」

「……ということは、小沢治三郎（中将・海兵三七期）を第一航空艦隊の司令長官にしよう、と言うのだな？」

「ああ、そのとおりだ。小沢なら航空戦に不安がない」

「しかし小沢は、中将に昇進してまだ一年と経っていない」

堀の言うとおり、小沢治三郎が中将に昇進したのは、昭和一五年一一月一五日のことだった。

山本が反論した。

「半年以上経っているから、べつに小沢を持ってきても不自然ではない。それを言うなら、軍令部次長に伊藤整一（中将・海兵三九期）を据えたのは、もっと不自然だろう」

山本が言及したとおり、軍令部次長には古参の中将が就任する、というのが帝国海軍の慣わしだった。伊藤整一は、総長の永野修身大将に請われて少将のまま軍令部次長に就任し、昭和一六年一〇月一五日付けで、あわてて中将に昇進させたほどであった。それに比べれば、小沢治三郎を第一航空艦隊の司令長官に起用するのは、なんら不自然なことではない。

「ああ、たしかにそうだな。わかった。それで調整させてみる」

むろん、よほど理不尽なことがない限り、大臣の人事に容喙する者などはおらず、昭和一六年一〇月二一日付けで、第一航空艦隊の司令長官には小沢治三郎中将が就任した。

6

正式に辞令を受け取ると、小沢治三郎はただちに山本五十六のもとを訪れた。

「空母艦隊の指揮を執れというお達しですが、その心得などがございましたら、承ろうと思い、参上いたしました」

「うむ。本来なら、私自身が『赤城』に乗って出掛けたいところだが、諸般の事情がそれを許さぬので、きみに譲ることにした。……信用しておるので、べつに言うことはなにもない。思う存分暴れてきてくれ」

山本がそう返すと、にわかに小沢が真剣な顔付きになり、言った。

「作戦計画は概ね承知しておりますが、それでは私のほうから二、三、再確認させてください」

「ああ、かまわんよ。なんでも聞いてくれ」

「攻撃の第一目標は当然、戦艦ではなく空母ですね？」

「そうだ」

「もし、真珠湾に米空母が存在しなかった場合には、最初に戦艦をやるとして、第二撃は再び真珠湾を攻撃するのか、それとも真珠湾への攻撃を中止して米空母を捜索するのか、長官のお考えをお聞かせください」

　山本が少し間をおいて答えた。

「開戦初日にして米軍将兵の士気を阻喪せしめる、というのがこの作戦の第一目的だ。状況が許す限り真珠湾を徹底的に叩いてもらいたい。だが、米空母の動向によっては、必ずしもこちらの思惑どおりに作戦が運ぶとは限らん。……概ね、きみに判断を委ねるつもりだ」

「わかりました。可能な限り反復攻撃を加える決意で臨みます」

「軍令部は、出来るだけ空母を傷付けるな、と南雲には言っておったようだが、私は多少の損害は覚悟しておる。損害に見合うだけの戦果を挙げてくれれば、それでよい」

「承知しました。ところで、米空母の動向が作戦のカギを握ることになりそうですが、開発中の双発艦攻は足が長いと聞いております。これを空母に積んで行ければ、決定的な切り札になると思われます。同機は今回の出撃に、間に合いそうでしょうか？」

「いや、私もそう思うが、残念ながら双発艦攻はいまだ計画どおりの性能を発揮するには至っておらん。今回の出撃は見送るほかあるまい」

「ですが、初飛行には成功し、数機は完成していると聞いております」

「母艦での発着艦テストを終えておらん。攻撃機としてはいまだ、九七式艦攻に毛の生えた程度の性能だから、テストを急ぐ必要もない」

ところが、小沢は妙にこだわった。

「同機の航続距離はどれくらいですか？」

「魚雷を装備して約三〇〇海里。装備しなければ五〇〇海里といったところだ」

「でしたら充分に使えます。少数でかまいませんので、双鶴型二隻に是非、積んで行きたいと思います」

「発着艦テストを終えておらんのだぞ？」

「明日にでもすぐに実施いたします」

「テストに失敗するようなことがあると、母艦を傷付ける恐れがある」

「決して無理はさせません。しかも、熟練のテストパイロットを選んで実施いたします」

「まあ、そこまで言うなら、しいて止めはしないが、九七式艦攻で充分だろう。……いったいなにに使おうというのだ？」

「母艦機で五〇〇海里も飛べる機体は、ほかにはありません。……素敵に用います」

零戦は増槽を装備すれば五〇〇海里の往復が可能だったが、増槽は基地航空隊の零戦に優先的に配備されたので、たしかに小沢の言うとおり、母艦航空隊の零戦に五〇〇海里の距離を往復できる能力はなかった。

「なるほどな。……で、何機、積んでゆく」

「できれば一二機を用意できるでしょうか。もっとも運用しやすい『翔鶴』と『瑞鶴』に、六機ずつ搭載して行きたいのです」

「ああ、一二機なら用意できるだろう」

「それでは是非、手配のほどをよろしくお願いいたします」

「わかった。空技廠（航空技術廠）に用意するよう伝えておく。が、あちらの都合を優先させるので、テストの日取りは、きみのほうで合わせてやってくれ」

「わかりました。それでは、よろしくお願いいたします」

「うむ。承知した」

小沢の発案により、第一航空艦隊は試作の双発艦攻も積んで行くことになったのである。

7

昭和一六年一〇月二七日。東京湾で一一試双発艦上攻撃機の発着艦テストがおこなわれた。

新鋭艦・双鶴型空母の飛行甲板全長は二五八メートルにも達する。後部の航空機用エレベーターで、飛行甲板に上げられた一一試双発艦上攻撃機は、発艦の際に二一〇メートル以上もの滑走距離を得られる。しかも、後部飛行甲板の最大幅は三八メートルもあるので、機体の大きい双発艦攻でも余裕で駐機可能だった。

関係者が見守るなか、発艦テストはまったくなんの問題もなく成功した。

発艦に成功した三機の試作双発艦攻は、上空で大きく三度旋回し、今度はいよいよ着艦テストがおこなわれる。

速力二〇ノットで航行する空母「瑞鶴」に、三機の双発艦攻が後方から迫ってきた。

一番機の操縦員・古田稔(ふるたみのる)大尉は、慎重に高度を下げながら機速を一六〇ノットに落とし、こまめに舵を調節して母艦の中心線を捉えた。

古田は着艦を何度も経験している熟練者だったが、新鋭の空母「瑞鶴」は重心が低く、遠目から見てもどっしりとしており、ほかのどの空母よりも飛行甲板を広々と感じた。

——よし、ランディングに入るぞ！

意を決した古田は、さらに高度を下げて、いよいよ「瑞鶴」の後方から進入した。

機はしっかりと安定している。エンジンの出力をさらに絞り、艦尾を過ぎたと思った直後に、古田は、飛行甲板へ愛機を滑り込ませた。

まもなく、後ろから三番目の制動索を、双発艦攻の着艦フックがとらえた。そして古田機は二、三度はずみながらも、やがて飛行甲板の中央で停止した。

見事、着艦成功である。

古田機だけでなく、二番機と三番機も難なく着艦を成功させた。

「まったく問題ありません。機体はじつに安定しており、とくに着艦は、ほかの艦上機よりもやりやすいほどです」

古田大尉がそう報告すると、航空本部長の片桐英吉（かたぎりえいきち）中将（海兵三四期）は、その場で同機を一式双発艦上偵察機として制式採用した。

この一式双発艦偵は、約束どおり一二機が用意され、空母「翔鶴」と「瑞鶴」にそれぞれ六機ずつ積み込まれた。

その後、約三週間に亘って双発艦攻の発着訓練を実施した空母「翔鶴」と「瑞鶴」は、第一航空艦隊のほかの艦艇とともに、一一月二二日に択捉（えとろふ）島のヒトカップ湾へ進出した。

第一航空艦隊司令長官の小沢治三郎中将は、一式双発艦偵の作戦参加に大いに満足し、連合艦隊司令長官の山本五十六大将に報告した。

「これで第一航空艦隊の出撃準備は、すべて完了いたしました」

連合艦隊麾下（きか）のほかの部隊もすべて、開戦に備えてすでに戦闘配置についていた。

――これでやるべきことはすべてやった。あとは本当に戦争をはじめるのかどうか、政府の決断を待つばかりだ。

山本五十六は、小沢治三郎の強引な決断に苦笑しながらも、堀悌吉と取り組んだ空母艦隊の創設や、一式双発艦偵の開発に思いをはせて、連合艦隊の旗艦・戦艦「長門」の艦上で、静かに時が訪れるのを待っていた。

いっぽう、海軍大臣の堀悌吉大将は落胆の色を隠し切れなかった。

一一月二六日に提示されたハル・ノートは事実上、米国政府の最後通牒だった。外交交渉は相手があることだから、一方がいくら和平を望んでも、もう一方にその気がなければ、話し合いは成立しない。

——残念ながら、米国政府には歩み寄りの姿勢が一切見られない。米国はすでに日本との戦争を決めているのだ！

堀悌吉はそう断じざるを得なかった。

ハル・ノートに示された条件を、もし、日本が呑むとすれば、日本の歴史を一〇年前に戻すにも等しい、屈辱に耐える必要があった。

たしかにほめられた一〇年ではなかったが、誇り高き帝国の国民が、時計の針を一〇年も前に戻す、というような要求を受け入れるはずもなく、さしもの堀悌吉も、ついに対米戦を決意したのである。

第七章　日米開戦——第一航空艦隊の出撃

1

第一航空艦隊の空母は九隻。世界中のどこを見渡しても、これだけの空母航空兵力を結集した艦隊は存在しなかった。

戦艦「加賀」の空母改造中止を決定して以来、二〇年近くの歳月が経とうとしていたが、堀悌吉と山本五十六の絶え間ない努力の積み重ねが、ほぼ理想どおりのかたちで、現実に実を結んだといってよい。

ヒトカップ湾に集結した、四五隻にも及ぶ帝国海軍の戦闘艦を目の当たりにして、艦隊を率いる小沢治三郎中将は人知れずつぶやいた。

「まさに世界最強の艦隊だ。我が第一航空艦隊がひとたび動き出せば、他国のいかなる艦隊と遭遇しようとも、片っ端から撃破できる」

小沢がそう自負するのも当然だった。艦隊の兵力ばかりではなく、各母艦の搭乗員の技量も間違いなく世界水準から抜きん出ていた。しかも、双鶴型空母二隻は一式双発艦偵を積んでいる。いかなる敵も見逃すはずがなかった。

双型の主力空母六隻は、どの艦をとっても性能にまったく不足はなく、全六隻が七〇機以上の艦載機を搭載し、速力三一ノット以上を誇る第一線級の空母だった。

それを支援する軽空母三隻も、二九・五ノットの速力を持ち、搭載する計一一七機にも及ぶ零式艦上戦闘機は、攻撃するにも守るにも、じつに頼りになる存在で、ここぞと言うときに思い切った作戦を採り得る。

そして、小沢の関心をひときわ引いたのは、三隻の金剛型高速戦艦だった。三隻とも艦橋のてっぺんに、まったく見慣れない新兵器を搭載している。それは畳のような形をしており、小沢は〝これが電探だな〟と思った。

単発機を約三五海里（約六五キロメートル）手前で捕捉できるということで、現状では目視に毛の生えた程度の性能でしかないが、戦艦に乗り込んできた三名の技術者は、近い将来に必ず性能を向上させる、と断言していたので、まずはお手並み拝見と言ったところだ。

その他、重巡以下の戦力も充実していたが、小沢がもっとも頼りにしていたのは、やはり九隻の母艦に搭載されている、合計五六七機にも及ぶ艦載機群だった。

第一機動部隊　指揮官　小沢治三郎中将
第一航空戦隊　司令官　小沢中将直率
空母「赤城」　搭載機数・計七五機
（零戦二一、艦爆二七、艦攻二七）
空母「葛城」　搭載機数・計七五機
（零戦二一、艦爆二七、艦攻二七）
第一防空戦隊　司令官　原忠一少将
軽空母「龍鳳」　搭載機数・計三九機
（零戦三九）
第二機動部隊　指揮官　山口多聞少将
第二航空戦隊　司令官　山口少将直率
空母「蒼龍」　搭載機数・計七二機
（零戦一八、艦爆二七、艦攻二七）
空母「飛龍」　搭載機数・計七二機

（零戦一八、艦爆二七、艦攻二七）

第二防空戦隊　司令官　前田稔少将

軽空母「瑞鳳」　搭載機数・計三九機

（零戦三九）

第三機動部隊　指揮官　角田覚治少将

第三航空戦隊　司令官　角田少将直率

空母「翔鶴」　搭載機数・計七八機

（零戦一八、艦爆二七、艦攻二七、双偵六）

空母「瑞鶴」　搭載機数・計七八機

（零戦一八、艦爆二七、艦攻二七、双偵六）

第三防空戦隊　司令官　山田定義少将

軽空母「祥鳳」　搭載機数・計三九機

（零戦三九）

その航空総兵力は、零戦二三一機、九九式艦爆一六二機、九七式艦攻一六二機、一式双発艦偵一二機の合計五六七機に達していた。

一一月二三日。第一航空艦隊司令長官の小沢治三郎中将は、艦隊の全艦長、幕僚らを旗艦・空母「赤城」に招集して特別会議を開いた。

ここではじめて小沢長官の口から、艦隊集結の目的が、オアフ島・真珠湾に対する攻撃であることが知らされた。

だが小沢中将は、その最後に付け加えた。

「真珠湾を必ず攻撃する、と決まったわけではない。政府の方針が和戦いずれに決するか、帝都からの最終命令を待っている」

この日から、ヒトカップ湾に集結した全艦艇の乗員が、一人残らず覚悟を決めた。

——いよいよ年貢の納め時だ。

ヒトカップ湾から出撃する前夜、第一航空艦隊の各艦内では酒保が開かれて、ドンチャン騒ぎとなった。

無礼講で、士官室やガンルームに、普段は入れない下士官が入り、まさにお祭りのような騒ぎが続いた。アルコールの力を借りた乗員らは、皆例外なく出撃の興奮に酔っていたのである。

2

昭和一六年一一月二六日。ヒトカップ湾の上空には、蒼黒い雲がたなびいていた。時折り雲間を裂いて、朝日が湾内に差し込んで来る。その照り返しを受けて、海面が幻想的な明るさを浮かべ、華やいでいた。

海ばかりではない。背後を取り巻く荒涼とした陸地もまた、朝の陽光を浴びて、華やかな朝焼け色に染まっていた。

旗艦・空母「赤城」は午前七時ちょうどに、出撃することになっている。

一時間前の午前六時には、軽巡、駆逐艦からなる警戒隊がすでに出撃していた。ところが、出撃の前に「赤城」に思いがけないアクシデントが起きた。ワイヤーがスクリューに巻き付いてしまい、予定時刻の出撃が不可能になったのだ。

真珠湾攻撃は精緻な計画のもとに行動予定が決められている。作戦は、すでに動きはじめているのだ。行動の遅延は絶対に許されない。

事故の報告を受け、艦長の長谷川喜一（はせがわきいち）大佐が言下に命じた。

「ただちにワイヤーを取り除け！」

この作戦に帝国海軍、いや大日本帝国の命運が掛かっている。長谷川艦長の額には脂汗がにじんでいた。

潜水員が海へ潜り、必死の思いでワイヤーを取り除いた。運よく作業は順調に進み、旗艦「赤城」は二時間遅れの午前九時に出撃した。

午前九時ごろには、雲は切れ晴れ渡ったが、風は相当に強かった。果てしなく広がる蒼黒い海が激しくうねって、白い牙のごとく空母「赤城」の舳先を噛む。

外洋へ出たところで、ようやく「赤城」が僚艦に追い付き、艦隊の隊列が整えられた。

本来なら、三つの機動部隊が各隊ごとに分かれて隊列を組むべきところだが、第一航空艦隊は厳密な無線封止を敷いているので、空母九隻と戦艦三隻がまとまって進撃する。

各機動部隊どうしの連絡を発光信号でおこなうためだ。

主力の空母及び戦艦は、三列の横陣列で航行する。横陣列とは、縦陣を形成した複数の列（このとき三列）が、横に並列した陣形だ。

小沢長官の座上する空母「赤城」が中央列の先頭を航行し、その後方に、同じ第一機動部隊所属の空母「葛城」、戦艦「榛名」、軽空母「龍鳳」が、順に続いている。

右翼列の先頭は、第二機動部隊の山口多聞少将が座上する空母「蒼龍」で、その後方に、空母「飛龍」、戦艦「比叡」、軽空母「瑞鳳」が、順に続いている。

さらに左翼列の先頭は、第三機動部隊の角田覚治少将が座上する空母「翔鶴」で、その後方に、空母「瑞鶴」、戦艦「霧島」、軽空母「祥鳳」が、順に続いていた。

つまり三名の機動部隊指揮官、小沢中将、山口少将、角田少将の座乗艦が、真横に併走することによって、発光信号で容易に連絡が取れるようにこの陣形を敷いたのだ。

そして、中央の空母や戦艦の周囲を、重巡以下の艦艇や油槽船が、大きく取り囲むようにして航行していた。

真珠湾攻撃は「空母の集団運用による未曾有の大航空隊でもって、敵の最重要拠点に猛爆撃を加える」という世界史上類のない、画期的な戦法を秘めているので、徹底した機密保持が必要とされたのだ。

ヒトカップ湾から出撃後、冬のこの海域にしては珍しく、数日間、好天が続いた。

一一月二八日。好天のおかげで第一回目の給油作業は、ことのほか順調に進んだ。

さらに東進しながら、旗艦「赤城」の小沢司令部は、帝都からの情報に全神経を集中させた。

帝都からの情報は、日米交渉は極めて不調で開戦は必至の情勢、と伝えてくる。

空母「赤城」の艦橋内は水をうったような静けさで、俄然、緊張が高まってくる。

一二月一日・午後五時。第一航空艦隊は日付変更線を越えて、西半球に入った。同時に小沢長官から、極力、信号を抑制せよ、という注意が与えられた。

一二月二日。第一航空艦隊は二度目の給油を受けた。この給油によって、「赤城」は今後、燃料補給を受けずに作戦を遂行できる。

そして、この日の午後八時。連合艦隊司令部からついに『ニイタカヤマノボレ一二〇八』の命令電が送られてきた。

それは、一二月八日零時を期して日米開戦。作戦行動を開始せよ、ということだった。

この命令を受け、第一航空艦隊参謀長の草鹿龍之介少将が、小沢長官に向かって、つぶやくように言った。

「いよいよです」

小沢は口を閉じたまま、草鹿の言葉に重々しくうなずいたのである。

3

第一航空艦隊は予定どおり行動を開始したが、大本営がもっとも不安視していたのは、マレー半島上陸作戦だった。

というのは、英国のウィストン・チャーチル首相が、極東への主力艦派遣を公言していたからである。

「戦艦『プリンス・オブ・ウェールズ』と巡洋戦艦『レパルス』、さらに空母『インドミタブル』をシンガポールへ派遣する」

これらの英主力艦が実際に南シナ海で行動するようになれば、マレー半島上陸作戦は極めて困難になる。

とくに戦艦「プリンス・オブ・ウェールズ」は防御力に優れた新鋭艦で、帝国海軍でこれと対等に戦える戦艦は、「長門」と「陸奥」の二隻だけであった。日本の新鋭戦艦「大和」はまだ完成していない。

しかし、「長門」「陸奥」は全作戦を支援するために、瀬戸内海で待機しておく必要がある。フィリピン攻略作戦なども同時におこなわれるので、米海軍の主力が出現した場合には、「長門」「陸奥」はその方面に出動しなければならない。米・太平洋艦隊には九隻の戦艦が在り、そのすべてが真珠湾に居るとは限らないのだ。

シンガポールを拠点とする英・東洋艦隊を撃退するのは、新たに設立された南西方面艦隊の任務であった。

南西方面艦隊　司令長官　南雲忠一中将
マレー部隊本隊　指揮官　南雲中将直率
第三戦隊　司令官　南雲中将直率
戦艦「金剛」　重巡「羽黒」
第八水雷戦隊
軽巡「五十鈴」　駆逐艦八隻
マレー攻略部隊　指揮官　三川軍一中将
第一〇戦隊　司令官　三川中将直率
重巡「鳥海」「摩耶」
第三水雷戦隊
軽巡「川内」　駆逐艦八隻

第四潜水戦隊
軽巡「鬼怒（きぬ）」　潜水艦八隻
第五潜水戦隊
軽巡「由良（ゆら）」　潜水艦八隻

南西方面艦隊は戦闘艦の数では、東洋艦隊を大きく上回っていたが、戦艦「プリンス・オブ・ウェールズ」とまともに太刀打ちできる艦は、一隻も存在しなかった。しかし、日本軍はついていた。英空母「インドミタブル」は、西インド諸島で訓練中に座礁事故を起こしてしまい、一二月初旬のシンガポール到着が不可能になったのだ。

南雲中将の指揮下にも空母は存在しなかったが、南西方面艦隊は南部仏印の航空基地から友軍機の支援を受けられる。サイゴン、ツダウムの両航空基地には、あわせて七二機の九六式陸攻が配備されていた。

「七二機では不安ですから、新鋭の一式陸攻二七機を南部仏印に追加派兵してはどうか」

小沢治三郎は、第一航空艦隊の司令長官に任命される前に、連合艦隊司令部に対してそう進言していたが、陸攻はどの戦線でも引っ張りだこだったので、結局、当の南雲忠一や三川軍一からそういう要請がなかったため、一式陸攻の追加派兵は立ち消えとなってしまった。

ただし連合艦隊司令部も、敵が戦艦二隻ということを考慮に入れて、雷撃主体で攻撃をおこなうため、ツダウム基地に航空魚雷を二〇本ほど追加で送ることにした。

水雷屋の南雲や三川は、航空戦の経験がほとんどなく、あくまでも砲雷撃戦で東洋艦隊と決着を付けようとしていた。

いっぽう、マレー上陸作戦を重視していた陸軍は、英艦隊の増勢に脅威を感じ、海軍の全面的な協力を切望していた。

これに対し、攻略部隊を率いる三川中将はとくに、陸軍の要請に極力、応えようとした。

三川は南雲に進言した。

「水雷艦は味方のほうが優勢ですから、夜戦に持ち込めば勝算は充分にあります」

南雲もこれにうなずいた。

「うむ。損害覚悟で決戦を挑もう」

航空戦にはからっきし自信がないが、勝手知ったる水雷戦なら望むところ。南雲は三川に向かって断言した。

「英艦隊が出撃してきた場合は、『金剛』以下を率いて、必ず助太刀する！」

武人らしい南雲の裁定に、三川は敬意を表したのである。

4

戦艦「プリンス・オブ・ウェールズ」と巡洋戦艦「レパルス」は一二月二日に、シンガポールのセレター軍港に到着した。

両戦艦を率いるのは、東洋艦隊司令長官に就任したばかりのサー・トム・スペンサー・フィリップス大将であった。

東洋艦隊　司令長官　トム・フィリップス大将

　Z部隊　指揮官　フィリップス大将直率

　戦艦「プリンス・オブ・ウェールズ」

　巡洋戦艦「レパルス」

　駆逐艦四隻

空母「インドミタブル」を欠いた東洋艦隊の戦力は、決して充分なものとは言えなかったが、フィリップス大将の戦意は極めて旺盛だった。

アメリカの参戦を強く望んでいたチャーチル首相は、フランクリン・D・ルーズベルト大統領と謀って、なんとか日本軍に、先に手を出させようと画策していた。チャーチルはその牽制役を、フィリップスに命じていたのだ。

牽制とは、南シナ海を北上して日本軍に脅威を与えることにほかならない。

ルーズベルトがチャーチルに言った。

「英国・東洋艦隊の指揮下に、米国・アジア艦隊の重巡『ヒューストン』と軽巡『ボイス』を加えましょう。そしてフィリップス提督には、思い切って南シナ海を北進していただく。……そこで日本の艦隊と遭遇し、もし、日本側が先に攻撃を仕掛けてくれれば、日本は米国にも弓を引いたことになり、米国政府は宣戦布告の口実を得られる」

チャーチルが感心して言った。

「なるほど。東洋艦隊がマレー沖の南シナ海を遊弋するのは、防衛上認められるべきごく自然な行動だ。そこへ米艦が加わる。……これに対し先に弓を引いてくるということは、日本の侵略意図は明白なので、たしかに貴国の、宣戦布告の口実になりますな」

「そういうことです。米国籍の軍艦が先制攻撃を受けたとなれば、腰の重い米国議会も、さすがに対日戦を容認せざるを得ないでしょう」

米国の一日もはやい参戦を望んでいるチャーチルは、一も二もなく、ルーズベルトの策謀に同意したのである。


昭和一六年一二月四日。三川中将の攻略部隊は陸軍・山下奉文(やましたともゆき)中将の兵団を乗せた二七隻にも及ぶ大輸送船団を護衛して、海南島の三亜基地を出港、マレー半島へ向けて進撃を開始した。

続いてその七〇海里後方から、南雲中将の主隊もマレー沖を目指して出撃した。後方をゆく南雲本隊は、フィリピン方面からの米艦隊出撃にも備える必要があった。マレー半島の上陸地点・コタバルへ到達するには、一四ノットの船団速力をもってしても、四日間は必要である。

出撃から二日間は何事も起こらなかった。

一二月六日・午前一〇時三〇分（以後すべて日本時間で表記）部隊は仏印南端の

カモー岬沖を西進していた。そのとき上空に、突然、英軍の大型偵察機二機が姿を現した。

二機の英軍機は大胆にも、二、三度旋回しながら部隊との接触を保っている。

これを見た旗艦「鳥海」座乗の三川中将は、躊躇なく命令を発した。

「敵機を撃墜せよ！」

幕僚たちはこれを聞いて、驚きの色を隠し切れなかった。なぜなら、第一航空艦隊は奇襲攻撃を期して、すでにオアフ島へ向け、東太平洋上を南下していたのだ。

——英軍機の撃墜によって、日本の開戦意図が暴露すれば、第一航空艦隊の奇襲攻撃は不可能になる！

しかし、攻撃するか否かは、現地指揮官の判断に委ねられているので、三川中将の命令はただちに打電された。

船団を守る、攻略部隊の艦艇が高角砲を一斉にぶっ放し、仏印南部のソクラトン飛行場から、数機の零戦が邀撃に飛び立った。

大本営と連合艦隊司令部は、この発信を傍受して居ても立ってもおられず、まさに全軍が息を呑み、祈るような気持ちでカモー岬沖の三川艦隊を見守っていた。

するとまもなく、発砲された英軍機は、驚いた様子で飛び去っていった。

けれども、英軍機の日本艦隊及び輸送船団発見の報告は、シンガポールの極東軍司令部へ確実に到達した。

「ついに来たぞ！」

そう叫んだフィリップス大将の、決断はすばやかった。

東洋艦隊と合流するため、米海軍アジア艦隊の重巡「ヒューストン」と軽巡「ボイス」は一二月四日に、フィリピン中部・パナイ島のイロイロ泊地を出撃し、すでにシンガポール北東のアナンバス諸島沖へ到達しようとしていた。

「ただちに出撃し、米艦二隻とクアンタン沖で合流する！」

フィリップスは、参謀長のパリサー大佐にそう宣言すると、自らZ部隊（英・東洋艦隊）を率いて急遽、シンガポールから出撃した。が、パリサー参謀長は各部署と連絡を取るため、シンガポールの司令部に残ることになった。

Z部隊の戦艦二隻と駆逐艦四隻は、一二月六日午後二時ちょうどに出撃。フィリップス大将は当然ながら、新鋭戦艦「プリンス・オブ・ウェールズ」に将旗を掲げていた。

そしてZ部隊は、六日午後一〇時に、米艦二隻とクアンタン沖で合流したのである。

5

一二月七日午前一〇時。マレー攻略部隊は針路を北西に執って航行していた。このとき一機の英飛行艇が再び部隊に接触して来た。三川中将は昨日同様、ただちに敵機撃墜の命令を発した。

まもなく、同機を発見した陸軍の隼一〇機がこれを追尾して、たちまち撃墜した。しかし、その英飛行艇は日本軍攻略部隊の位置を確実に報告し、フィリップス提督は、日本軍艦隊の進撃を阻止すべく、いや正確にいうと、日本軍艦隊を挑発して〝先に手を出させる〟ため、マレー半島に沿ってさらに北上した。

いっぽう日本側も、潜水艦「伊五四」の通報によって、東洋艦隊がシンガポールから出撃したことを知り、さらに一二月七日の午後二時二五分には、サイゴンから発進した九六式陸攻の一機がついに、戦艦二隻を主力とする英・東洋艦隊を発見した。

南西方面艦隊司令長官の南雲忠一中将は、潜水艦「伊五四」からの第一報により、七日日没後の夜戦を決意、二五ノットで西進しつつ、攻略部隊の三川軍一中将に合同を命じた。

このとき、三川中将の攻略部隊と東洋艦隊との距離は、すでに一〇〇海里以下に迫ろうとしていたが、三川も南雲と同様の判断をした。

「敵には新鋭戦艦が含まれる。夜戦でないと到底勝ち目がない」

三川は否応なく南雲の合同命令に応じた。

かたや、サイゴンに司令部を置く第二二航空戦隊司令官の松永貞市(まつながさだいち)少将は、南雲司令部からの命令を待つまでもなく、索敵に出した三機以外、基地で待機していた九六式陸攻六九機に、ただちに出撃を命じて英艦隊の撃滅を目指した。

——水上部隊が決戦をおこなうまえに、英戦艦に深手を負わせてやる!

松永が出撃を命じた六九機のうち、五一機の九六式陸攻が魚雷を装備し、残る九六式陸攻一八機が五〇〇キログラム爆弾を装備して、午後三時三〇分にサイゴン、ツダウムの両基地から飛び立っていった。

こうして日・英両軍は、敵の位置をはっきりと確認して、互いに行動を開始したのだが、双方ともに敵情を把握し切れていない、決定的に重要な問題を一つずつ抱えていた。

東洋艦隊のフィリップス提督は、日本軍機の攻撃可能距離はせいぜい二〇〇海里程度だろう、と考えており、よもや魚雷を装備した攻撃機が四〇〇海里以上も飛んで攻撃して来る、とは考えていなかった。

対して南西方面艦隊の南雲提督は、シンガポールから出撃して来た英・東洋艦隊に、まさか米海軍の重巡と軽巡が含まれているとは、夢にも思わなかったのだ。

フィリップス大将は出撃前に、各艦の艦長に対して厳命していた。

「よいか。我々は恐れず日本の艦隊に接近して威圧を与える。だが、絶対にこちらから攻撃を仕掛けてはならない。最初の一発目は日本軍に撃たせるのだ。宣戦布告前に敵が攻撃して来れば、日本は英国のみならず、米国にもだまし討ちを仕掛けたことになる。……そうなれば日本は、少数の枢軸国以外、ほとんど全世界を相手に戦争を始めることになる！」

フィリップス提督は、「プリンス・オブ・ウェールズ」と「レパルス」の戦闘力に絶対の自信を持っている。

彼はあくまでも、砲撃戦で戦いが始まることを想定しており、後手で応戦しても充分に勝算がある、と確信していたのであった。

6

昭和一六年一二月七日・午後四時四二分。ツダウム基地から発進した三六機の九六式陸攻がまず、東洋艦隊の上空へ到達した。

英戦艦部隊は〝まるハダカ〟の状態で、上空に英軍機の姿は一機も見えない。攻撃隊を率いる隊長の石原少佐は、間髪(かんはつ)を入れずに全軍突撃を下令した。

突然現れた日本軍機に、驚いたのはフィリップス提督だった。

「サイゴンからは四〇〇海里近くも離れているはずだ。この日本軍機はどこから来た!?」

幕僚の一人があわてて答えた。

「日本軍はサイゴンに、長距離爆撃機を待機させていたものと思われます」

フィリップスは首を傾げたが、まだ楽観視していた。

――日本軍機は旧式で、パイロットの技量も稚拙だと聞いている。水平爆撃で攻撃して来るのだろうが、戦闘航行中の戦艦に爆弾が命中するはずがない。我が英軍機でも水平爆撃で命中弾を得るのは至難の業だ！」

フィリップス提督の予想どおり、最初に進入して来た九機は、高度三〇〇〇メートルの上空から爆撃を仕掛けて来た。

東洋艦隊の全艦艇が猛烈に対空砲を撃ち上げながら、一斉に回避運動に入る。その対空砲火は激烈を極め、とくに両戦艦の装備するポンポン砲は威力充分だった。

上空へ進入した九機の陸攻は、敵の集中砲火にさらされて全機が被弾し、二機が戦場からの離脱を余儀なくされた。しかし、投下された爆弾の一発が「レパルス」の中央部、煙突付近に命中し、白煙を上げた。

——まぐれ当たりに違いない！

僚艦「レパルス」はまだ悠然と航行している。

フィリップス提督は自分自身にそう言い聞かせて、「レパルス」の様子を見てホッと胸をなで下ろした。しかし、日本軍機の攻撃はまだまだ序の口だった。

残る二七機の陸攻はすべて雷装で、爆撃のあいだに全機が低空へ舞い下り、止めどなく両戦艦に波状攻撃を仕掛けてきた。

九機が「プリンス・オブ・ウェールズ」に突入し、一八機が「レパルス」に突入してゆく。

だが、「プリンス・オブ・ウェールズ」を狙った一機が、対空砲火に妨害されて、魚雷投下のタイミングを逸したため、結局、一九機の陸攻が「レパルス」を攻撃することになった。

　第一中隊の陸攻八機が「プリンス・オブ・ウェールズ」に対し雷撃を慣行。魚雷二本を命中させたが、一機が対空砲火で自爆した。

　リーチ艦長の巧みな操艦にもかかわらず、魚雷が二本も命中した。この事実は、フィリップスにただならぬ衝撃を与えた。

「なっ、なんという正確な攻撃だ！　……これはドイツ軍の雷撃機じゃないのか⁉」

　フィリップスは思わずそう叫んだが、ドイツ軍機のはずがなかった。

　ところが、その直後に、フィリップスの衝撃は瞬く間に落胆へと変貌した。

　旗艦・戦艦「プリンス・オブ・ウェールズ」の被害は、出し得る速度が二六ノットに低下したにとどまったが、僚艦・巡洋戦艦「レパルス」は日本軍雷撃機からの猛攻を受け、魚雷を六本も喰らって大きく左舷に傾いていたのだ。

　同艦艦長のテナント大佐が、旗艦に被害の深刻さを伝えてきた。

『出し得る速度わずか一二ノット。艦の傾斜がひどく砲戦は不可能なり！』

　わずか二〇分足らずの空襲で、頼りの戦艦一隻がはやくも戦闘力を奪われたのだ。

　フィリップスは絶句して、なにも命令を発することができない。彼は焦りの色を隠し切れなかった。というのが、「レパルス」に退避を命じようにも、時すでに遅く、三〇機を越える新手の日本軍機が、さらに東洋艦隊の上空へ迫って来ていたのである。

新手の日本軍機はサイゴン基地から出撃した九六式陸攻で、その数は三三機だった。二四機が雷装で、残る九機が五〇〇キログラム爆弾を装備していた。

もはや半死半生の「レパルス」は、魚雷を回避しようにも這いずり回っているような状況で、雷撃隊の格好の餌食となった。

今度は、「レパルス」に雷装の陸攻一二機が向かい、「プリンス・オブ・ウェールズ」に雷装の陸攻九機と爆装の陸攻一二機が襲い掛かった。

テナント艦長が必死の形相で回避を命じ、巡洋戦艦「レパルス」は半身不随にもかかわらず、六本の魚雷をかわした。

が、残る六本が立て続けに命中。まず右舷に三本が命中し、左舷に三本目の魚雷が命中した直後に、巡洋戦艦「レパルス」は、大爆発を起こして左へ転覆、海面に巨大な波紋を残して海中に没していった。

いっぽう、時を同じくして、旗艦の「プリンス・オブ・ウェールズ」も、雷爆同時攻撃を受けていた。

もはや僚艦「レパルス」の命運は尽き、フィリップス提督は、リーチ艦長の舵さばきに、艦隊と旗艦の運命を委ねるほかなかった。

艦長のリーチ大佐は魚雷の回避を優先。その甲斐あって、命中した魚雷は二本にとどまった。が、上空から降りそそいだ五〇〇キログラム爆弾は二発が命中。

一発は後部楼塔をなぎ倒し、もう一発が後部主砲塔近くに着弾して、後部の主砲四門すべてが射撃不能に陥った。

五〇分以上に亘っておこなわれた日本軍機の攻撃がすべて終了したとき、旗艦「プリンス・オブ・ウェールズ」はなんとか沈没こそ免れたが、速力は二二ノットに低下し、使用可能な主砲は前部の六門だけとなって、その戦闘力はほぼ半減してしまったのである。

7

日本軍攻撃隊は英戦艦二隻に攻撃を集中したため、幸か不幸か、米軍の重巡「ヒューストン」と軽巡「ボイス」は、まったく攻撃を受けていなかった。

つまり日本は、英国とは戦端を開いたが、米国とは戦端を開いていないという状況だ。

戦艦「プリンス・オブ・ウェールズ」は中破程度の損害を被っていたが、フィリップス提督は米国を対日戦にいざなう、という目的を達していなかったので、日本軍艦隊を目指して、さらに軍を進めるしかなかった。

いっぽう、南雲中将の本隊と三川中将の攻略部隊は、コタバルの東南東・約一八〇海里の地点で午後五時二〇分に合同を果たしていた。

これにより、日本軍の艦隊兵力は戦艦一隻、重巡三隻、軽巡二隻、駆逐艦一六隻となり、東洋艦隊の戦艦一隻、重巡一隻、軽巡一隻、駆逐艦四隻を大きく凌駕(りょうが)することになった。

この日の日没は午後七時四七分（日本時間で表記・現地時間では午後六時一七分）で、午後八時二〇分ごろには薄暮が終わり、海上はすっかり暗闇となる。

南雲長官は当初、夜戦を企図していたが、サイゴンの松永司令官から、『航空攻撃により、英戦艦一隻を撃沈し、さらにもう一隻も中破させた』という連絡を受けていたので、敵戦艦の脅威は概ね取り除かれたと判断。当初の計画を変更して薄暮時に攻撃を仕掛け、東洋艦隊を確実に撃破することにした。

午後五時三〇分。南雲中将は敵情を探るため、重巡「足柄(あしがら)」から水偵一機を発進させた。

ほどなくして同機は、首尾よく英艦隊との接触に成功し、午後六時二六分に旗艦「金剛」に報告を入れてきた。

『英艦隊を発見せり。戦艦一、巡洋艦二、駆逐艦四。二〇ノットでコタバル方面へ北進中。味方艦隊との距離・約七〇海里』

南雲中将は部隊に二〇ノットで南進するよう命じていたので、この報告が正しければ、午後八時ごろには英艦隊を捕捉できる。

——戦艦「金剛」以下、味方戦闘艦はすべて健全な状態で戦力を維持している。順当に戦えば必ず勝利できる！

南雲はそう確信していたが、水偵の報告にあった〝巡洋艦二隻〟が、米海軍の軍艦だとはまったく気付いていなかった。

ちなみに第一航空艦隊による真珠湾攻撃は、日本時間で、一二月八日の午前三時三〇分に開始されることになっていた。したがって南雲は、その七時間三〇分も前に、米艦を攻撃する可能性があったのだ。

言うまでもなく真珠湾攻撃は〝奇襲〟を前提として計画された作戦なので、そのまえに米艦と砲火を交えるのは御法度(ごはっと)だ。

　しかし、もはや南雲にはどうすることもできなかった。英艦隊が決戦を企図して迫りつつある以上、マレー上陸船団を守るためにも、しっぽを巻いて逃げるわけにはゆかず、南雲としては、戦いに応じざるを得なかった。

　一二月七日・午後七時五二分。最初に敵艦を捉えたのは、戦艦「プリンス・オブ・ウェールズ」の水上レーダーだった。

　情報参謀がフィリップス提督に報告した。

「長官！　前方・約二万八〇〇〇メートルに敵艦を探知しました」

　日本軍機の空襲によって、すでに日英戦は開始されていたので、フィリップス提督は躊躇なく砲撃を命じた。

　双方の距離はまだ二万メートル以上もある。射程圏内に敵艦を捉えているのは、むろん戦艦「プリンス・オブ・ウェールズ」のみだ。同艦の装備する前部六門の三五・六センチ砲が、一斉に火を噴く。

　標的となったのは、日本側でもっとも艦体の大きい戦艦「金剛」だった。

　戦艦「プリンス・オブ・ウェールズ」がおこなった射撃の閃光により、日本側もすぐに敵艦隊の存在に気付いて応戦を開始した。

戦艦「金剛」に座上する南雲提督は一旦、艦長に回避運動を命じながら、主砲三五・六センチ砲の射撃を許可し、さらに参謀長の白石万隆（しらいしかずたか）少将に対し間髪を入れずに命じた。

「攻略部隊の第一〇戦隊、第三水雷戦隊、さらに第八水雷戦隊はただちに突撃を開始し、敵艦隊に対して水雷戦を展開せよ！」

この命令を受け、重巡「鳥海」に座上する三川軍一中将が、「鳥海」を含む重巡二隻と軽巡二隻、及び駆逐艦一六隻を従えて、二六ノットでの突撃を開始した。

――敵艦隊には戦艦一隻が存在するが、すでにかなり手傷を負っている。

的確にそう判断した三川は、極めて端的な命令を発した。

「部隊を単一とみなし、単縦陣を形成。旗艦の航跡に続行せよ！」

日本軍のお家芸とも言える夜戦だ。

この命令で、各艦の艦長は奮い立った。

――よし、これで思い切って戦えるぞ！

また三川は、水偵からの情報と第二二航空戦隊からの報告を総合して、英艦隊の兵力を正確に把握していた。

そして午後八時一二分には、英戦艦の姿をまんまと視界内に捉え、ついに三川は

〝全軍突撃！〟を命じた。

南シナ海海戦の幕開けだ。

空はかなり暗くなりはじめていたが、事前に舞い上がっていた日本の夜間水上機が、三川の号令にあわせて吊光弾を投下する。

すると薄暗いなか、くっきりと敵の艦影が映し出された。

敵艦隊は戦艦を先頭に一本棒で連なっており、三川部隊は大胆不敵にも、その英戦艦に狙いを定めて急迫、猛烈な砲雷撃を加えた。

日本軍の各艦長は、長年に亘る血のにじむような猛訓練を思い出し、鍛えに鍛えた戦闘技量を思う存分に発揮した。

――昼夜を問わず腕を磨いてきたのは、ただこの日のためぞ！

距離五〇〇〇メートル内外の、まれに見る接近戦のため、重巡の撃ち出す二〇・三センチ砲弾はほとんど水平に飛び交う。

凄まじい命中率だった。

先頭の戦艦「プリンス・オブ・ウェールズ」は集中砲火と酸素魚雷の命中により、あっと言う間に紅蓮(ぐれん)の炎に包まれてゆく。が、さすがに戦艦だけあって、しぶとくもなかなか沈まない。

これに続いていた重巡「ヒューストン」の状況も悲惨だった。日本軍駆逐艦の強力な酸素魚雷を喰らって艦首が瞬時に吹き飛び、完全に戦意を喪失して、早々と戦場から離脱しようとした。

ところが、とっさにこの動きを察知した第八水雷戦隊の駆逐艦四隻が、同艦の針路上に先回りして立ちふさがり、まさにつるべ撃ちで砲雷撃を加え、ついに撃沈してしまった。

そのころにはもう、すでにどっぷりと日が暮れていたが、夜戦における帝国海軍の強さは、まさに神がかり的で、おっかなびっくりで辛うじて反撃してくる敵艦に、味方の放つ矢のような砲弾が容赦なく突き刺さり、そのたびに敵艦の戦意をくじいていった。

三川部隊は、戦艦「金剛」の助太刀を待つまでもなく、わずか三〇分足らずの戦闘で、重巡一隻と駆逐艦三隻を撃沈し、残る軽巡一隻と駆逐艦一隻は完全に恐れをなして、シンガポール方面へ遁走して行った。

そして、東洋艦隊の旗艦・戦艦「プリンス・オブ・ウェールズ」は、右に大きく傾いて、上部構造物はことごとく破壊され、速力もわずか数ノットに低下して射撃は不能、今まさに断末魔を迎えようとしていた。

フィリップス提督は退艦を促す幕僚にただ一言返した。

「ノー・サンキュー」

三川中将は、第三水雷戦隊の駆逐艦二隻「狭霧」と「夕霧」に〝介錯(かいしゃく)〟を命じ、

まもなく右舷に二本の酸素魚雷を喰らった戦艦「プリンス・オブ・ウェールズ」は、

フィリップス提督もろとも海中深くへと沈んでいったのである。

第八章　オアフ島——米・太平洋艦隊司令部

1

　戦艦「プリンス・オブ・ウェールズ」は南シナ海海戦で沈み、マレー沖海戦で巡洋戦艦「レパルス」も沈んだが、日本軍も駆逐艦「東雲」を失い、重巡「鳥海」が中破。さらに戦艦「金剛」も「プリンス・オブ・ウェールズ」の三五・六センチ砲弾二発を喰らって、中破していた。

　そして、問題の米重巡「ヒューストン」は日本時間の七日午後八時三二分に沈没した。このときをもって、事実上、日本は米国と戦争状態に突入したのだが、同艦が沈んだのは、ハワイ時間で七日の午前一時二分、ワシントン時間で七日の午前六時二分のことだった。

　フランクリン・D・ルーズベルト大統領はホワイトハウスの自室で一二月七日・

午前七時四五分に、重巡「ヒューストン」が沈没した、という知らせを聞いた。ルーズベルト大統領はこの報告で即座に、対日宣戦布告を米国議会に提議すると決めたが、あいにく、この日は日曜日だったので、実際に議会が開かれたのは、一二月八日になってからのことだった。

時は刻々と流れている。ルーズベルト大統領が重巡「ヒューストン」沈没の報告を受けた、七日の午前七時四五分というのは、日本時間では七日の午後一〇時一五分にあたり、このとき小沢治三郎中将の率いる第一航空艦隊は、すでにオアフ島の北方・約二八〇海里の洋上に、達しようとしていた。

計画では小沢・第一航空艦隊は、それから三時間一五分後の一二月八日・午前一時三〇分（日本時間）に、第一波攻撃隊を発進させることになっていた。

いっぽうそのころ、オアフ島はまだ、深い眠りに就いていた。

ルーズベルト大統領が重巡「ヒューストン」沈没の報告を受けた、七日の午前七時四五分（ワシントン時間）というのは、ハワイ現地時間では七日の午前二時四五分にあたり、わずかな当直将校が〝寝ずの番〟に当たっているのみで、大多数の米軍将兵が深い眠りのなかにいた。

七日は日曜日ということもあり、その当時将校でさえも、夜が明けたあとの休暇を待ちわび、なにも起こるはずのない、退屈な時間をただ漫然とすごしていた。

ところが、この平穏な時の流れが一瞬にして打ち消された。

ルーズベルト大統領から連絡を受けた、ウィリアム・F・ノックス海軍長官が、太平洋艦隊司令長官のハズバンド・E・キンメル大将に、日本との開戦を伝えて来たのだ。

『極東で、我が重巡「ヒューストン」が日本軍に撃沈された。……これは戦争だ！』

キンメルが、ワシントンからの電話で叩き起こされたのは、ハワイ時間で午前四時五五分のことだった。

もちろんルーズベルト大統領は、ヘンリー・スチムソン陸軍長官にもこのことを伝えており、フィリピンの極東軍総司令官ダグラス・マッカーサー大将は、キンメルより一足先に対日戦の連絡を受けていた。

——一両日中に、日本軍は間違いなくフィリピンを攻撃して来る！

これが米国首脳の一致した見方であった。

太平洋艦隊司令長官のキンメル大将自身も、これまで幾度となく、日本軍がオアフ島を攻撃して来る可能性について、幕僚や陸軍の幹部とも話し合ってきた。

一二月六日の朝もそうだった。

日本軍が南方に向かっている、という報告電が太平洋艦隊情報参謀のエドウィン・T・レイトン大佐のもとに届いた。

「事態は極めて重大です」

レイトンはキンメルにそう報告した。

キンメルは一通り報告を聞いてから、レイトンに指示を与えた。

「戦艦部隊を指揮するウィリアム・S・パイ中将にも、すぐこの電報を見せて、彼の意見を聞いてみたまえ」

レイトンは、パイ中将の旗艦・戦艦「カリフォルニア」へ飛んでゆき、意見を聞いた。ところがパイ中将は、逆にレイトンに聞き返した。

「きみはどう思う?」

レイトンは少し考えてから答えた。

「問題は、日本軍が南進に際して脇腹を開けたままにしておくかどうかです。つまりフィリピンのことです」

「きみは、日本が側面を開けっ放しにする、と思うかね」

「日本は決してそんなことはしないでしょう」

二人はしばらくこのことについて話し合ってから、最後にパイが断言するように言った。

「きみが言うように、フィリピンが攻撃される可能性はたしかにある。だが日本にとって、我がアメリカ合衆国はあまりにも強大だ。日本軍が〝真正面から〟我が国に戦いを挑んでくるようなことはありえない」

レイトンはパイの言葉に、黙って従うほかなかった。

2

同じころ、キンメルも幕僚らと同様の話し合いをおこなっていた。

まずキンメルが、作戦参謀のチャールズ・H・マクモリス大佐に向かって言った。

「問題は、パールハーバーに碇泊している艦隊をどうするかだ」

マクモリスは即答した。

「出撃させるべきではありません」

「だが、我が主力艦隊がパールハーバーにとどまる限り、日本の艦隊は好きなように、太平洋を暴れまわるだろう」

キンメルはそう懸念したが、マクモリスの考えははっきりしていた。

「空母が出撃した今となっては、その掩護なしに戦艦部隊を、ノコノコと外洋に出すべきではありません」

このとき太平洋艦隊には、「エンタープライズ」と「レキシントン」の空母二隻が配備されていたが、ワシントン作戦本部からの命令によって、空母「エンタープライズ」はウェーク島へ海兵隊機を輸送。その任務を終えてパールハーバーへ帰投中であり、空母「レキシントン」も海兵隊機を送り届けるため、ミッドウェイ島へ向け航行している最中であった。

したがってマクモリスの言うとおり、一二月六日の時点でパールハーバーには、空母が一隻も存在しなかった。

マクモリスが続けて言った。

「二隻の空母『エンタープライズ』と『レキシントン』の出撃は、単に海兵隊機を輸送するだけではなく、哨戒任務も兼ねておりますので、中部太平洋上で日本の艦隊になにか動きがあれば、この空母二隻が必ず、報告を入れてくるはずです。……主力艦隊が出撃するのは、それからでも遅くはありません」

たしかにマクモリスの言うとおりだった。

主力戦艦部隊を、パールハーバーから出撃させるにしても、目的地をいったいどこに設定して出撃させるのか、その明確な答えが、キンメルにも思い付かなかった。

ちょうどそこへ、情報参謀のレイトンが戻って来て、パイ中将の意向を伝えた。

「パイ中将のお考えは、戦艦部隊はパールハーバーから出撃せず、じっくり日本の出方をうかがうべきだ、ということでした」

結局、太平洋艦隊の司令官や幕僚のなかで、オアフ島が攻撃される可能性について言及したのは、レイトンただ一人であった。

現に、南シナ海を南下している日本軍は発見されたが、中部太平洋へ出動している空母「エンタープライズ」と「レキシントン」からは、まったく何の報告も入っていなかった。中部太平洋には日本の艦隊は存在しないのだ。

——南方資源地帯の攻略に手いっぱいで、日本軍には、長駆ハワイにまで攻撃を仕掛けて来るような余裕はない。

これが、太平洋艦隊司令部の出した最終的な結論だった。

最後にキンメルが断を下した。

「よし。とにかく空母二隻がパールハーバーに帰投するまでは、ジタバタせず、主力艦隊は湾内でおとなしくさせておこう」

そもそも、米海軍に対する日本海軍の伝統的な戦略は、漸減邀撃(ぜんげんようげき)作戦一辺倒で、マーシャル諸島より東へ日本の艦隊が攻め込んで来る、というようなことは、キンメルもマクモリスもまともに考えたことがなかった。

キンメルの出した結論を受けて、マクモリスがあらためてつぶやくように言った。

「強力な我が太平洋艦隊の戦艦群を相手に、あえて踏み込んでくるような危険を、日本の艦隊が冒すはずがない」

レイトン以外の出席者全員が、マクモリスのつぶやきにうなずいたのである。

3

一九四一年一二月七日・午前四時五五分。太平洋艦隊司令長官のキンメル大将は、ワシントンからの緊急電話で叩き起こされた。

電話の向こうでは、ノックス海軍長官が声を張り上げている。

『これは戦争だ！』

話をよく聞くと、その内容は、なるほど戦争に違いなかった。

南シナ海で哨戒中の重巡「ヒューストン」が突如、日本の艦隊から不意討ちを喰らって、沈没したというのだ。

事実はこの話と少し違っていたが、少なくともノックス長官は、キンメルにそう説明した。

日・米両国政府ともに、いまだ宣戦布告をおこなっていなかったが、マレー半島に対する日本の侵略行為は明らかで、米国はこれを放置するわけにはいかなかった。

キンメルはただちに、参謀長のミロ・F・ドレーメル少将を呼び出して、太平洋艦隊麾下の全軍に緊急命令を発した。

『日本軍機や艦艇を発見した場合には、即刻これを撃破せよ！』

しかしキンメルにとって、ノックス長官からの第一報は、とくに驚くべき内容を含んではいなかった。日本軍が西太平洋で戦端を開くのは充分に予想されたことであり、つい昨日そのことを、幕僚をまじえて話し合ったばかりであった。

が、とにかく日本と戦争状態に突入したことは疑いのない事実なので、キンメルは考え得るすべての対策を講じることにした。

キンメル大将は、午前五時一五分に先の緊急命令を発し、続いてオアフ島周辺の哨戒を厳重におこなうため、午前五時四〇分にカネオへ基地、及びフォード島基地と連絡を取り、発進可能なPBYカタリナ飛行艇を、ただちに出撃させるよう命じた。

しかし、この日は日曜日で、キンメル大将の命令に即応できた飛行艇は、わずか一二機にすぎなかった。カネオへ基地とフォード島基地からそれぞれ六機ずつ。一二機の飛行艇は午前五時五〇分ごろから順次、基地を飛び立っていった。

キンメル大将は、オアフ島の周囲をくまなく見張るには、海軍の飛行艇一二機だけではもの足りないと判断し、陸軍とも連絡を取って急遽、応援を頼み、午前六時二〇分にはヒッカム飛行場からも、八機のB17爆撃機が、索敵機として発進していった。

午前六時四〇分過ぎになると、ようやくオアフ島全体が活動を開始し、ホイラーやヒッカム、カネオへやフォード島などの主要航空基地に、続々と兵員が集まりはじめた。

——まさか、日本の艦隊がオアフ島を攻撃して来ることはあるまい。

キンメルはそう固く信じていたが、万が一、攻撃して来るとすれば、日本の艦隊はマーシャル方面から来襲するに違いなかった。

彼はこの考えに基づいて、一二機の飛行艇と八機のB17爆撃機をすべて、オアフ島の西を中心とする海域へ出撃させた。

日曜日の朝早くから召集されたパイロット連中は、まだ寝ぼけ眼だったが、各飛行場に到着するころになってようやく、彼らにも事態が呑み込めてきた。

「おい。どうやら本格的に、日本と戦争になるらしいぞ！」

彼らが各飛行場に到着すると、滑走路の端やエプロン地帯では、戦闘機や爆撃機に対する、ガソリンや銃弾の補充作業が、急ピッチでおこなわれていた。

午前七時ちょうどには、追加のＰＢＹ飛行艇一八機の出撃準備が整い、一八機のうちカネオヘ基地の九機がオアフ島の北へ向けて飛び立ち、ほかの九機がフォード島基地から、オアフ島の南へ向けて飛び立っていった。

索敵に関しては、これで一通りの手を打ったので、キンメルはようやく一息ついて、ドレーメルに言った。

「味方の重巡が不意討ちを喰らったのだから、議会は明日にでも対日戦を承認するだろう」

「そうなりそうですな」

ドレーメルはそう返したが、ちょうどそのときマクモリスが作戦室に姿を現し、キンメルに向かって報告した。

「午前七時一五分までに索敵機は全機、抜かりなく発進いたしました。ですが、たった今、ハルゼー中将から連絡がございまして、空母『エンタープライズ』のパールハーバー入港は、大幅に遅れて午後にずれ込む、とのことです」

マクモリスの言うとおり、ウィリアム・F・ハルゼー中将の空母「エンタープライズ」は、本来ならすでにパールハーバーに到着しているはずだったが、途中洋上で給油作業に手間取り、七日午前七時過ぎの時点では、同艦はまだオアフ島の西・約二二〇海里の洋上にいた。

「そうか。仕方あるまい」

キンメルはマクモリスの報告に、そう返すしかなかったが、このときオアフ島には、すでに最大の危機が迫りつつあった。

いっぽう、ホワイトハウスのルーズベルト大統領は、すでに米国の参戦を決意し、明日の議会演説に向けて、原稿チェックに余念がなかったが、そのルーズベルト大統領でさえも、重巡「ヒューストン」を犠牲にする、という謀略は上手くいったが、それをどこかへ吹き飛ばしてしまうような大惨事が起ころうとは、夢にも思っていなかったのである。

第九章　オアフ島強襲！　真珠湾攻撃

1

昭和一六年一二月八日・午前一時三〇分。ハワイ・ホノルル時間では、一二月七日・午前六時ちょうど。

小沢治三郎中将の指揮する帝国海軍の空母九隻が、オアフ島の北・約二二〇海里の洋上に達していた。

九隻の空母は風上に向かって艦首を立て、その飛行甲板上には、第一波攻撃隊として出撃する二七〇機にも及ぶ艦載機がずらりと勢ぞろいしていた。そしてまさに今、小沢中将の座乗する旗艦・空母「赤城」から、板谷茂（いたやしげる）少佐の零戦が先頭を切って発艦しようとしていた。

第一波攻撃隊／攻撃目標・オアフ島真珠湾

・第一航空艦隊／出撃機数・総計二七〇機

　第一機動部隊／出撃機数・合計九〇機

　　第一航空戦隊

　　　空母「赤城」　出撃機数・計三六機

　　　（零戦九機、九七式艦攻二七機）

　　　空母「葛城」　出撃機数・計三六機

　　　（零戦九機、九七式艦攻二七機）

　　第一防空戦隊

　　　軽空「龍鳳」　出撃機数・計一八機

　　　（零戦一八機）

　第二機動部隊／出撃機数・合計九〇機

　　第二航空戦隊

　　　空母「蒼龍」　出撃機数・計三六機

　　　（零戦九機、九七式艦攻二七機）

　　　空母「飛龍」　出撃機数・計三六機

（零戦九機、九七式艦攻二七機）

第二防空戦隊

軽空「瑞鳳」　出撃機数・計一八機

（零戦一八機）

第三機動部隊／出撃機数・合計九〇機

第三航空戦隊

空母「翔鶴」　出撃機数・計三六機

（零戦九機、九九式艦爆二七機）

空母「瑞鶴」　出撃機数・計三六機

（零戦九機、九九式艦爆二七機）

第三防空戦隊

軽空「祥鳳」　出撃機数・計一八機

（零戦一八機）

第一波攻撃隊の総数は二七〇機。三つの機動部隊からそれぞれ九〇機ずつの攻撃機が出撃する。その内訳は零戦一〇八機、九九式艦爆五四機、九七式艦攻一〇八機だ。

双型主力空母は六隻とも、第一波攻撃隊として三六機ずつの攻撃機を発進させるが、同型の大型主力空母二隻ずつが三つのペアを組み、その特徴的な艦影を、ハワイ近海に浮かべながら併走する姿は、まさに壮観の極みであった。

まず城型二隻「赤城」「葛城」は、巡洋戦艦から改造された空母のため、海面からかなり高い位置に飛行甲板が在り、艦の安定度には若干不安があるものの、その飛行甲板は、全長が二五二メートル、後部のもっとも幅広の部分で、全幅が三六メートルもあるので、一回の発艦作業で最大四二機の艦載機を、発進させることが可能になっていた。

また龍型二隻「蒼龍」「飛龍」は、排水量二万トンを超える充分な大きさの空母に仕上がっており、その飛行甲板は全長が二四二メートル、後部のもっとも幅広の部分で全幅が三五メートル、さらに三四ノットを超える高速を活かして、こちらも双城型と同様に、一回の発艦作業で最大四二機の艦載機を、発進させることが可能になっていた。

加えて鶴型二隻「翔鶴」「瑞鶴」は、排水量二万七〇〇〇トンを超える、帝国海軍の決定版ともいえる堂々たる空母に仕上がっており、その飛行甲板は全長が二五八メートル、後部のもっとも幅広の部分で全幅が三八メートル、さらに三三ノットを超える高速を活かして、一回の発艦作業で最大四八機の艦載機を、発進させることが可能になっていた。

これら主力空母六隻から発進する二一六機に加えて、オアフ島上空の制空権を確保するために軽空母三隻からも一八機ずつの零戦・計五四機が発進する。

第一波攻撃隊の空中指揮官は赤城飛行総隊長の淵田美津雄(ふちだみつお)中佐だった。

各空母での発艦作業はわずか二〇分足らずで終了し、淵田中佐の九七式艦攻が空母「赤城」からしんがりで舞い上がったとき、時刻はハワイ現地時間で、午前六時一六分になろうとしていた。

旗艦「赤城」の艦上から淵田機の出撃を見送ると、小沢中将は間髪を入れずに命じた。

「第二波攻撃隊の発進準備に掛かれ！」

オアフ島、及び真珠湾を徹底的に叩く、という当初の信念に基づいて、小沢中将は保有する空母艦載機の全力を投入して、攻撃を仕掛けるつもりでいた。

第二波攻撃隊／攻撃目標・オアフ島真珠湾

・第一航空艦隊／出撃機数・総計二四三機

第一機動部隊／出撃機数・合計八一機

第一航空戦隊

空母「赤城」　出撃機数・計三六機

（零戦九機、九九式艦爆二七機）

空母「葛城」　出撃機数・計三六機

（零戦九機、九九式艦爆二七機）

第一防空戦隊

軽空「龍鳳」　出撃機数・計九機

（零戦九機）

第二機動部隊／出撃機数・合計八一機

第二航空戦隊

空母「蒼龍」　出撃機数・計三六機

（零戦九機、九九式艦爆二七機）

空母「飛龍」　出撃機数・計三六機

（零戦九機、九九式艦爆二七機）

第二防空戦隊
　軽空「瑞鳳」　出撃機数・計九機
（零戦九機）
第三機動部隊／出撃機数・合計八一機
第三航空戦隊
　空母「翔鶴」　出撃機数・計三六機
（零戦九機、九七式艦攻二七機）
　空母「瑞鶴」　出撃機数・計三六機
（零戦九機、九七式艦攻二七機）
第三防空戦隊
　軽空「祥鳳」　出撃機数・計九機
（零戦九機）

第二波攻撃隊は二四三機。三つの機動部隊からそれぞれ八一機ずつの攻撃機が出撃する。その内訳は零戦八一機、九九式艦爆一〇八機、九七式艦攻五四機だ。
第二波攻撃隊は瑞鶴飛行隊長の嶋崎重和（しまざきしげかず）少佐が指揮を執る。

発進作業はハワイ現地時間の午前七時ちょうどに完了し、第二波攻撃隊もまた、二〇分以内に全機が発艦。午前七時一六分にはオアフ島へ向けての進撃を開始した。

真珠湾攻撃に参加したこれら九隻の空母は、すべて最新型の航空機用エレベーターに換装して出撃していた。

空母「葛城」の、整備員の一人がつぶやくように言った。

「おい。この『葛城』の航空機用エレベーターはなんでも、廃艦になった『加賀』を空母に改造しようとしていたときに、そこから流用した旧式のモノだったらしい。だから、もし『葛城』が新型のエレベーターに換装していなければ、おそらく第二波攻撃隊の出撃準備は、一五分ほど遅れていたはずだ、ぞ」

「ほう。お前よくそんなことを知っているな」

「ああ。飛行長の天谷(あまや)中佐が内地から出撃するときに、こっそり俺に教えてくれたんだ」

その整備員はいかにも自慢げにそう返した。

が、それはともかく、今や総勢・五一三機にも及ぶ日本軍の空中攻撃隊が、一路オアフ島を目指して進撃しつつあった。

けれども、小沢中将は油断することなく、艦隊直掩用として手元に四二機の零戦を残し、進撃してゆく第二波攻撃隊を見送りながら、参謀長の草鹿龍之介少将に向かって、しみじみと言った。

「ここまでは万事、予定どおりに来た。あとは淵田くんが上手くやってくれるに違いない」

草鹿はその言葉に黙ってうなずいたが、小沢は注意深く目を細めるや、さらに付け加えて草鹿に命じた。

「オアフ島・諜報員からの報告によると、昨日の段階では、湾内に〝空母は一隻も存在しない〟ということだった。……至急、『翔鶴』と『瑞鶴』の艦上に一式双発艦偵を六機ずつ上げ、出撃準備を整えてもらおう」

むろん草鹿はすぐ、小沢長官の命令を第三航空戦隊司令官の角田少将に伝え、双鶴型空母二隻の艦上では、折り畳み式の主翼を広げ、ガソリンを満タンにした一式双発艦偵六機ずつが、まもなく準備されたのであった。

2

太平洋艦隊司令長官のハズバンド・E・キンメル大将が、大惨事の予兆にようやく気付きはじめたのは、ハワイ現地時間で午前七時二〇分過ぎのことだった。

　オアフ島北端のオパナ基地にある陸軍の対空見張り用レーダーが、接近しつつある正体不明の大編隊を捉えたのだ。

　オパナ基地のレーダー・サイトはオアフ島北端のカフク岬に在る。オアフ島に五ヵ所存在する野戦基地の一つだが、オパナ基地で捉えたレーダー情報は、ヒッカム飛行場近くの情報センターに送られ、司令部に報告されることになっていた。

　オパナ基地では二週間ほど前から、陸軍ハワイ司令官のウォルター・C・ショート中将の指示に基づき、午前四時から午前七時までの三時間、レーダーでの監視をおこなうことにしていた。

　ただしこの三時間は、あくまでも訓練のための兵員配置で、日本軍機の来襲に備えてのものではなかった。

　淵田中佐の率いる日本軍・第一波攻撃隊が、オアフ島にさしかかろうとした午前七時。オパナ基地のレーダーに、にわかに異常が認められた。レーダーに二つの大きな影が映ったのだ。

　画像は極めて鮮明に映し出された。

　このときレーダー・サイトで配置に就いていたのは、ロッカードとエリオットという二人の信号兵だった。レーダーが反応したのはハワイ現地時間で午前七時二分。訓練は午前七時に終了する。したがって、訓練時間はすでに過ぎていたのだが、交代の当直員がまだ現れないので、二人は、そのままレーダーの前に居たのだ。

新設されたばかりのレーダー装置に、好奇心旺盛な若い二人は、興味津々だった。

そしてまさに今、そのレーダーに、大きな画像がはっきりと映っている。

ロッカードが、喰い入るようにレーダーを見つめて、言った。

「なんだ。コレは⁉」

相棒のエリオットが、笑いながら返した。

「どうせ、機械の故障じゃないか」

二人はすぐに機械を点検した。が、どこにも故障したような異常は見つからない。

「やっぱり、なにか飛行しているんだ。……なにか、が、こちらへ飛んで来ていることに、絶対に間違いない！」

ロッカードはそう叫ぶや、ただちに情報センターへ電話連絡を入れた。

異常を認めてから一三分後の、午前七時一五分のことだった。

情報センターで電話に出たのは当直将校のタイラー中尉だった。彼は、もともと陸軍飛行隊のパイロットだったが、訓練のために情報センターに配置されたばかりだった。

ロッカードが興奮を抑えながら、タイラー中尉に報告した。

「レーダーの画像に異常が認められます。飛行機が、オアフ島に接近して来ていることは、確かです！」

『なに、飛行機が？』

「画像は大きくはっきり映っています。よくわかりませんが、おそらく飛行機は一機や二機ではない、と思われます！」

『なるほど。そうか……』

ロッカードの報告を聞きながら、タイラー中尉は今朝、出勤中に車のなかで聞いた、ラジオ放送を思い出した。

ラジオはひっきりなしにハワイアンを流していたが、本土からB17爆撃機が飛来するときには、同機を誘導するためにオアフ島のラジオ局は一晩中、音楽を流すのであった。

そのことを思い出したタイラーは、レーダーに映った機影は、B17によるものに違いない、と錯覚した。

アメリカ本土から飛来したB17爆撃機なら、レーダーに異常な影が映ったとしても、なんら問題がない。B17は「空飛ぶ要塞」と言われるほど大型の爆撃機なので、レーダーの画像がはっきり、大きく映るのも当然だった。

そう考えたタイラーはこともなげに言った。

『心配するな。べつに敵機が来襲した、というわけじゃない』

ちょうど一週間ほど前に、敵機来襲の誤報があり、オアフ島全体が大騒ぎになって混乱した、という事件が起きていたばかりだった。

――早合点して性急に空襲警報を発すると、大目玉を喰らうようなことになりかねない。

そう思ったタイラーは、とにかく確認するのが先決だと考えて、とりあえず陸海軍司令部に一報を入れることにした。

キンメル大将の太平洋艦隊司令部が、情報センターから〝謎の機影〟の報告を受けたのが、午前七時二五分のことだった。

ところが、太平洋艦隊司令部はこれより先の午前六時五三分に、真珠湾の入り口を哨戒していた駆逐艦「ワード」から、〝敵潜水艦らしきものを発見して〟これに攻撃を加えた、という報告を受けていた。しかもキンメル自身が、ノックス海軍長官から開戦を示唆する、重要な電話を受けている。

その潜水艦らしきものは、駆逐艦「ワード」から爆雷攻撃を受け、まもなくして撃沈したらしかったが、この報告に接してキンメルの司令部は俄然、色めき立った。

——日本軍がパールハーバーに攻撃を加えようとしている恐れがある！

キンメルは、ただちに警戒態勢をとるように命じ、司令部があわただしく動きはじめたその矢先に、情報センターから、謎のレーダー情報が飛び込んで来たのである。

——まっ、まさかとは思うが、日本軍機による空襲も考慮しなければならない！

妙な胸騒ぎを覚えて、そう直感したキンメル大将は、ただちに参謀長のドレーメル少将に対して緊急命令を発した。

「至急、海兵隊と陸軍に連絡を取り、防空戦闘機の出撃を急がせてくれ！」

キンメルが、この命令を発したのが午前七時三〇分のことだった。

朝に出撃を命じた三〇機の飛行艇と八機のB17爆撃機は、すでに全機がオアフ島から飛び立っていたが、これら三八機の索敵機からは、いまだに何の報告も入ってこない。

太平洋艦隊司令部の発した、戦闘機発進の要請は、陸軍や海軍のほかの部署からすれば、〝なにをそんなにあわてているのだ〟と、ほとんど滑稽な命令にしかうつらなかった。

だが、ともかく、午前七時四〇分ごろにはようやく出撃準備が整い、陸軍のＰ40ウォーホーク戦闘機三二機と、海兵隊のＦ２Ａバッファロー戦闘機一一機が、ホイラー飛行場とエヴァ飛行場からそれぞれ離陸を開始して、やっとこさ押っ取り刀で、ポツポツと上空へ舞い上がっていったのである。

3

この朝、真珠湾上空にもっとも早く到達したのは、重巡「筑摩」から飛び立った水上偵察機だった。第一波攻撃隊に先立って水偵がひそかに発進し、真珠湾を偵察したのだ。

『戦艦八、重巡一、軽巡六が湾内に在泊中！』

この報告は間違いなく小沢中将の一航艦司令部に届き、さらに同機は、オアフ島上空の気象条件も報告してきた。

『風向き八〇度、風速一四メートル。真珠湾上空の雲高一七〇〇メートル、雲量七』

雲量七とは、ほとんど曇っているということである。

それにしても、攻撃隊に先立ち、水上偵察機を索敵に出すという選択は、まさに一か八かの賭けであった。隠密行動に成功した場合は、その利益は極めて大きいが、失敗したときには、これまで苦心を重ね機密を保持してきたことが、一瞬にして水泡に帰すのだ。

この索敵行は一種のギャンブルだったが、結局賭けは成功に終わった。索敵機は「筑摩」からだけではなく、重巡「利根」からも飛び立ち、ラハイナ泊地上空を偵察したが、そこには米艦艇は一隻も存在しなかった。

「これで真珠湾に攻撃を集中できる！」

参謀長の草鹿龍之介少将はそう言って、思わず喜びの声を上げた。

利根機はさらに、真珠湾の南方を徹底的に捜索して、米空母の所在を確認しようとしたが、残念ながらこの目的は達成されなかった。

二機の水偵は、奇跡的に敵の警戒網に引っ掛からずに、文字どおり〝自由〟にオアフ島上空を飛びまわり、旗艦「赤城」に索敵報告を送信してきたのだが、これはやはり、アメリカ側の油断としか言いようがなかった。

いっぽう、味方空母から発進して約三〇分。ハワイ現地時間で、七日の午前六時四五分に、第一波攻撃隊の二七〇機は、次々と飛行灯を消したが、それとタイミングを合わせるようにして暗い夜空が白みはじめ、東の水平線に明るみが差し太陽が昇って来た。

輝く太陽が光彩を放ち、海上のあたり一面をオレンジや赤、黄色に染め上げた。

高度三〇〇〇メートル上空で、感動的な夜明けを迎えながら、総隊長の淵田美津雄中佐は、一瞬感無量となって四方を見渡した。

雲の背後に陽光が差して混然一体となり、放射状にまばゆい光を放つ。その光景はあたかも、帝国海軍の軍艦旗を思わせた。

だが、思いをはせたのもわずかな時間で、淵田の瞳はすぐに、いつものサムライらしい、耽々（たんたん）たる落ち着きを取り戻していた。

淵田中佐に課せられているのは、奇襲か、強襲か、の決断であった。

淵田機もまた、先行した二機の水偵が旗艦「赤城」に送信した電波を傍受して、真珠湾の敵情を的確に知ることができた。

——よし。これで第一波の攻撃は真珠湾に集中できる！

残る問題はまさに、奇襲か否かの選択だが、二機の水偵が、米軍から攻撃を受けた様子は、まったくない。

米軍が相変わらず、第一波攻撃隊の進入に気付かず奇襲が可能なら、航空魚雷を搭載した村田重治（むらたしげはる）少佐の雷撃隊が、湾内すれすれの低空まで舞い下りて、魚雷攻撃を敢行する。

だが米軍が、第一波攻撃隊の進入に気付いて奇襲が不可能なら、戦闘機隊の掩護のもと、まず爆撃隊が降下して敵飛行場をことごとく撃破し、オアフ島上空の制空権を、我がモノにしなければならない。

この判断はまさに、飛行総隊長の淵田美津雄中佐に委ねられていたが、強襲よりも奇襲のほうが、はるかに、敵に与える打撃は大きいに決まっていた。

愛機である九七式艦上攻撃機の、偵察員の座席に乗る淵田中佐は、前後左右に鋭い警戒の視線を投げ、飛び立ってから約一時間半、そろそろオアフ島は近いはずだった。

あたりには雲が立ち込めているので、淵田機は高度を一五〇〇メートルにまで下げた。すると眼下に、白い海岸線が見えた。波が緩やかに海岸線を洗っている。

と、その瞬間に淵田が声を上げた。

「よし！　いいぞ、間違いない。オアフ島北端のカフク岬だ！」

双眼鏡をのぞいて、淵田は、その位置を再確認した。真珠湾はもう指呼(しこ)の間に迫っている。

淵田は、はやる気持ちを抑えて、操縦席の松崎大尉に指示した。

「敵戦闘機に注意しろ！　まさに正念場、細心の注意が必要だ！」

愛機の受信機を、ホノルルのラジオ放送に合わせると、日曜日の朝を迎えたラジオ局は、いつもと変わりなく、音楽を流している。

双眼鏡の奥に、真珠湾が映った。上空には薄く靄(もや)がかかっているものの、湾の上空だけが、ポッカリと穴が開いたように晴れている。

真珠湾内のフォード島周辺には、碇泊中の戦艦などが見えるが、その光景は至って平穏で、真珠湾は日曜日の朝を、のんびりと過ごしているようだった。

この状況を観て、淵田の頭のなかは目まぐるしく動いた。

――よし、奇襲で行けそうだ！

淵田はとっさにそう判断した。が、まさに信号を発する寸前に、彼はこの判断を取り消し、にわかに命じた。

「制空隊の零戦を前へ出せ！」

淵田の眼に、上昇して来る数機の敵戦闘機が映ったのである。

しかしながら、淵田は、まったくいつもと変わらず平然としていた。そして彼は、第一波攻撃隊の全機に強襲を知らせるため、信号の拳銃を二発撃ち上げた。

拳銃の発砲が一発なら奇襲、二発なら強襲、とあらかじめ決められていたのだ。

淵田中佐は敵戦闘機の姿を認めて、拳銃を二回発砲し、第一航空艦隊による真珠湾攻撃は、〝強襲〟となって、戦いの火ぶたが切って落とされたのであった。

4

太平洋艦隊司令長官のキンメル大将は、戦闘機を上げて日本軍攻撃隊を迎撃する、という迅速かつ適切な命令を下した。が、彼自身がつい数時間ほど前までそう考えていたように、オアフ島の防衛を担う米軍将兵の多くに、油断があった。

――日本の艦隊がハワイを攻撃して来ることなど、絶対にあり得ない！

キンメル長官の発した戦闘機発進命令にもかかわらず、陸軍航空隊と海兵隊機の対応は極めて緩慢だった。

第一波攻撃隊を直率する、飛行総隊長の淵田美津雄中佐が〝強襲〟の信号を発したのが、ハワイ現地時間で午前七時四五分。

午前七時四〇分ごろから順次、発進を開始した米軍戦闘機は、わずか一〇機足らずが、ようやく高度一〇〇〇メートル上空にまで達したばかりであった。

第一波攻撃隊は既定の方針に従い、カフク岬を起点に、オアフ島の西岸に沿うようにして右へ迂回しながら真珠湾上空へと進入していったが、淵田中佐は強襲の信号を発する前に、制空隊の零戦五四機に対して先行するよう命じていたので、上昇して来た米軍機は、攻撃隊本隊にはまったく手出しできず、たちまち零戦との空中戦に引きずり込まれて苦戦を強いられた。

西田由紀夫少佐を隊長とする、制空隊の零戦五四機はすべて、三つの防空戦隊の軽空母三隻から発進したものだった。

いっぽう、淵田中佐の本隊を守る直掩隊の零戦五四機はすべて、空母「赤城」から発進した板谷茂少佐に率いられている。

上昇して来る米軍戦闘機は徐々に数を増やしていったが、西田少佐の制空隊がその大半を空戦に巻き込んでゆく。

ごく少数の米軍戦闘機が制空隊との空中戦を避け、本隊に一矢報いようと手出しして来たが、板谷少佐機以下の零戦がいとも簡単にこれを払いのけて撃破し、直掩隊の多くの零戦が、艦爆や艦攻とともに敵飛行場の攻撃に向かった。

敵機を払いのけた板谷少佐機以下の零戦一八機は、すべて村田重治少佐の率いる雷撃隊・九七式艦攻五四機を守りながら、満を持して真珠湾の上空へと進入してゆく。

だが、第一波の攻撃は期せずして強襲となったため、先陣を切ってオアフ島に攻撃を仕掛けたのは、高橋赫一（たかはしかくいち）少佐の率いる急降下爆撃隊・九九式艦爆五四機であった。

高橋少佐の急降下爆撃隊は真っ先に、オアフ島の中部に在るホイラー飛行場に殺到した。ホイラー飛行場には、P40を中心に米陸軍の戦闘機が多数配備されている。旧式のP36なども含めると、その総数は一五〇機近くにも達する。もし、これらの戦闘機が邀撃に舞い上がって来ると、それこそ真珠湾攻撃の作戦自体が、水泡に帰す恐れがあった。

高橋少佐の急降下爆撃隊は午前七時五五分にホイラー飛行場の上空へ到達したが、それまでに離陸に成功していたP40戦闘機はちょうど二〇機であった。

そのうちの一六機は、制空隊の零戦との空戦に巻き込まれて、すでに一〇機を失っていた。米軍戦闘機のパイロットは、零戦の実力を完全に侮っていた。

——航空後進国である日本の戦闘機が、P40を相手に、対等に戦えるはずがない。

ましてや〝黄色いサル〟どもが、戦闘機をまともに操縦できるわけがない！

ところが、三菱・零式艦上戦闘機二一型の性能は、カーチス・P40ウォーホーク戦闘機の性能を完全に上回っていた。唯一、最大速度のみが両軍機ともに時速・約二八八ノット（時速・約五三三キロメートル）とほぼ互角であったが、上昇力や旋回性能、空戦能力では、零戦がP40をはるかに凌いでいた。

いや、実際には零戦にも、高速で急降下できない、という弱点はあったのだが、開戦初日のこの時点で、零戦の弱点に気付いている米軍パイロットは、もちろん一人もいなかった。ましてや、彼らパイロットの技量は、日中戦争ですでに実戦を経験していた日本軍の戦闘機乗りに対して、米軍の実戦経験者はほとんどおらず、断然、日本側が勝っていた。

さらに偶然にも、攻撃は強襲となったので、軽空母三隻のハワイ作戦への参加が、大きな効力を発揮した。これら三隻の空母から飛び立った零戦五四機が、邀撃に舞い上がって来た米軍戦闘機をことごとく撃墜。日本軍はまもなくオアフ島上空の制空権を完全に確保するのであった。

高橋赫一少佐の急降下爆撃隊は、米軍が立ち上がろうとするその出端をくじいて、ホイラー飛行場をなすがままに蹂躙(じゅうりん)。今まさに発進しようと滑走路上に居並んでいた戦闘機群に、容赦なく猛爆撃を加えて、九〇機近くの米軍機を地上で撃破してしまった。

ホイラー飛行場は、わずか二〇分足らずの攻撃で瞬く間に火の海と化し、出撃をあきらめた多くの米軍パイロットが、粉々に砕け散った愛機を目の当たりにして呆然と立ち尽くし、消火に当たる整備兵らの邪魔にならぬよう、ただその惨状を見守ることぐらいしか、彼らには、なす術がなかった。

あえなく翼をもがれたウォーホークのパイロット〝戦う鷹〟は、惨めにも戦う気力をなくして、髀肉之嘆(ひにくのたん)をかこつほかなかった。

いっぽう、急降下爆撃隊のうちの九機は、多くの零戦とともに、オアフ島南部のヒッカム飛行場に襲い掛かっていた。

米陸軍の管轄であるヒッカム飛行場には爆撃機などを中心に約六〇機が配備されていたが、日本軍にとって、まったく都合のよいことに、ヒッカム飛行場では出撃の予定が全然なかったにもかかわらず、大多数の機が、滑走路のエプロン地帯にむき出しの状態で、将棋の駒のように綺麗に並べられてあった。

というのは、ハワイ軍管区陸軍司令官のウォルター・C・ショート中将が、スパイなどによる破壊工作を恐れて、飛行可能な陸軍機をすべて滑走路上に集め、二四時間体制で見張るように命じていたのだった。

そのため米軍機は、まさに爆撃してくださいと言わんばかりに、エプロン地帯に勢ぞろいしていた。そこへ、急降下爆撃隊の投下した二五〇キログラム爆弾が立て続けに炸裂。

ぎっしりとひしめき合っていた米軍機は、一機が爆発を起こすと、となりの機体が、連鎖的に誘爆を起こし、爆発がとめどなく爆発を呼ぶ、というような状態になってまったく手の施しようがなく、ヒッカム飛行場はあっと言う間に地獄絵図と化した。

それでもまだ、少数ながらも健全な機体が残っていたが、二〇機以上の零戦がダメ押しで機銃掃射を加え、ヒッカム飛行場もまた、ホイラー飛行場と同様に、壊滅的な損害を被ってしまったのである。

そのほか、一一機のF2Aバッファロー戦闘機を含む、海兵隊の約六〇機（索敵に出撃したPBYカタリナ飛行艇を除く）も、ことごとく零戦の餌食となって散華(さんげ)していった。

結局、オアフ島の主要な航空基地はほぼ壊滅して、米軍機の損害は、陸軍航空隊で、完全に破壊されたものが一二八機、損傷したものが九六機。海兵隊の所属機で、完全に破壊されたものが六二機、損傷したものが三一機。と、多大な損害機数を計上して、日本軍に制空権を奪われてしまったのである。

5

真珠湾を望む丘の上に在る太平洋艦隊司令部からも、各飛行場からもうもうと黒煙が立ち昇る、その惨状がつぶさに確認できた。

その光景を見てキンメル大将が、無意識のうちにつぶやいた。

「くっ、空軍がほとんどやられてしまった。もはや戦艦群を守る手立てはない！」

戦艦を崇拝してやまない、キンメル大将の自尊心を打ち砕くような悪夢を、まるでステージ上で再現してみせるかのように、まもなく日本軍・第一波攻撃隊による、メイン・イベントが始まろうとしていた。

主役を演じるのは、村田重治少佐が指揮を執る雷撃隊の九七式艦攻五四機。

さらに共演者として総隊長・淵田美津雄中佐の直率する、水平爆撃隊の九七式艦攻五四機が、八〇〇キログラムの徹甲爆弾を抱いて、このクライマックスに華をそえる。

すでに味方・零戦隊が上空を跋扈（ばっこ）し、真珠湾を完全に制圧している。

――よし、敵戦闘機の姿は一機も見えない！

そうみるや、午前八時一〇分。村田少佐は満を持して〝全機突撃！〟を命じた。

残念ながら真珠湾に、米空母の姿は一隻も見えなかった。が。次に狙うべき標的である米戦艦は八隻が存在した。

まさにそのころ、ドックに入渠していた「ペンシルヴァニア」以外の、戦艦七隻「ウェスト・ヴァージニア」「メリーランド」「テネシー」「カリフォルニア」「ネヴァダ」「オクラホマ」「アリゾナ」は、午前八時の恒例行事である、星条旗と軍艦旗の掲揚をおこなっていた。

ちょうどそこへ太平洋艦隊司令部から、キンメル長官の緊急命令が飛び込んで来た。

『敵機来襲！　これは演習にあらず。在港の全艦艇ただちに出撃せよ！』

けれども、国旗の掲揚はまだはじまったばかりである。国旗掲揚を中止するのは、国家の威信を傷つけるような気がして、誰も途中で止めようとはしない。太平洋艦隊司令部の緊急命令を受けて軍楽隊は、国歌の「星条旗よ永遠なれ」をいつもの一・五倍ぐらいの速さで、演奏する羽目になった。

多くの兵員が後甲板で整列し星条旗を仰ぎ見ていた。軍艦は必要な手順をふまなければ、そう簡単に動かすことはできない。とくに戦艦のような巨大なフネはなおさらだ。いくら緊急命令が下りたからといっても、少なくとも茶を沸かすぐらいの時間は要る。

とても間に合わなかった。湾内に舞い下りて来た日本軍の雷撃機が、銀翼を不気味に光らせながら、次々と魚雷を投下してゆく。

彼らは大胆にも、海面すれすれの低空まで舞い下り、憎らしいほど接近して来て、一流シェフが生卵でも割るかのように、いかにも慣れた手つきで魚雷を切り放してゆく。そして、なにくわぬ顔で味方戦艦のマストぎりぎりを飛んで、上空へ舞い上がってゆくのだ。

戦艦「ウェスト・ヴァージニア」の乗員であるブルックス少尉は、するすると海中を疾走する日本軍の魚雷が、僚艦「カリフォルニア」の舷側に命中する瞬間を目撃した。

その瞬間、火山の噴火を思わせるような巨大な水柱が左舷から昇り、水柱と同時に、破壊された舷側からオレンジ色の閃光が左右に走ったと見るや、戦艦「カリフォルニア」は赤黒い爆炎を帯びて、地響きを立てながら炸裂した。

火は急速に燃え広がり、真っ赤な炎と黒煙が噴き出す。煙りがもうもうと立ちこめ、中空まで噴き上がっていた。

はるか上空でその光景を見て、淵田中佐は快心の笑みを浮かべた。

「奇襲成功だ！」

たしかに攻撃は強襲となった。だが、最大の標的である米戦艦に対する攻撃は、紛れもなく奇襲となって成功した。

遅ればせながら、淵田は、内地のお偉方を安心させるために、電信員の水木（みずき）一等飛曹に打電を命じた。

「トラ、トラ、トラ……や！」

水木はただちに送信機の鍵盤を叩いた。

『われ奇襲に成功せり！』

この電波は、第一航空艦隊の旗艦「赤城」はもとより、瀬戸内海に在った連合艦隊の旗艦「長門」でも受信された。

連合艦隊司令部では参謀長の宇垣纏少将が「長門」の作戦室へ駆け込み、司令長官の山本五十六大将に報告した。

「長官、やりました。奇襲成功です！」

報告が遅かったので、山本もさすがに内心やきもきしていたが、宇垣がそう報告すると、黙ってうなずいた。

――よし、あとは戦果の拡大を期待し、じっと見守るほかない。

霞ヶ関の軍令部でも、総長の永野修身大将を筆頭に、皆が奇襲成功の一報を受けて、安堵の表情を浮かべていたが、はるか三〇〇〇海里以上かなたの真珠湾では、まだ第一波攻撃隊の猛攻が続いていた。

第二航空戦隊の空母「飛龍」から発進した松村大尉と、同じく空母「蒼龍」から飛び立った長井大尉は、それぞれ九機ずつの艦攻を率いて、フォード島の西側へ回り込もうとしていた。

ヒゲをはやした松村大尉は、サトウキビ畑をなぎ倒さんばかりの低空を飛び、その顔に、常夏の暖かい空気をじかに感じていたが、まもなく部下の放った魚雷が、軽巡「ラーレイ」と標的艦「ユタ」に向け疾走して行くのを認めて、無性に腹が立った。

――「ユタ」は標的艦だから攻撃しても魚雷が無駄になる、とあれほど口を酸っぱくして言っておいたのに、この始末だ！

　だが、標的艦「ユタ」に魚雷を放ったのは松村の部下ではなく、実際には「蒼龍」から発進した第二小隊長の中嶋大尉だった。

　中嶋は「ユタ」とは知らずに魚雷を発射したのだが、二本の命中魚雷を喰らった「ユタ」は、左舷に大きく傾いて転覆しはじめた。

　かつてはフロリダ級戦艦の二番艦であった「ユタ」は、ロンドン軍縮条約の規定に従って武装を取り外し、標的艦に改造されていたのだが、皮肉なことに、敵機の魚雷攻撃を受けて戦場で華々しく散るという、戦闘艦らしい最期を遂げたのであった。

　いっぽう、敵機を求めて真珠湾の上空を飛んでいた葛城零戦隊・隊長の志賀淑雄(しがよしお)大尉は、上空から村田雷撃隊の突撃を、すっかり観戦することができた。

　上から見ていると、味方艦攻の進むのが非常にゆっくりに見えて、まるでアリが地面をはっているようだった。湾内の米艦隊は美しく、よくできた模型のようで、決して破壊してはならないもののように思えた。

　志賀大尉がそう考えていたとき、村田少佐はすでに、標的を注意深く選んでいた。

　戦艦「テネシー」の外側に、まだ誰も手を付けていない戦艦が碇泊している。長門型戦艦の好敵手、四〇・六センチ主砲八門を装備する戦艦「ウェスト・ヴァージニア」だ。

村田機はぐんぐん突っ込んでゆく。的艦が巨大なモニュメントのように眼前に迫ってくると、村田少佐は直率する第一小隊の三機を率いて、必殺必中の魚雷を投下した。発射高度はわずか二五メートル。直後に村田は操縦桿を強く引き、立ちふさがる「ウェスト・ヴァージニア」のマストすれすれに飛び越えた。

村田は愛機を無事に上昇させてゆく。が、偵察員の星野（ほしの）飛曹長から命中の報告を聞くまでは、無限の時間が過ぎてゆくように感じた。

戦艦「ウェスト・ヴァージニア」に対する雷撃はほぼ完璧に実行した。が、この大作戦に費やされた様々な準備のなかでも、一番最後になってようやく完了し、急いで配備された沈度安定板付きの改造魚雷が、真珠湾の浅い海のなかを上手く走ってくれるかどうか、村田は最後までそのことが心配だった。

すると、まもなく後部座席から、星野のひときわ甲高い声が聞こえた。

「あッ、当たりました！」

上空から観戦していた志賀大尉も、「ウェスト・ヴァージニア」の舷側から、巨大な水柱が昇るのを認めた。

攻撃はまだまだ続く。空母「飛龍」発進の松村大尉が選んだ標的もまた、戦艦

「ウェスト・ヴァージニア」だった。

――「ウェスト・ヴァージニア」を沈めることができれば、我が海軍の「陸奥」を撃沈したにも等しい大戦果を得られる！

部下に苦言を呈するだけのことはあり、松村の選んだ標的は、彼の自負心を満足させるにふさわしい〝大物〟だった。

松村が、小隊の三機を直率して、戦艦「ウェスト・ヴァージニア」に迫ってゆくと、狙う標的はもうもうと黒煙を上げ、すでに左舷へ傾きかけていた。

――よーし、止めを刺してやる！

決意を固めるや、松村は、的艦との距離わずか八〇〇メートルにまで肉迫して、渾身の魚雷を投じた。

もうそのころには、米戦艦の乗員もさすがに落ち着きを取り戻しており、さかんに対空砲をぶっ放してくる。

魚雷を投下した直後に、松村機は数発、敵の機銃弾を喰らった。機体が一瞬ぐらつく。

いよいよ年貢の納め時か、と思ったが、力いっぱい操縦桿を引き上げると、愛機はほどなく反応し、彼は、戦艦「ウェスト・ヴァージニア」の艦橋を、左へ旋回しながら、まさに間一髪でよけ切り、松村機はついに上昇しはじめた。

まもなくして、その高度は一〇〇メートルを超えた。

——よし。ここまで上昇して来れば、ひとまず安心だ。

そう思うや松村は、今度は機体を右へ傾けた。すると、自分の放った魚雷が「ウェスト・ヴァージニア」に命中する瞬間の、まさに魂を奪われるような光景が眼に飛び込んできた。

巨大な水柱が「ウェスト・ヴァージニア」の煙突近くまで昇り、まるで、間欠泉が噴き出して頂点に達し落下するときのように、水しぶきのかたまりがどっと落ちてきた。

いや、まだ終わらない。素晴らしいことに、そのとてつもない水柱が二回、連続で昇った。

さしもの松村も、顔に笑みがこぼれて、思わず叫んだ。

「やった！　二本命中だ。……これで『ウェスト・ヴァージニア』は少なくとも、一年以上は動けないはずだ！」

実際には、戦艦「ウェスト・ヴァージニア」は第二波攻撃隊からも猛爆撃を喰らって、廃艦となってしまうのであった。

松村大尉はさらに愛機を上昇させ、帰投するための待機点へ向かった。

いっぽう戦艦「オクラホマ」は、「ウェスト・ヴァージニア」と同じように戦艦列の外側に係留されていたので、日本軍雷撃隊の格好の餌食となった。

赤城・第二小隊長の後藤中尉が突っ込んでゆくと、戦艦「オクラホマ」は灰色の巨大な幽霊塔のように、眼前に迫って来た。彼もまた、高度三〇メートル以下で魚雷を発射した。

発射後、高度を取り直して同艦を飛び越したとき、後藤機は「オクラホマ」のマスト先端よりもさらに低かった。後方を見ていた偵察員の宮島一等飛曹は、舷側から水柱が昇った瞬間に、例のごとく絶叫した。

「や、やりました！　命中！」

後藤小隊の残る二機も「オクラホマ」めがけて魚雷を放ち、もう一本が命中したが、三番機の安江一等飛曹の操縦する艦攻が、猛烈な射撃を受けているのを見て、後藤機・偵察員の宮島は、このときはじめて恐怖を感じた。

続けざまに魚雷を二発、重要部にぶち込まれた戦艦「オクラホマ」は、やがてゆっくりと左へ傾きはじめた。

戦艦「オクラホマ」の電信兵・セスマン一等水兵は、そのとき動力室で作業ズボンにアイロンをかけていた。すると、艦内放送の拡声機が突然、怒鳴り始めた。

『総員。至急、戦闘配置に就け！　これは演習ではない！』

セスマンは〝演習ではない〟という号令に一瞬びっくりはしたが、彼は〝どうせ、また演習だろう〟と思った。

——我が艦の幹部連中も、油断させないようにいよいよ巧妙なウソをついて、また演習をさせる気だな。

セスマンはそう思ったが、とにかく号令が掛かったので、急いで道具袋と懐中電灯を持ち、彼の配置である操舵室へ向かって、小走りに駆けて行った。

その直後のことだった。セスマンは、突然、大きな爆発音を聞いて、艦全体が大きく揺れるのを感じ、とっさに思った。

——演習とはいえ、いったいなんのために湾内で、主砲をぶっ放す必要があるんだ⁉

誰もが日本軍機による空襲など、まったく予想していなかったので、セスマンがそう思うのも無理のないことだったが、彼が爆発音と衝撃を感じたその瞬間に、実際には、後藤機の放った魚雷が命中していたのであった。

村田少佐機が「ウェスト・ヴァージニア」を雷撃したのと、後藤中尉機が「オクラホマ」を雷撃したのは、ほとんど同時であったが、そのあとに葛城雷撃隊の放った魚雷のうちの二本が、外側に係留されていた工作艦「ベスタル」の艦底をくぐり抜けて、戦艦「アリゾナ」の艦底も吹き飛ばしていた。

もはや米戦艦の大半が、魚雷を喰らって大損害を受け、まったく身動きの取れない状態に陥っていた。

最初に雷撃を受けたのは単艦、少し南に離れて碇泊していた戦艦「カリフォルニア」で、続いて戦艦「ウェスト・ヴァージニア」と戦艦「オクラホマ」がほとんど同時に雷撃を受けた。そしてつい先ほど、戦艦「アリゾナ」が二本の魚雷を喰らって行動不能に陥り、単艦もっとも北寄りに碇泊していた、五隻目の戦艦「ネヴァダ」も、ついに魚雷一本を喰らって、中破の損害を受けてしまった。が、魚雷を喰らった五隻の戦艦のなかで、唯一「ネヴァダ」だけが辛うじて、まだ動けそうだった。

太平洋艦隊司令長官のキンメル大将は、司令部の建屋から出て、掛け替えのない味方戦艦が撃破されてゆく、その惨状の一部始終を、見せ付けられることになった。

「かっ、『カリフォルニア』が傾いてゆく……」

キンメルは最初にそうつぶやいたが、これはまだ、これから最高潮を迎えるメイン・イベントのほんの幕開けであった。

戦艦「ウェスト・ヴァージニア」と戦艦「オクラホマ」から同時に、数え切れないほどの水柱が昇りはじめると、キンメルの落胆はとうとう絶望に変わった。

オアフ島の味方飛行場はどれも、黒煙を上げたまま沈黙している。

キンメルは、ただ身を切るような思いで「誇り高き弩級戦艦の最期を、私自身が見届けてやらなければならない」という義務感を、自らの脳裏に焼き付けるしかなかったのである。

6

村田雷撃隊の演じたドラマのクライマックスに今、華がそえられようとしていた。

戦艦列の内側に係留されていた戦艦「メリーランド」と「テネシー」の二隻は、運よく、村田少佐たちの魚雷攻撃を免れていたが、総隊長・淵田美津雄中佐の直率する水平爆撃隊が、いまやその上空に達して、徹甲爆弾の雨を降らせようとしていた。

突撃命令を出したあと、淵田は、二番機に編隊を誘導させて、淵田自身の機は編隊の一部として二番機の位置に入れ代わった。編隊を誘導することになった二番機には、水兵爆撃隊の訓練で、命中率の新記録をうち立てた操縦員・渡辺一等飛曹と偵察員・阿曽一等飛曹の腕利きコンビが、乗っていたのだ。

爆撃の第一進入予定経路では、乱気流のため目標を捉えることができなかったので、やりなおしとなり、普段から爆弾投下のタイミングを上手く合わせることができなかった三番機だけが、先走って爆弾を投下してしまった。その爆弾が、むなしく海面に水柱を上げたのを見て、淵田は風防のなかでゲンコツをつくり、三番機に怒りのお灸をすえた。

すると三番機の爆撃手は、敵対空砲火の着弾による振動で、意図せず爆弾が落ちてしまったのであり、うっかりミスではないということを、身振り手振りで懸命に伝えてきた。

なるほどそのころには、敵艦の撃ち上げる対空砲火は次第に激しくなりつつあった。

現に、今度は淵田機が、あたかも大きな棒で殴られたような衝撃を受け、左右に大きく揺さぶられた。

「大丈夫か!?」

淵田は思わずそう叫んだ。が、操縦員の松崎大尉は、総隊長を安心させるように、努めて冷静に答えた。

「胴体に少し穴が開いただけです」

まもなく淵田の編隊は、「ウェスト・ヴァージニア」の内側にいた戦艦「テネシー」と、ほかの戦艦より少し南に単艦で碇泊していた戦艦「カリフォルニア」に、その攻撃を集中した。

戦艦「テネシー」には二発命中したが、与えた損害は比較的軽微なように思われた。ところが、そのうちの一発の破片が、隣の「ウェスト・ヴァージニア」まで飛んでゆき、運命のいたずらか、戦艦「ウェスト・ヴァージニア」艦長のベンニオン大佐に重傷を負わせた。

淵田機自身は、すでに二本の魚雷を受けていた戦艦「カリフォルニア」に、八〇〇キログラムの徹甲爆弾を命中させて弾薬路を破壊、同艦を一瞬のうちに砲撃不能に陥れた。

さらに、第二航空戦隊の水平爆撃隊は、戦艦「メリーランド」と「アリゾナ」に攻撃を集中し、「メリーランド」に徹甲爆弾二発、「アリゾナ」にも同じく二発を命中させた。

なかでも、戦艦「アリゾナ」に命中した八〇〇キログラム徹甲爆弾は、恐ろしいほどの破壊力を発揮した。その爆弾は「アリゾナ」の二番砲塔の近くに命中、完全に装甲を貫通して、その前部火薬庫を大爆発させた。

次の瞬間、同艦の巨体は前後へ真っ二つに引き裂かれ、戦艦「アリゾナ」は引きずり込まれるようにして、海に呑み込まれていった。

それは、空母「蒼龍」から発進した、金井一等飛曹の投下した爆弾であった。

もはや完全に勝敗は決した。

太平洋艦隊司令部には、キンメル長官を失神させてしまいそうなぐらい、衝撃的な被害報告が立て続けに舞い込んできた。

戦艦「アリゾナ」は爆沈し、戦艦「オクラホマ」は転覆。そして、戦艦「カリフォルニア」及び戦艦「ウェスト・ヴァージニア」は沈座着底した。以上の四戦艦は常識的に判断して、ほとんど再起不能だった。

さらに、戦艦「メリーランド」と戦艦「テネシー」は中破の損害にとどまったが、それぞれの外側にいた戦艦「オクラホマ」と「ウェスト・ヴァージニア」に邪魔されて、まったく身動きが取れない状態に陥っていた。

同じく中破の損害にとどまり、単艦で北寄りに碇泊していた戦艦「ネヴァダ」だけが、遅ればせながら、唯一、湾外への脱出を試みようとしていた。

日本軍・第一波攻撃隊は結局、米戦艦七隻に対してなんらかの損害を与えたが、ドックに入渠していた戦艦「ペンシルヴァニア」だけは唯一、まったく損害を受けていなかった。

キンメル大将は完全に狼狽(ろうばい)し、戦艦部隊の指揮官であるパイ中将と、ほとんど実のない会話をかわしていた。二人は、太平洋艦隊司令部が爆撃を受ける可能性がある、ということに気付いて、首席指揮官のキンメルと、次席指揮官のパイが、同時に戦死することを避けるため、パイ中将がビルの反対側に移る、というまったく空疎でトンチンカンな決定を、あたかも重要であるかのごとく話し合い、実行に移した。

かたや、作戦参謀のマクモリス大佐は、司令部のなかで唯一オアフ島が攻撃される可能性について示唆していた情報参謀のレイトン大佐に向かって、頭を下げていた。

「気休めになるなら言うが、きみのほうが正しかった。我々全員が間違っていた」

そして、キンメルの幕僚のなかで、航空参謀のアーサー・ディビス大佐ただ一人だけが、まさに仕事らしい、仕事をしていた。

「陸軍機でも海軍機でもいい。日本の空母を捜索する飛行機が残っていないか⁉」

ディビスはいたるところへ、電話をかけまくっていたのである。

キンメルが信奉してきた大艦巨砲主義は今まさに終焉を迎え、航空主兵の時代が到来したことはもはや明白だった。

7

第一波による攻撃がすべて終了したとき、時刻は午前八時四〇分になろうとしていた。

総隊長の淵田中佐機はまだ、真珠湾の上空にとどまっている。同機が戦果確認のため上空を旋回し、写真撮影などをおこなっていると、第一波攻撃隊とちょうど入れ替わるようにして、嶋崎和重少佐に率いられた第二波攻撃隊が、カフク岬の上空から進入して来た。

第二波攻撃隊は岬の上空で三手に分かれ、まず最短距離をとる制空隊の零戦五四機が、主力をもってホイラー飛行場を襲い、一部がカネオへ飛行場を攻撃した。

続いてオアフ島の東側から回り込むようにして水平爆撃隊が、カネオへ、ヒッカム、フォード島の各飛行場へ突入し、中央経路をとる急降下爆撃隊は真珠湾へ直行、第一波の攻撃から免れた敵艦を求めて爆撃を開始した。

第一波の攻撃時に比べて、第二波の攻撃はよりいっそう困難となった。

というのが、各飛行場の上空も真珠湾内も煙に覆われ、目標を捜すのが難しい。加えて米軍の対空砲火も本格化し、少数ながらも補助飛行場などから、敵戦闘機が迎撃に上がって来た。

まもなく制空隊の零戦が、迎撃に上がって来た米軍戦闘機をすべて叩き落したが、より正確さを増した敵対空砲火にやられて、第二波攻撃隊は多くの損害機を出すことになる。とはいっても、米軍の被った損害に比べれば、第二波攻撃隊の被害もはるかに軽微だった。

海軍工廠に面する大型ドック内には、第一波の攻撃を免れた戦艦「ペンシルヴァニア」が入渠していたが、空母「赤城」から発進した山田大尉機がついにこれを発見。山田機を含む二七機の九九式艦爆が、容赦なく「ペンシルヴァニア」に対して波状攻撃を仕掛けた。

二七機の艦爆が次々と急降下を開始する。

まったく動かぬ的艦に命中弾を与えるのは、ベテランぞろいの山田急降下爆撃隊からすれば、なんの造作もないことだった。

なんと、戦艦「ペンシルヴァニア」には二〇発以上の爆弾が命中した。同艦艦上の構造物はことごとく破壊され、艦橋はあとかたもなく、煙突も吹き飛ばされた。

しかし、二五〇キログラム爆弾による急降下爆撃で戦艦に致命傷を与えることはできず、戦艦「ペンシルヴァニア」は完全に戦闘力を奪われたものの、装甲に覆われた艦体はまだ生きていた。

とはいえ「ペンシルヴァニア」は、容易には修理できない状態に陥った。結局、同艦が再び戦場に姿を現すのは、一九四三年（昭和一八年）夏以降のことだった。

また、第一波による攻撃後、唯一、動ける状態にあった戦艦「ネヴァダ」は、湾外へ脱出しようと、いよいよ始動しはじめていた。

しかしながら同艦も、飛龍艦爆隊から集中攻撃を受け、二五〇キログラム爆弾を一〇発以上喰らって、廃艦同然となってしまった。戦艦「ネヴァダ」は爆弾だけでなく、第一波攻撃隊から魚雷も喰らっていたのだ。

――いかん！　このまま直進し、水路の真ん中で沈没すれば、真珠湾を何ヵ月も封鎖してしまうことになる！

とっさにそう考えた「ネヴァダ」防衛長のトーマス少佐は、艦の喪失を覚悟して、ホスピタル岬の東側に「ネヴァダ」を座礁させた。

　このとき、戦艦「ネヴァダ」には艦長も航海長も在艦せず、トーマス少佐がやむを得ず〝座礁させる〟という決断を下したのだ。

　そのほか、江草隆繁（えぐさたかしげ）少佐の直率する急降下爆撃隊は、巡洋艦以下の艦艇にも容赦なく爆撃を加えて、重巡「ニューオリンズ」を大破し、軽巡「ラーレイ」を撃沈。さらにまた、軽巡「ヘレナ」を大破して、軽巡「ホノルル」を中破。三隻の駆逐艦「カッシン」「ショー」「ダウンズ」を撃沈していた。

　そしてようやく、二波に亘る日本軍の攻撃がすべて終了したのは、午前九時三五分のことであった。

　すべての攻撃機が午後一時二〇分までに、それぞれの母艦に帰投、収容されたが、第一波、二波をあわせて第一航空艦隊は、零戦一三機、九九式艦爆一六機、九七式艦攻七機、の計三六機を失っていた。

　いっぽう、オアフ島の陸海軍司令部がもっとも恐れていたことは、日本軍が、このまま勢いに乗って、上陸作戦をおこなうのではないか、ということだった。

　陸軍参謀の一人が、ハワイ陸軍司令官のショート中将に向かって言った。

「日本軍機は、当然攻撃すべき陸海軍の司令部や管制塔、そして工廠や石油タンクなどに、まったく攻撃を加えて来ませんでした。このあと敵は上陸作戦をおこない、オアフ島占領後にこれらの施設を日本軍自らが利用するため、わざと攻撃を加えず、生かしておいたのではないでしょうか。……そうとでも考えない限り、どうにも理屈があいません」

たしかに言われてみれば、その可能性は大いにあった。もし、日本軍が上陸して来れば、航空隊や海軍の艦艇は、もはやまったく当てにならないので、陸軍の地上部隊だけでオアフ島を守り切るしかなかった。

ショート中将は大きくため息を付き、いよいよ考え込んでしまった。が、実際には、この意見は間違っていた。

日本軍は単に、オアフ島の最新地図を入手することができず、古い地図に基づいて、まったく的外れな、教会やビアホール、さらには野球場などに爆弾を落として行ったのであった。

日本側の地図では、じつは、司令部の建物は将校クラブとなっていたため、わずかにとばっちりの一弾を受けただけで済んだ。

ところが、そんな実情を知らないショート中将は、救援を請うためワシントンへ、オアフ島の惨状を訴える緊急電を打った。

『オアフ島が日本軍機の空襲を受け、航空隊と海軍艦艇が壊滅。至急、救援を求める！』

ワシントンでは、スチムソン陸軍長官からこの電報を受け取ったノックス海軍長官が、電文をしげしげと見つめながら言った。

「な、何だと⁉　そんなことはあり得ない！　これは、フィリピンのことを伝えてきているのに違いない！」

すると、隣にいた海軍作戦部長のハロルド・D・スターク大将が、ノックス長官から電報を手渡され、その内容をいま一度、確認してから静かに言った。

「いや、長官。これは間違いなくパールハーバーのことです」

スターク大将の目には、その電報の発信者である〝ハワイ軍管区司令官〟という文字が、確実に焼き付いていたのである。

第十章　空母「エンタープライズ」を追撃せよ！

1

第一航空艦隊司令長官・小沢治三郎中将の信念に揺るぎはない。

――オアフ島に第二撃を加えるべきだ！

小沢は自らそう誓っていた。

だが、索敵機が報告したとおり、真珠湾に米空母は存在しなかった。

――米空母はどこにいるのか⁉

太平洋艦隊司令長官のハズバンド・E・キンメル大将はもちろんその答えを知っていた。ハワイ近海に米空母は二隻存在した。空母「エンタープライズ」と「レキシントン」である。

だからハワイ米軍には、日本軍に反撃を加える戦力がまだ残っていた。むろん陸軍・ハワイ軍管区司令官のウォルター・C・ショート中将も、太平洋艦隊に二隻の空母が存在することは知っていた。が、それが今どこで行動しているのか、そこまでは知らなかったのだ。

午前八時（ハワイ現地時間）に第一波が攻撃を開始した時点で、空母「エンタープライズ」はオアフ島の西・約二〇五海里の洋上にいた。

いっぽう、同じく午前八時の時点で、空母「レキシントン」はミッドウェイ環礁の南東・約四二〇海里の洋上にいた。つまりオアフ島の西北西・約七六〇海里の地点だ。

オアフ島からミッドウェイ環礁までは直線距離でおよそ一一五〇海里。空母「レキシントン」はその直線最短コースから、少し南へずれて航行していた。

したがって一二月七日・午前八時の時点で、空母「エンタープライズ」を主力とする、ウィリアム・F・ハルゼー中将の米軍・第八任務部隊と、小沢中将の日本軍・第一航空艦隊との距離は、三二五海里ほど離れていた。

また、同じく七日・午前八時の時点で、空母「レキシントン」を主力とする、ジョン・H・ニュートン少将の米軍・第一二任務部隊と、小沢中将の日本軍・第一航空艦隊との距離は、七三五海里ほど離れていた。

小沢中将は第二波攻撃隊を発進させたあと、午前七時五〇分に、双鶴型空母二隻の艦上で出撃準備の整った、一式双発艦上偵察機一二機に発進を命じていた。空母「翔鶴」と「瑞鶴」から六機ずつ、午前八時までに全機発進。それぞれ五〇〇海里の距離を進出して索敵をおこなうことになった。

いっぽう太平洋艦隊司令部は、この空襲は疑いなく日本軍機によるものだと気付いて、ハワイ近海に日本の空母数隻が存在すると判断。午前八時三〇分に、ハルゼー中将とニュートン少将に対して緊急命令を発した。

『空母「エンタープライズ」と空母「レキシントン」は、カウアイ島の西・二〇〇海里の地点（オアフ島の西・約三〇〇海里の地点）で、速やかに合同せよ！』

この命令を受け、空母「エンタープライズ」は真西へ、空母「レキシントン」は東南東へ向けて急遽、針路を返すことになった。

ところが、ハルゼー中将の旗艦・空母「エンタープライズ」の艦上では、第八任務部隊参謀長のマイルズ・ブローニング大佐が、上級司令部の命令に首を傾げてハルゼーに言った。

「ボス。どうやらオアフ島の司令部は、日本の空母が〝西〟から来たと思い込んでいるらしく、マーシャル諸島方面へ、これを追いかけるつもりのようですぜ」

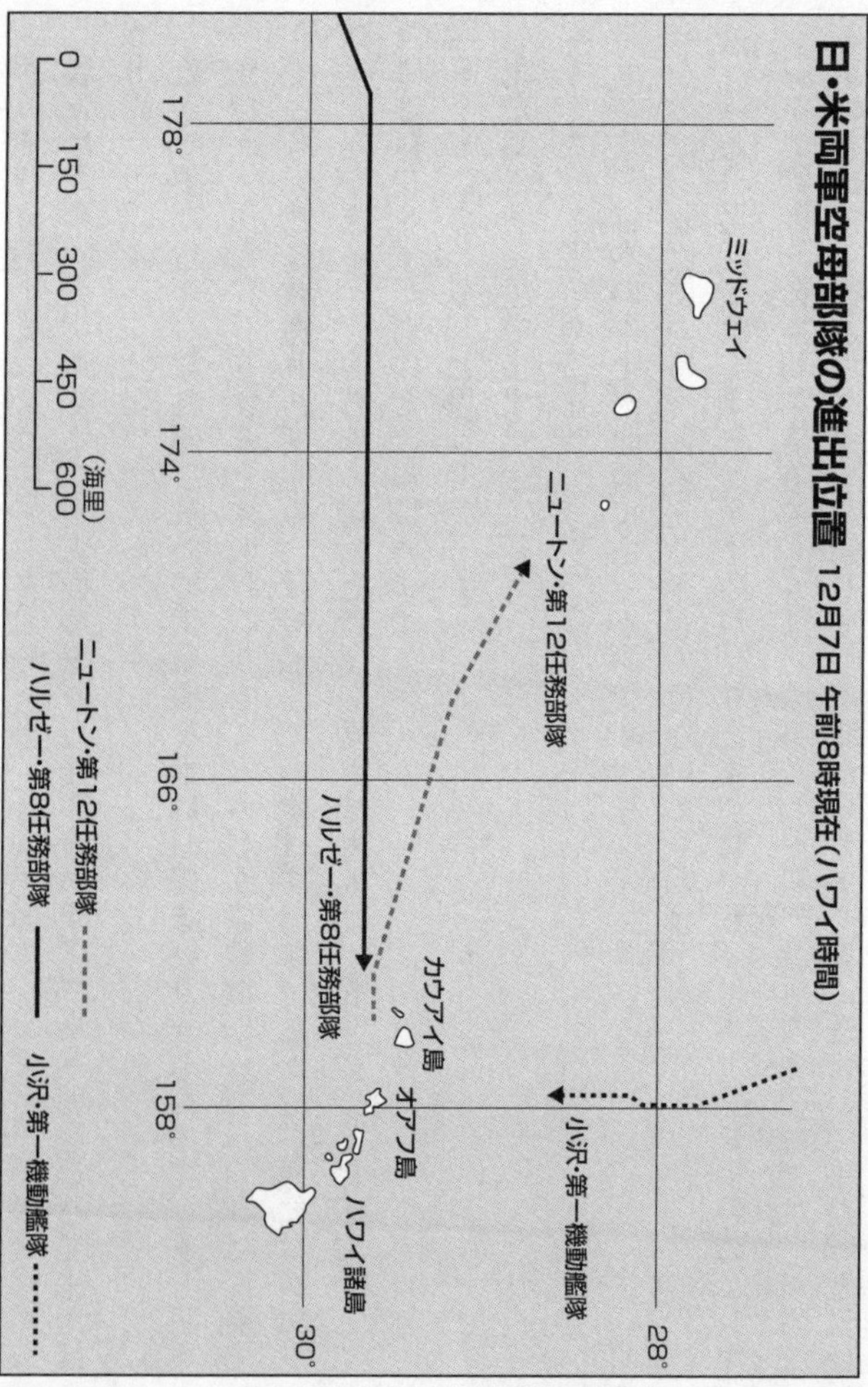
日・米両軍空母部隊の進出位置 12月7日 午前8時現在(ハワイ時間)
ミッドウェイ
ニュートン・第12任務部隊
ハルゼー・第8任務部隊
カウアイ島
オアフ島
ハワイ諸島
小沢・第一機動艦隊
28°
30°
178°
174°
166°
158°
0
150
300
450
600
(海里)
ニュートン・第12任務部隊
ハルゼー・第8任務部隊
小沢・第一機動艦隊

ハルゼーが返した。

「我々はたった今、ウェーク島方面つまり〝西〟からオアフ島へ引き返して来たばかりだ」

「そうです。我々も数日間、続いて索敵機を飛ばしてまいりましたので、もし日本の空母が〝西〟に存在するとすれば、少なくとも我が索敵機が、空母自体は発見できずとも、敵艦載機と一度ぐらいは接触しているはずです。しかも、西にはジョンストン島がある。……むろん絶対とは言い切れませんが、日本の空母は、おそらく西には存在せず、別のところにいますよ」

「……どこにいる、と思う?」

「北にいる、と思います」

「……なぜ、そう思う?」

「単純に、日本の本土が北西にあるからです」

「ならば、北西にいる、と考えるべきではないのかね?」

「いいえ、北西にはミッドウェイ島が在ります。しかも、ニュートン少将の『レキシントン』から敵空母の存在を示すような報告は一切、入っておりません。……日本軍の空母はミッドウェイを迂回して、真北からオアフ島に近付いて来た、と私はみます」

「なるほど。だが、南から来た、ということも考えられなくはない」

「南には同じようにパルミラ島とジョンストン島のあいだの哨戒網をすり抜け、はたして日本の空母が、オアフ島に近付けるでしょうか。しかもオアフ島の南では、数日前からフランク・J・フレッチャー少将の重巡『ミネアポリス』が哨戒任務に就いておりました。がら空きになっていたのは、真北と東だけです」

オアフ島の東には広大な太平洋が広がっていたが、その行き着く先はアメリカ大陸なので、いくらなんでもオアフ島の東から接近するというのは不可能、日本の艦隊にとってそれは、ほとんど自殺行為にも等しい。

ハルゼーが静かに言った。

「わかった。北から来たとして、それでどう対処する。この『エンタープライズ』だけでも今すぐ攻撃に向かうのか？」

「いいえ。やはり『レキシントン』と合同してから、攻撃に向かうべきです」

「では、ミッドウェイ方面へ向かうのか？」

「ええ、本来ならミッドウェイ方面へ向かい、出来るだけ速やかに『レキシントン』

と合同し、北西方面から日本の空母に戦いを挑むべきですが、一つ大きな問題があります」

「……はて、どんな問題がある?」

ハルゼーが不思議そうな顔をして、そう問い掛けると、マクモリスが即答した。

「燃料がありません」

マクモリスが言うとおり、たしかに「エンタープライズ」の積んでいる重油は、残り半分を切っていた。自力ではアメリカ西海岸の基地までもたどり着けない。できれば今すぐにでも真珠湾へ入港し、給油を受けたいところであった。

けれども、真珠湾はまさに日本軍機の空襲を受けているさなかだ。もし「エンタープライズ」が真珠湾に近付けば、〝飛んで火に入る夏の虫〟となるのが目にみえている。

ハルゼーが思わず言った。

「では、どうしろと言うのだ⁉」

「給油してから『レキシントン』と合流するほかありません」

「バカな！　今、オアフ島に近付くのは自殺行為だぞ！」

「いいえ、パールハーバーで給油を受けるのではありません」

「なら、どこで給油する」

「都合よくパールハーバーには、給油艦の『ネオショー』が碇泊しております。これを湾内からただちに出動させて、オアフ島南方の海域で同艦と合流し、フレッチャー少将の協力も得ながら、夜間に洋上で『ネオショー』から、給油を受けるしかありません。そして、翌朝までに『レキシントン』と合流して、……敵空母に戦いを挑むにしても、それからです」

たしかに、燃料不足の状態で敵空母に戦いを仕掛けるのはかなりの冒険になる。戦いが始まれば「エンタープライズ」は当然、西へ東へ、はたまた北へ南へ、走りまわれなければならない。

空母「レキシントン」は、比較的オアフ島に近いミッドウェイ島へ到達するその前に、引き返すことになったので、燃料不足を心配する必要はまったくなかったが、空母「エンタープライズ」はそれよりはるかに遠いウェーク島へ行って、海兵隊機を送り届けて帰って来たばかりなので、思い切って戦闘行動をとれるほど、燃料が残っていなかった。

本日中に日本の空母と戦うのは不可能ではないが、それには、〝洋上で燃料不足となって立ち往生する〟という、極めて高いリスクを背負う、覚悟が必要であった。

マクモリスは、進言すべきことはすべて進言した。あとは指揮官であるハルゼーが、どのような決断を下すか、であった。

ハルゼーが言った。

「わかった。いずれにしても情報が少なすぎる。日本の空母がハワイ周辺に、いったい何隻おるのか、そして、本当に北にいるのか、それさえもまともにわかっていない。きみの言うとおり、戦いを仕掛けるのは明朝にし、まずはオアフ島南方の洋上で給油を受けることにしよう」

ハルゼーはそう断を下したのである。

2

ブローニングの推理はまさに図星であり、その明晰な頭脳は賞賛に値する、と言っても、過言ではなかった。たしかに日本の空母は、オアフ島の南には存在しなかった。

ハルゼー司令部が再考を促すと、太平洋艦隊司令部も給油の必要性を認め、一〇分後の午前八時五〇分に、変更後の新しい命令を「エンタープライズ」に伝えてきた。

『空母「エンタープライズ」は、オアフ島の真南二〇〇海里の洋上で給油艦「ネオショー」から給油を受けたのち、翌朝までにオアフ島の南東二〇〇海里の洋上へ進出し、空母「レキシントン」と合同せよ！』

当然ながら太平洋艦隊司令部は、第一二任務部隊指揮官のニュートン少将にも同時に、変更後の新しい命令を伝えた。

『空母「レキシントン」は、翌朝までにオアフ島の南東二〇〇海里の洋上へ直行し、空母「エンタープライズ」と合同せよ！』

これらの命令はすべて、日本の空母がオアフ島の北に存在する可能性が高い、というブローニングの立てた仮説を前提にして、出されたものであった。

しかし、日本の空母が本当にオアフ島の北に存在するのかどうか、それは現時点では、誰にもわからなかった。

キンメル司令部の航空参謀であるアーサー・ディビス大佐が、日本の空母の所在を突き止めようと、躍起になって、いたるところへ電話を掛けまくっていたのは、そのためだった。

キンメル自身はこう考えた。

――正確な情報のないまま、敵空母に対して味方空母が性急に戦いを仕掛けるのは、たしかによくない。今夜中に「エンタープライズ」に給油しておけば、二隻の空母は自力でアメリカ西海岸の基地までたどり着けるようになる。湾内の戦艦群が攻撃されている今、空母まで失うようなリスクは、なんとしても避ける必要がある！

午前八時五〇分に新しい命令が下りると、ブローニングが、ハルゼーに向かって言った。

「もし、日本の空母がオアフ島の南にいれば、万事休すです。ですが、これだけははっきりと申し上げられます。……もし私が、日本軍空母部隊の指揮官なら、フレッチャー少将の重巡『ミネアポリス』に対して、真っ先に攻撃を仕掛けます。オアフ島の南から攻めるとすれば、針路上で立ちふさがるように行動している『ミネアポリス』は、絶対に放置できない存在です。……同艦がいまだに、何の異常も知らせてこないというのは、日本の空母が南に存在しない、ということにほかなりません」

もとよりハルゼーはブローニングのことを信頼している。ハルゼーはうなずいて言った。

「キャプテン、きみの言うとおりだ。私に言わせれば、フレッチャーの仕事ぶりは慎重すぎるきらいがある。が、その反面じつに手堅い。彼は日本の空母を見逃すほど、間抜けじゃないよ」

ブローニングも同感だった。ハルゼーもまた自分と同様に、日本の空母は〝北にいる〟と考えている。そう確信したブローニングは、ここではじめて、日本の空母を撃破するための秘策を、ハルゼーに明かした。

「日本軍の空母と戦うときに、私がもっとも気掛かりなのは、デバステイター雷撃機の攻撃半径が短い、ということです。……そこで、日本の空母が北にいると仮定した場合、我々は〝オアフ島をあいだにはさんで〟南に陣取ることが、もっとも望ましいのです。

なぜなら、もし、日本の空母がオアフ島の北一〇〇海里の地点にいて、我々がオアフ島の南一〇〇海里の地点にいる、と仮定しますと、双方の距離は二〇〇海里、離れていることになります。

となると、ドーントレス急降下爆撃機は攻撃できるが、デバステイター雷撃機は攻撃できない、という状況に陥ります。デバステイターの攻撃半径が一七〇海里しかないからです。ですが、オアフ島をあいだにはさむことによって、味方空母から発進したデバステイターは、空母には帰投させず、オアフ島の飛行場への帰投が可能になるからです。つまりデバステイターは、行きは、当然二〇〇海里を飛ぶ必要がありますが、帰りは、一〇〇海里しか飛ばなくて済むのです。オアフ島に帰投させれば、三〇〇海里を飛ぶだけで済み、飛行距離が三四〇海里の範囲内に収まるというわけです。

ですから、オアフ島をあいだにはさんで、敵空母と対峙できれば、我々にとっては、それがもっとも好都合なのです」

「……なるほど。いわばオアフ島を〝止まり木〟として使うわけだな」

「おっしゃるとおりです」

これでハルゼー司令部の攻撃方針は万事、決定した。空母「レキシントン」と合流したあとは、もちろん階級が上のハルゼー中将が、ニュートン少将の部隊を編入し、空母二隻の統一指揮を執ることになる。

午前九時には、空母「エンタープライズ」はオアフ島の南二〇〇海里の洋上を目指して速力二二ノットで航行し、空母「レキシントン」はオアフ島の南西二〇〇海里の洋上を目指して速力三一ノットで航行し始めた。

空母「レキシントン」に随伴する重巡三隻の出し得る最大速度は三二・五ノット

なので、速力三一ノットというのは、ほとんどそのいっぱいに近かったが、三一ノットで航行しなければ、翌朝までに合流地点へ到達できなかった。しかし、ニュートン部隊のとくに「レキシントン」には、たっぷり重油が残っていたので問題がなかった。いざというときには、随伴艦は「レキシントン」から給油を受けられる。

しかし、日没後は衝突を避けるため、さすがに第一二任務部隊も、進撃速度を二七ノットに落とす必要があった。

いっぽう、空母「エンタープライズ」にとって頼みの綱である給油艦「ネオショー」は、幸運にも日本軍機の攻撃を免れて、午前一〇時三〇分に真珠湾から出港した。

いや、実際には「ネオショー」も零戦から機銃掃射を受け、乗員三名が負傷していたのだが、艦自体はなんの損害も受けずに、真珠湾からの脱出に成功していた。

給油艦「ネオショー」は、一二月六日に真珠湾に到着したばかりだったが、六日中にフォード島の海軍基地に荷揚げを済ませており、ハルゼー中将を満足させるだけの重油を大急ぎで積み込み、日本軍機がオアフ島上空からすべて姿を消したのを確認してから出港した。

同艦は、約半年後に生起する珊瑚海海戦で、空母と見間違われ、日本軍艦載機から攻撃を受けて沈むことになるが、このときはまさに「エンタープライズ」の救世主となって、大いに活躍するのであった。

3

小沢中将が午前八時に放った一式双発艦上偵察機は、一二機とも、各索敵線上を順調に前進していた。

そのなかの一機、第七索敵線上を飛行していた宇佐美(うさみ)中尉の一式双発艦偵が、ついに午前一一時一二分、洋上を航行している一隻の米空母を発見した。小沢治三郎の〝試作中の双発艦攻を積んでゆく〟というなかば強引な選択が、見事に的中したのだ。

一式双発艦偵の乗員は三名。宇佐美機は午前七時五七分に空母「瑞鶴」から発進し、南南西へ向けて飛行していた。

それは、空母「瑞鶴」から発進して三時間以上経過したときのことだった。

機長で偵察員の宇佐美中尉は、眼下の海上に航跡を認め、操縦員の竹中飛曹長に対して、とっさに左への変針を命じた。

すると、駆逐艦らしき敵艦が海上にポツポツと姿を現しはじめ、針路変更を命じてから約一〇分後に、機長の宇佐美自身がついに米空母を発見したのだ。

「このままの高度で、もう少し近付け」

宇佐美はそう命じると、一分と経たないうちに再び口を開いた。

「間違いない。……アレはヨークタウン型の空母だ。ただちに『赤城』に通報せよ！」

宇佐美の命令を受けて、電信員の前島一等飛曹がただちに打電した。

『空母一隻を含む敵艦隊を発見。オアフ島の西南西一七五海里の洋上を南東へ向け約二〇ノットで航行中。一〇隻以上の護衛艦艇を伴う』

宇佐美機に発見されたのは、まさに空母「エンタープライズ」だった。

旗艦「赤城」の小沢司令部では、この報告電を受けて、航海参謀の雀部利三郎中佐がただちに、小沢長官に報告した。

「我が部隊との距離およそ三四〇海里です」

小沢が思わずつぶやいた。

「距離が遠すぎるな……。これじゃ攻撃するのは無理だ」

しかも、このとき第一航空艦隊の各母艦は、オアフ島を攻撃した第一波攻撃隊を収容しているさなかだったので、発見した米空母を追撃することもできなかった。第二波攻撃隊も含めて、すべての収容作業が終わるのは、午後一時過ぎになると思われた。

小沢のつぶやきに応じて、航空参謀の源田實（げんだみのる）中佐が地団太をふんで悔しがった。

「せっかく米空母を発見したのに！　タイミングが悪すぎます」

いくら源田が悔しがっても、この状況はどうしようもなかった。とにかくあと二時間近くは、収容作業に専念するしかない。

結局、第一航空艦隊がすべての攻撃機を収容し終えたのは午後一時二〇分のことだった。

午前一一時三〇分過ぎには、第一波攻撃隊のしんがりで帰投した、飛行総隊長の淵田美津雄中佐が、「赤城」の艦橋に上がってきた。が、彼も米空母を攻撃するのは難しいと思った。

淵田中佐の姿を認めて、小沢長官が真っ先に声を掛けた。

「おう、ご苦労だった。実際のところ戦果はどうかね？」

「戦艦四隻の撃沈は確実です。さらに三隻を大破し、残る一隻にも中破の損害を与えました」

淵田が即座にそう答えると、小沢が再び問うてきた。

「すると、米艦隊の主力が、六ヵ月以内に作戦を再開するのは不可能だね？」

「太平洋艦隊の戦艦部隊が六ヵ月以内に出て来ることは、不可能だ、と断言できます」

小沢はうなずき、顔に喜色を浮かべたが、そこへ参謀長の草鹿龍之介少将が割って入り、新たな質問を投げ掛けてきた。

「次の目標はなににすべきだと思うかね？」

淵田は少し考えてから答えた。

「本来なら発見した米空母を攻撃すべきでしょうが、それは難しいので、オアフ島に再攻撃を加えるとして、次の攻撃目標は工廠や燃料タンク、また機会があれば、残存の敵艦艇に重ねて攻撃を加えるべきだと思います」

「戦艦をもう一度、攻撃する必要があると思うかね？」

「一隻を除いて、ほかの七隻はすべて撃沈するか大破せしめました。私自身は、あまりその必要性を感じません」

すると、草鹿参謀長が米軍の反撃の可能性について聞いてきたので、淵田は希望的観測を一切排除して、努めて正直に答えた。

「我々は多くの敵機を撃破しましたが、すべての敵機を破壊し尽くしたとは思えません。おそらくオアフ島には、我が艦隊を攻撃する余力が、まだ残っているでしょう」

淵田がそう言うと、航空参謀の源田がすかさず口を入れてきた。

「だからこそ再攻撃する必要があるのです。敵機が来襲してもまったく心配はいりません。来たら叩き落すだけのこと。……そのために防空戦隊の軽空母三隻が在るのです！」

源田の言葉にうなずき、小沢が即断した。

「オアフ島を再攻撃する！　……だが、米空母を攻撃できる可能性が、まったくなくなったわけではない」

これを受けて、源田がすぐに進言した。

「攻撃隊収容後ただちに米空母へ向けて進撃しましょう。そうすればオアフ島にも近付くことになります。オアフ島に近付けば、同じ零戦を、攻撃にも守りにも使えますので、戦闘機の運用が楽になります。……米空母攻撃用に一航戦の雷撃隊と二航戦の艦爆隊だけを艦上に残しておき、そのうえで、残る艦載機のほぼ全力をもってして、オアフ島を再攻撃します」

　小沢はこの進言にうなずいたが、源田に対してさらに注文を出した。

「それでよい。が、米空母の動向を引き続き探る必要がある」

　源田が少し考えてから言った。

「艦攻を索敵に出すことはできますが、三〇〇海里ほどしか進出できず、はたして米空母と接触できるかどうか……」

「いや、二五〇海里の範囲を捜索できればそれで結構だ。……要するに、攻撃可能圏内に米空母が接近して来るかどうかだが、万一、接近して来た場合に、その位置を特定できれば、一航戦の艦攻と二航戦の艦爆で攻撃できる。逆に二五〇海里以上の距離を捜索して、米空母との接触に成功したとしても、どうせ攻撃できずに日没を迎えることになるので、さほど意味がない」

「なるほど。わかりました。それでは艦攻九機を索敵に出します」

　源田がそう答えると、小沢はうなずいて、以上の方針に許可を与えた。

　いっぽう、宇佐美機以外の一式双発艦偵も全機が、午後一時にはそれぞれの索敵線の先端へ到達したが、ほかの一一機からは敵空母発見の報告は入らなかった。

　空母「レキシントン」は午後一時の時点で、オアフ島の西・五五八海里の洋上を航行中であった。が、第一航空艦隊との距離は五八〇海里ほど離れており、空母

「レキシントン」は依然として一式双発艦偵の索敵圏外にいたのだ。

これに対して米軍は、小沢艦隊をなかなか発見できずにいた。

早朝にオアフ島から飛び立ったPBYカタリナ飛行艇のうち、真北へ向かった第一八番機は順調に飛行しておれば、小沢艦隊の上空へたどり着くはずだったが、同機は、進撃中に日本軍の第一波攻撃隊と遭遇してしまい、上空から降りそそいだ零戦三機から不意討ちを喰らって、あっと言う間に撃墜されてしまった。

そのカタリナ飛行艇は、高度八〇〇メートルで飛行していたが、海上の捜索に気を取られていたため、上空から襲い掛かって来た零戦に、まったく気付かなかったのだ。

午前中に入った日本の空母に関する情報は、まったく誤報だらけで、正しいものは一つもなかった。キンメル司令部もハルゼー司令部も、やきもきさせられたが、ようやく午後零時二〇分過ぎに信用に値する報告がもたらされた。

朝一番に空母「エンタープライズ」から発進して、味方の対空砲火と日本軍機の攻撃をかいくぐり、命からがら真珠湾のフォード島基地に滑り込んでいた偵察爆撃隊のギャラハー大尉のドーントレス爆撃機が、ガソリンの補充を受けたあと、なんと単機でフォード島基地から飛び立ち、母艦へ帰投しつつある日本軍の第二波攻撃隊を追尾して、日本の空母がオアフ島の北にいることを、ついに突き止めたのだ。

ギャラハー機は、オアフ島の北・約一三〇海里の地点まで追尾したところで、第二波攻撃隊の零戦に気付かれてしまい、やむなくオアフ島へ引き返すことになったが、攻撃を終えた日本軍機が北へ向け一〇〇海里以上も飛行してゆく、ということは、日本軍の空母がオアフ島の北方に存在するに違いなく、キンメルの司令部もハルゼーの司令部も、これでようやく〝日本の空母は北にいる〟と確信できた。

空母「エンタープライズ」の艦上では、ハルゼー中将がひざを打ちながら、ブローニング大佐に向かって言った。

「よし！　これでなんとか、きみの立てた作戦どおりでいけそうだ」

「はい。……それにしても、ギャラハー大尉はよくやってくれました」

ブローニングがそう返すと、ハルゼーは深くうなずいたのである。

しかしながらギャラハー機も、直接、日本軍の空母を視認したわけではなかった。キンメルの司令部もハルゼーの司令部も、依然として〝日本の空母が何隻存在するのか〟は、わからずじまいであった。

4

いっぽう、攻撃機を全機収容し終えた小沢・第一航空艦隊は、米空母を発見した南南西へ向け針路を執りつつ、オアフ島に第二撃を加えるべく、攻撃隊の出撃準備を急いでいた。

「発見した米空母がいったいどこへ向かっているのか不明ですが、明日以降、米空母との戦いに専念するためにも、オアフ島の敵飛行場を徹底的に叩いておき、今日中にこれを無力化しておくことが肝要かと思います」

源田参謀がそう進言すると、小沢長官は黙ってうなずいた。

第二次攻撃・第一波／目標・オアフ島基地

・第一航空艦隊／出撃機数・総計二一六機

第一機動部隊／出撃機数・合計五三機

第一航空戦隊

空母「赤城」　出撃機数・計一八機

（零戦九機、九七式艦攻九機）

空母「葛城」　出撃機数・計一八機

（零戦九機、九七式艦攻九機）

第一防空戦隊

軽空「龍鳳」　出撃機数・計一七機

（零戦一七機）

第二機動部隊／出撃機数・合計七八機

第二航空戦隊

空母「蒼龍」　出撃機数・計三六機

（零戦九機、九七式艦攻二七機）

空母「飛龍」　出撃機数・計二六機

（零戦八機、九七式艦攻一八機）

第二防空戦隊

軽空「瑞鳳」　出撃機数・計一六機

（零戦一六機）

第三機動部隊／出撃機数・合計八五機

第三航空戦隊

空母「翔鶴」　出撃機数・計三四機

（零戦九機、九九式艦爆二五機）

空母「瑞鶴」　出撃機数・計三六機

（零戦九機、九九式艦爆二七機）

第三防空戦隊

軽空「祥鳳」　出撃機数・計一五機

（零戦一五機）

第二次攻撃・第一波攻撃隊の総数は二一六機。その内訳は、零戦一〇一機、九九式艦爆五二機、九七式艦攻六三機だった。

第二次攻撃・第一波攻撃隊の出撃と同時に、空母「飛龍」からは、九機の九七式艦攻が索敵機として出てゆく。先に発見したヨークタウン型米空母が、艦載機の攻撃可能圏内に接近して来ないかどうか、探る必要があった。

午後一時四五分に第一波攻撃隊が発進してゆくと、小沢中将はただちに第二次攻撃・第二波攻撃隊の出撃準備を命じ、四五分後の午後二時三〇分には、第二波攻撃隊も発進していった。

第二次攻撃・第二波／目標・オアフ島基地
・第一航空艦隊／出撃機数・総計一八九機
第一機動部隊／出撃機数・合計六八機
第一航空戦隊
空母「赤城」出撃機数・計三一機
（零戦九機、九九式艦爆二二機）
空母「葛城」出撃機数・計三〇機
（零戦九機、九九式艦爆二一機）
第一防空戦隊
軽空「龍鳳」出撃機数・計七機
（零戦七機）
第二機動部隊／出撃機数・合計四一機
第二航空戦隊
空母「蒼龍」出撃機数・計一七機

（零戦八機、九九式艦爆九機）
空母「飛龍」　出撃機数・計一八機
（零戦九機、九九式艦爆九機）
第二防空戦隊
軽空「瑞鳳」　出撃機数・計六機
（零戦六機）
第三機動部隊／出撃機数・合計八〇機
第三航空戦隊
空母「翔鶴」　出撃機数・計三六機
（零戦九機、九七式艦攻二七機）
空母「瑞鶴」　出撃機数・計三五機
（零戦九機、九七式艦攻二六機）
第三防空戦隊
軽空「祥鳳」　出撃機数・計九機
（零戦九機）

第二次攻撃・第二波攻撃隊の総数は一八九機。その内訳は、零戦七五機、九九式艦爆六一機、九七式艦攻五三機だった。

小沢中将は、オアフ島に対する第二次攻撃に総計四〇五機の攻撃機を送り出したわけだが、米空母が接近して来た場合に備えて、手元に零戦四二機、九九式艦爆三二機、九七式艦攻三一機を残しておいた。

第一航空艦隊は、オアフ島を再攻撃しながら米空母のほうへ近付きつつあったので、平均一八ノット程度の速度でしか、距離を詰めることができなかった。が、それでも、米空母が針路を変更しオアフ島のほうへ近付いて来れば、今日中に空母どうしの戦いが起きる可能性も残されていたのである。

5

いっぽう、米空母を率いるハルゼー中将には、一二月七日中に日本軍の空母と戦う意思はなかった。むろん空母「エンタープライズ」の燃料が不足していたからである。

ハルゼー中将の第八任務部隊とニュートン少将の第一二任務部隊は、ブローニング大佐の立てた作戦方針に従って、オアフ島の南西二〇〇海里の洋上で合流するため、急いでいた。

しかしその前に、ハルゼー中将の第八任務部隊は、オアフ島の真南二〇〇海里の地点で、給油艦「ネオショー」と合流し、七日の午後一一時から翌八日の午前五時ごろまで、約六時間に亘って給油を受ける必要があった。

米軍・両任務部隊はこの計画に沿って着々と軍を進めつつあったが、その間にも、日本軍・第一航空艦隊による、オアフ島への第二次攻撃が実施されていた。

第一波攻撃隊は午後三時三〇分にオアフ島の上空へ到達し、さらに第二波攻撃隊が午後四時一五分にオアフ島の上空へ到達した。

第二次攻撃の参加機は、一波、二波、艦爆、艦攻に関わらず、すべて地上攻撃用の爆弾を装備しており、おもに飛行場に対して再攻撃を加え、滑走路や管制塔、格納庫や兵舎などを、ことごとく破壊していった。

日本軍の第二次攻撃によって、オアフ島の主要な航空基地はすべて、管制塔がなぎ倒され、滑走路は穴だらけとなり、格納庫や兵舎は火の海と化して、ほとんど復旧の見込みが立たないほど、完膚なきまでにうちのめされた。

米軍将兵は施設や機材の改修よりも、まず兵員の救助に奔走しなければならず、オアフ島の主要飛行場はどれも、少なくとも一週間は機能不全に陥るに違いなかった。

また、一部の攻撃機は海軍工廠や重油タンクにも爆撃をおこない、これらの施設も半壊、もしくは大破させた。

第二次攻撃も総隊長の淵田美津雄中佐が指揮を執っていたが、空母「赤城」へ帰投後、彼は、小沢長官に対して報告した。

「おもな飛行場は全滅し、使用可能な米軍機はおそらく、数えるほどしか残っていないと思われます。少なくとも明日、我が艦隊が、オアフ島から攻撃を受けるような心配はないでしょう。……さらに、工廠や燃料タンクなどにも攻撃を加えましたので、真珠湾自体が海軍基地として機能するかどうかも疑問です」

第二次攻撃によって、第一航空艦隊は零戦一一機、艦爆七機、艦攻九機の計二七機を失っていたが、残る三七八機は、薄明の終わる午後六時二〇分過ぎまでに、全機が各母艦へ帰投した。

小沢中将は淵田中佐の報告にうなずき、飛行隊の労をねぎらった。

オアフ島に対する第二次攻撃は相応の戦果を収めたが、索敵機として「飛龍」から出撃した九七式艦攻九機は、やはり米空母と接触することができなかった。

これをふまえて旗艦「赤城」では、小沢長官が幕僚をまじえて、明日以降の方針について話し合った。

真っ先に航空参謀の源田實中佐が口を開いた。

「もはやオアフ島の米軍機を恐れる必要はございません。明日以降もこの海域にとどまり、なんとしても発見した米空母を撃破すべきです。……二五〇海里圏内に米空母が存在しなかったということは、米空母は十中八九、オアフ島の南で行動しているものと思われます。我々はさらにオアフ島へ接近し、必要とあらば、同島の南方へ踏み込む心構えが必要です」

これを受けて、次に参謀長の草鹿龍之介少将が発言した。

「大筋は源田参謀の意見に賛成ですが、オアフ島の南へまで踏み込むのは疑問です。事前の情報によりますと、太平洋艦隊には三隻から四隻の空母が存在するはずですが、我々はそのうちの一隻しか発見しておりません。……一隻がおとりとなって我々をおびき寄せ、側面からほかの数隻が不意討ちを仕掛けて来る、という可能性も考えられなくはない」

草鹿の言うとおり、たしかに太平洋艦隊の指揮下には三隻の空母が存在した。が、空母「サラトガ」は、米西海岸の基地サンディエゴでオーバーホールをおこなっており、オーバーホールを中止してただちにハワイ方面へ向かったとしても、明日の戦闘にはとても間に合わなかった。

しかし日本側は、空母「サラトガ」がサンディエゴにいる、ということを誰も知らなかった。

源田が草鹿に反論して言った。

「そんな消極的な考えでは、せっかくの機会を逃してしまいます。我々には空母が九隻もあるのです。しかも三隻の戦艦以下、多数の護衛艦艇を保有しております。いかなる状況で敵と出くわそうが、決して負けるようなことはありません」

「だが、米海軍は新型戦艦二隻を竣工させているぞ。この二隻がハワイ周辺に存在しない、という保障はどこにもない」

草鹿はすかさず、そう言い返した。

たしかに米海軍は、この年（昭和一六年）の夏までに、ノース・カロライナ型の新型戦艦「ノース・カロライナ」「ワシントン」の二隻を竣工させていた。この二戦艦は四〇・六センチ砲を九門ずつ装備しているので、これらがもし、ハワイ近海にいるとすれば、金剛型戦艦が三隻あっても互角に戦えるかどうか、それこそ戦ってみなければわからなかった。

しかも、この新型米戦艦二隻は二八ノット以上の速力を発揮できるので、発見していない米空母と、行動をともにしている可能性がある。米戦艦二隻は半年前までに完成しているので、太平洋に存在する可能性も充分にあるのだ。

議論が平行線をたどりそうなので、航海参謀の雀部利三郎中佐がにわかに割って入り、仲裁案を提示した。

「お二人のご意見には、双方ともにうなずける点が多数ございますので、差し出がましいようですが、こうしてはいかがでしょうか。……我々の最大の武器は、なんと言っても空母九隻に積んでいる航空兵力ですから、どのような敵と戦うにしても、やはり昼戦のほうが望ましい。しいて夜戦をおこなう必要はないように思います。ですから、夜間は慎重に行動したほうがよい。我々は四〇隻を超える大部隊ですから、航海術の観点から申し上げても、そう思います。……オアフ島に近付くのは賛成ですが、夜間はオアフ島の北五〇海里から一〇〇海里ほどのあいだを遊弋し、明朝一番に一式双発艦偵を放ってから本格的に行動を開始するのが、現実的だと思います」

雀部がそう言うと、小沢はすぐに決断した。

「よし、それでいこう」

まさに鶴の一声で、第一航空艦隊は明日の黎明まで、オアフ島との距離を五〇海里から一〇〇海里に保ちながら、その北方海域で遊弋することになった。

――やはり、無理にでも一式双発艦偵を積んで来てよかった。五〇〇海里の距離を捜索できるというのは大きい。

小沢は口にこそ出して言わないが、心のなかでそうつぶやいていた。

だが、一式双発艦上偵察機はハワイ作戦出撃前に二、三週間ほど訓練しただけ、同機に夜間の発着艦をやらせるわけにはいかなかった。加えて五〇〇海里も進出すると、往復の所要時間は九時間近くにも達するので、同機は一日に一回しか出撃できなかったのである。

6

太陽が沈んで数時間が経過し、ハワイ周辺海上はすでに漆黒の闇に包まれていた。

空母「レキシントン」を主力とする第一二任務部隊は、進撃速度を二七ノットに落とし、ハワイ時間で午後一一時には、オアフ島の西三二八海里の洋上に達していた。

同じく午後一一時ごろ、空母「エンタープライズ」を主力とする第八任務部隊は、オアフ島の真南二〇〇海里の洋上で給油艦「ネオショー」との合同を果たし、各艦が「ネオショー」から重油の補給を受けはじめていた。

米空母二隻は既定の方針どおり順調に行動していたが、日本軍の上陸を恐れた太平洋艦隊司令部は、オアフ島の北方一二海里の地点に駆逐艦四隻を配し、哨戒の任に当たらせていた。

米駆逐艦「レイド」「ケース」「カニンガム」「タッカー」の四隻は、日本軍機による空襲がおこなわれたとき、真珠湾に碇泊していたが、運よくその攻撃を免れていた。

四隻の駆逐艦は日没とともに真珠湾から出撃したが、たった四隻の駆逐艦ではとても日本軍の艦隊にはかなわないだろう、と考えたキンメル長官は、出撃前に艦長四名に対して、直々に命令を伝えていた。

「カフク岬の北一二海里の洋上で、東西一直線上に並んで哨戒線を張り、日本軍が上陸作戦をおこなうかどうかを監視してもらいたい。無理に北上して敵艦と戦おうとせず、万一、敵が押し寄せて来た場合には、敵の来襲をただちに司令部へ通報し、その後は敵戦闘艦との戦いを避け、速やかにオアフ島の南方へ退避せよ。……ただし、上陸船団のみを攻撃できそうなときは、果敢にこれを攻撃してもらいたい」

キンメル長官としては、オアフ島防衛上の観点から、駆逐艦四隻をカフク岬沖に配置するというのは、取るべき当然の措置だった。

結局、小沢艦隊はオアフ島の五〇海里圏内まで南下して来なかったので、日本の艦艇と米駆逐艦四隻が接触することはなかった。そのため日・米両軍艦隊は、一二月八日（日本では九日）の朝を平穏に迎えることになる。

ただ第八任務部隊は、給油作業を八日の午前五時までに終える予定だったが、作業に若干手間取り、給油を完了したときには、時刻は、午前五時四〇分をまわろうとしていた。

この遅れを取り戻すために、ハルゼー中将は部隊の速度を、当初の予定より三ノット速い、二七ノットで進撃するように命じ、午前六時五七分に日の出を迎えた時点で、空母「エンタープライズ」はオアフ島の南南西一九六海里の地点に達していた。

いっぽう、第一二任務部隊は順調に進撃しており、同じく一二月八日の日の出を迎えた時点で、空母「レキシントン」はオアフ島の西南西・約二二七海里の洋上に達していた。

日の出を迎えると、第八任務部隊は進撃速度を二八ノットに上げ、第一二任務部隊は進撃速度を三〇ノットに上げた。

そして両任務部隊は、午前一〇時までの合同を目指して、オアフ島の南西二〇〇海里の洋上へ向かい、まもなく合同を果たすのであった。

7

日本軍の第一航空艦隊はオアフ島の真北五〇海里の洋上で、一二月八日（日本では九日）の日の出を迎えていた。

——もはやオアフ島を攻撃する必要はない。

そう考えた小沢中将は、午前六時一五分ごろ空が白み始めるのと同時に、一二機の一式双発艦上偵察機を出撃させた。

昨日同様、空母「翔鶴」と「瑞鶴」から六機ずつ一式双発艦偵が発進してゆく。

旗艦「赤城」の艦上でそれを見送ると、小沢長官は源田参謀の進言に応じて、ただちに部隊を南下させた。

するとまもなく、先ほど発進したばかりの一式双発艦偵から、〝敵駆逐艦四隻見ゆ〟との報告が入った。

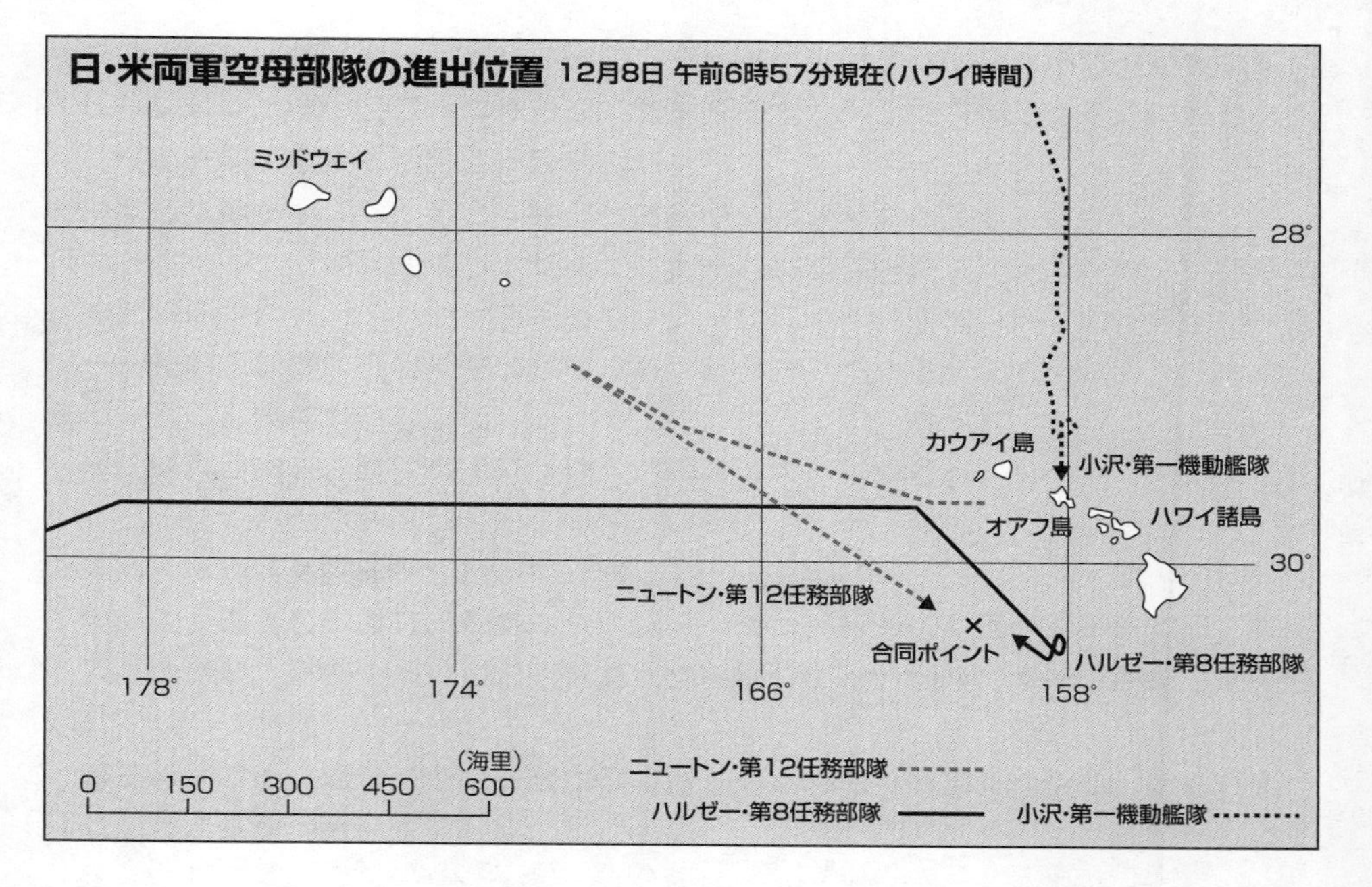
日・米両軍空母部隊の進出位置 12月8日 午前6時57分現在(ハワイ時間)
ミッドウェイ
28°
30°
178°
174°
166°
158°
カウアイ島
小沢・第一機動艦隊
オアフ島
ハワイ諸島
ニュートン・第12任務部隊
合同ポイント
ハルゼー・第8任務部隊
(海里)
0
150
300
450
600
ニュートン・第12任務部隊
ハルゼー・第8任務部隊
小沢・第一機動艦隊

「ただちに攻撃しますか?」

源田参謀はそう聞いたが、小沢長官はまったく考える素振りもなく、すぐに返した。

「放っておけ。空母をやるのが先決だ。巡洋艦ならまだしも、わずか四隻の駆逐艦など、我が艦隊の脅威にはなり得ない。……もし、こちらへ向かって来れば、重巡数隻と水雷戦隊で相手をしてやればよい」

源田は黙ってうなずいた。

米駆逐艦四隻は、戦いを避けるように命じられていたので、まもなくオアフ島の南方へ向け、退避して行った。

――本日の攻撃目標は米空母のみに絞ってもよいぐらいだ。

小沢はそう考えていたが、対するハルゼーのほうも、今日こそは日本の空母を撃破してやろう、と意気込んでいた。ハルゼーは給油作業中に「フィリピン北部が日本軍機の空襲を受けた」という報告を幕僚から聞かされていた。

ハルゼーはこの報告を聞いて確信した。

――フィリピン方面にも日本の空母数隻が出動しているに違いない。日本の大型空母は全部で六隻だから、ハワイ方面に出て来た日本の空母はおそらく四隻程度だろう。だとすれば、先手を取れば充分に勝ち目はある！

ブローニングも同じようにそう考えた。

したがってハルゼーの考えでは、どちらが先に敵を発見するか、が、勝敗を分ける重要なカギを握っていた。空母どうしの戦いでは、先制攻撃を仕掛けたほうが圧倒的に有利なのだ。

ところが不思議なことに、米空母二隻は合流することを優先し、日の出を迎えたあともいっこうに、索敵機を出そうとはしなかった。

じつは昨日、日本軍の第一次攻撃を免れた米駆逐艦一二隻が、午前九時半過ぎに日本軍機が上空から姿を消したと見るや、大急ぎで真珠湾から脱出し、その後、夜のあいだもずっと、オアフ島の南方海域で哨戒任務に就いていたのだ。だからハルゼーは、日本の空母部隊はオアフ島の北で夜を過ごしたに違いない、と確信していた。

しかも、日本側はまったく気付いていなかったが、オアフ島の北部には、舗装されていない野ざらしの予備飛行場が存在した。ハレイワ飛行場である。

むろん日本軍機も昨日、数え切れないほどハレイワ飛行場の上空を飛んでいたが、そこに駐機している米軍機は一機もなく、また攻撃すべき何の目標物もなかったので、攻撃の必要性をまったく感じず、素通りしていたのだ。

ところが、米軍は夜のあいだに、使用可能なドーントレス爆撃機一三機をハレイワ飛行場へ移動させ、爆弾やガソリンなどをトラックに積んで輸送し、八日・日の出前の薄明とともに、このドーントレス一三機を索敵爆撃隊として、オアフ島の北方へ出撃させていたのだ。

この索敵爆撃隊を率いていたのは、昨日オアフ島の北一三〇海里の地点まで日本軍機を追尾したギャラハー大尉だった。つまり、この一三機のドーントレス爆撃機は、本来は空母「エンタープライズ」の所属機で、前日（七日）の早朝までは空母「エンタープライズ」の艦上に在ったものだった。

一三機は索敵距離を延ばすため、一〇〇〇ポンド爆弾ではなく、五〇〇ポンド（約二二七キログラム）爆弾を一発ずつ装備して、午前六時一五分にハレイワ基地から飛び立った。

必然的に索敵合戦で先手を取ったのは、米軍のほうだった。日本軍の空母部隊はオアフ島の北わずか四五海里のところに存在した。

あまりに近かったので、ギャラハー機を含む一三機すべてが、日本軍空母部隊の上空へ向かうことができた。予想外の幸運に恵まれ、ギャラハー大尉自身が驚いた。

だが、喜んでいるひまはまったくない。

日本軍の艦上戦闘機がすでに味方編隊のほうへ近付きつつあった。

じつは、出撃前に装備していた戦艦「榛名」の対空見張り用レーダーがいちはやく反応し、軽空母を含めて各空母から三機ずつ、計二七機の零戦が急遽、艦隊上空へ舞い上がって、米軍機の邀撃に向かったのだ。

けれども、一番手の零戦が発艦したとき、米軍機の編隊はすでに、距離二万メートル以内にまで迫っていた。

ギャラハー大尉の偵察爆撃隊は高度四〇〇〇メートルで飛行しており、邀撃に上がった零戦はすぐには高度を確保できず、ドーントレス爆撃機を有効に迎撃できた零戦は、わずか半数足らずにとどまった。

ギャラハーがとっさに編隊を解いて、同時に全機突撃を下令した。が、それでも零戦は、執拗に敵機に喰らい付き、たちまち七機のドーントレスを撃墜した。

しかし、先行していたギャラハー機を含む、残る六機のドーントレスは、巧みに零戦の迎撃網をかいくぐって空母群上空へと進入。間髪を入れずに急降下を開始した。

不意を突かれた日本軍の対空砲火は、まるで照準が合っていなかった。

ギャラハーの眼下にキラキラと光る敵空母の飛行甲板が迫って来る。

ギャラハー機に狙われたのは、まさに小沢中将の旗艦・空母「赤城」だった。

冷静沈着なギャラハーは、中央を航行する空母が、サラトガ型空母の好敵手であることを瞬時に見抜き、標的に選んだのだ。

——あの空母は「アカギ」に違いない！

空母「赤城」の艦上では、あわてて誰かが叫び声を上げた。

「敵機、急降下！」

だが、ギャラハー機は「赤城」の飛行甲板に吸い込まれるようにして、急降下して来る。艦長の長谷川大佐が大急ぎで回避を命じたが、まったく間に合わなかった。

ギャラハー機の投じた爆弾は、飛行甲板のほぼど真ん中に命中した。

命中による衝撃で艦上にいた数名が吹き飛ばされ、爆弾は飛行甲板を突き抜けて上部格納庫で炸裂。格納庫内で待機していた飛行機のうち四機が破壊されたが、これらの機がクッションとなり、七分後には火災が消し止められた。しかし、飛行甲板の中央に大きな穴が開いて、空母「赤城」は瞬時に戦闘力を奪われた。

命中したのが比較的破壊力の小さい五〇〇ポンド爆弾だったので、「赤城」が致命傷を受けるようなことはなかった。しかも、小沢長官が攻撃隊の出撃準備を命じたばかりで、大多数の艦上機がまだ、爆弾や魚雷を装備していなかったことが幸いした。

ところが、命中弾を受けたのは「赤城」一隻だけではなかった。

同じ第一航空戦隊の空母「葛城」も五〇〇ポンド爆弾一発を喰らい、さらに第三航空戦隊の角田覚治少将の旗艦・空母「翔鶴」は、五〇〇ポンド爆弾二発を喰らっていた。

被弾した空母はいずれも沈没に至るような被害は受けなかったが、爆弾二発を喰らった空母「翔鶴」は完全に戦闘力を喪失してしまい、空母「赤城」は飛行甲板の穴をふさぐなど、復旧に半日ぐらいは必要で、当分のあいだ攻撃隊を出せそうになかった。

さらに空母「葛城」は、飛行甲板の前寄りに命中弾を喰らったため、着艦は可能だが、零戦以外の発艦は不可能になってしまった。

米軍は日本軍が通常とらない索敵爆撃という戦法をとってきたのだ。第一航空艦隊が意表を突かれたのはそのためだった。

空母「赤城」「葛城」「翔鶴」の三隻は、まともに攻撃隊を出せそうにない。この状況に、さしもの小沢中将もがっくりし、思わずつぶやいた。

「……か、完全にすきを突かれた」

米軍爆撃隊の腕前は見事だった。源田もそのことは認めざるを得ず、小沢のつぶやきに応じるようにして言った。

「敵機の急降下爆撃法は完璧でした。零戦が邀撃に上がっていなければ、主力空母すべてがやられていたかも知れません。……ですが、我々にはまだ、『蒼龍』『飛龍』『瑞鶴』があります」

「しかし、今の敵機はいったいどこから来たのだろうか？」

小沢がそう聞くと、源田が首を傾げながらも言った。

「オアフ島に違いありません。まだ使える飛行場が残っているようです」

「ということは、オアフ島を三たび攻撃する必要があるということか……」

「いいえ、やはり本日は米空母との戦いに専念すべきです。攻撃して来た敵機はわずか一三機。昨日の状況からして、敵は使用可能な爆撃機をすべてはたいて攻撃して来たように思われます。しかも、邀撃に上がった零戦は、爆弾投下後に撃墜したものも含めて一〇機を叩き落しましたので、残存機からもし再攻撃を受けても、艦隊上空に常時直掩機を飛ばしておけば、ほとんど心配はいりません」

たしかに源田の言うとおりだった。第一航空艦隊は、一式双発艦偵を出撃させたあと、直掩戦闘機を飛行甲板に上げはじめ、かつ、格納庫内で攻撃隊の準備をはじめた直後に、一瞬のすきを突かれたのだ。

双鶴型空母二隻は機体の大きい一式双発艦偵を発艦させるために、飛行甲板上を空けておかなければならなかったが、ほかの空母七隻は飛行甲板を空けておく必要がなかったので、一式双発艦偵の出撃と同時に直掩戦闘機を上げておけば、何の問題もなかった。

おそらく通常なら、源田もそう進言していたはずだが、オアフ島の飛行場は壊滅していると思い込んでいたので、偵察機ならまだしも、まさかこんなにはやく爆撃機が来襲するとは思わず、司令部の誰もが完全に油断していたのである。

空母「赤城」は、午前中いっぱいは戦えそうになかったが、旗艦としての機能はまったく失っていなかったので、小沢長官は、マストに将旗を掲げたまま、引き続き「赤城」の艦上で指揮を執ることになった。

小沢は、まず、艦隊上空に常時二七機の直掩戦闘機を飛ばすように命じ、それから、艦隊の速度を二四ノットに上げて、至急、南下するように命じた。

8

　ギャラハー隊のドーントレスが日本の空母に攻撃を開始したのが午前六時五七分。まさに、日の出と同時の攻撃だった。

　そのため、さすがのギャラハー大尉にも周辺海上をくまなく捜索する余裕がなく、ギャラハーは三隻の空母を見落として、〝日本の空母は全部で六隻だ〟と報告した。

　午前七時二〇分にはこの報告が、空母「エンタープライズ」のハルゼー司令部に伝わり、ハルゼー中将は満面の笑みを浮かべて、ブローニングに言った。

「キャプテン。索敵爆撃隊がまんまとやってくれた！　ギャラハーが、日本の空母三隻をまず撃破し、残る戦闘可能な日本の空母は三隻と報告してきた」

　これに応じてブローニングも、むろん喜びを隠さずに言った。

「さすがにギャラハー大尉。望外な戦果です。味方空母は二隻ですが、先制攻撃に成功しましたので、これで対等に戦えます」

　ハルゼーがうなずくと、ブローニングが続けて進言した。

「撃破した日本の空母三隻が戦闘力を回復するまえに是非とも攻撃すべきです。第一二任務部隊との合流地点を、オアフ島の南西一八〇海里の地点に変更し、合同するのを待たずに、両空母から攻撃隊を出撃させましょう」

「うむ。異存ない。是非そうすべきだ。……それで、攻撃隊はいつ出撃させられる？」

「ニュートン少将にもただちにこの方針をお伝えし、午前八時二〇分ごろには攻撃隊の出撃が可能になる、と思います」

「よし、それでいこう」

ハルゼーが許可を与えると、まもなく空母「レキシントン」のニュートン司令部にもこの方針が伝えられ、米空母二隻の艦上があわただしく動き始めた。

第八任務部隊　司令官　ハルゼー中将
　空母「エンタープライズ」搭載機数・五四機
（艦戦二四機、艦爆一八機、雷撃機一二機）
第一二任務部隊　司令官　ニュートン少将
　空母「レキシントン」　搭載機数・八四機
（艦戦三六機、艦爆三六機、雷撃機一二機）

空母「エンタープライズ」はワイルドキャット戦闘機一二機をウェーク島に送り届けたので、搭載している艦上戦闘機は二四機だった。さらに七日早朝に「エンタープライズ」は、偵察爆撃隊のドーントレス爆撃機一八機をオアフ島へ派遣していたので、この時点で搭載している艦上爆撃機は一八機だった。

オアフ島に派遣されたのは、まさにギャラハー大尉の偵察爆撃隊だったが、同隊はオアフ島へ帰投する際に、日本軍機の空襲に巻き込まれ、五機のドーントレスを失っていたのだ。

いっぽう空母「レキシントン」は、ミッドウェイ島へ艦載機を送り届けるまえに呼び戻されたので、ほとんど満載に近い八四機を搭載していた。が、艦上爆撃機のうち一八機はドーントレスではなく、旧式のSB2Uヴィンディケーター爆撃機だった。

したがってこのとき、米空母二隻の艦上にはあわせて、ワイルドキャット戦闘機六〇機、ドーントレス爆撃機三六機、ヴィンディケーター爆撃機一八機、デバステイター雷撃機二四機の計一三八機が存在していた。

出撃機への爆弾や魚雷の積み込み作業は、ほぼ予定どおりに進捗し、午前八時一八分には攻撃隊の出撃準備が整った。

米軍第一次攻撃隊／目標・日本軍空母
空母「エンタープライズ」出撃機・三八機
（艦戦八機、艦爆一八機、雷撃機一二機）
空母「レキシントン」出撃機・六〇機
（艦戦一二機、艦爆三六機、雷撃機一二機）

――日本の空母の一隻か二隻は、すでに戦闘力を回復しているかもしれない。

そう考えたハルゼーは、攻撃隊を一波、二波に分けず攻撃力を集中するために、保有する全攻撃機を一斉に出撃させた。

そのため、発艦作業には三〇分以上の時間を要したが、ワイルドキャット二〇機、ドーントレス三六機、ヴィンディケーター一八機、デバステイター一二四機の合計九八機が、午前八時五〇分までに上空へ舞い上がり、第一次攻撃隊として出撃していった。

日本軍空母部隊との距離はまだ二五〇海里ほど離れていたが、オアフ島を〝止まり木〟として利用できると考えたハルゼーは、躊躇なく攻撃隊に発進を命じた。

いっぽう日本軍は、偵察合戦では完全に遅れをとることになったが、一式双発艦偵一二機は全機順調に索敵線上を飛行していた。

空母「翔鶴」と「瑞鶴」から発進して約二時間後の午前八時二四分。第七索敵線と第八索敵線を飛行していた一式双発艦偵二機が、ほぼ同時に空母「エンタープライズ」と空母「レキシントン」を発見した。

索敵機からの報告を受けて、「赤城」の艦橋では源田参謀が、小沢長官に報告した。

「二隻の米空母はどうやら合同しようとしているようです。我が部隊との距離は二隻とも約二三〇海里。米空母どうしは現時点で九〇海里ほど離れております」

「よし、すぐに攻撃しよう」

小沢が即断すると、源田が付け加えて言った。

「西のほうで行動している空母はサラトガ型のようです。これに『蒼龍』と『飛龍』の攻撃機を差し向け、東のヨークタウン型には『瑞鶴』の攻撃機を差し向けます」

「うむ、かまわん。それでやってくれ」

爆撃を受けなかった健全な空母三隻「蒼龍」「飛龍」「瑞鶴」の飛行甲板上では、すでに攻撃隊の発進準備が整っていた。

小沢はこれに出撃を命じると、さらに長谷川艦長に向かって言った。

「索敵機の報告によると、米空母二隻は攻撃隊を発進させようとしているようだ。こちらも攻撃を受けるのは必定。……乗員を総動員し早急に『赤城』の飛行甲板を補修してもらいたい」

「はっ、承知いたしました」

山口多聞司令官の指示により、第二航空戦隊の旗艦・空母「蒼龍」のマストには、すでに「出撃準備よし」の信号旗が掲げられていた。

小沢長官の命令が伝わると、空母三隻の艦上から午前八時四〇分に、米空母に対する第一波攻撃隊が出撃して行った。

第一波攻撃隊／目標・サラトガ型米空母
　第二航空戦隊　　出撃機・計六九機
　　空母「蒼龍」／零戦九機、艦爆二四機
　　空母「飛龍」／零戦九機、艦攻二七機
第一波攻撃隊／目標・ヨークタウン型米空母

第三航空戦隊　　　　　出撃機・計三四機
　空母「瑞鶴」／零戦九機、艦爆二五機

源田参謀の進言どおり、第二航空戦隊からは零戦一八機、艦爆二四機、艦攻二七機の計六九機が出撃して、サラトガ型米空母を攻撃する。

かたや、第三航空戦隊からは零戦九機、艦爆二五機の計三四機が出撃して、ヨークタウン型米空母を攻撃することになった。

以上が米空母に対する第一波攻撃隊だ。

が、それだけではない。すでに三空母の格納庫内では第二波攻撃隊も準備されていた。

第二波攻撃隊／目標・サラトガ型米空母
第二航空戦隊　　　　　出撃機・計六四機
　空母「蒼龍」／零戦八機、艦攻二四機
　空母「飛龍」／零戦八機、艦爆二四機

第二波攻撃隊／目標・ヨークタウン型米空母

第三航空戦隊　出撃機・計三三機

空母「瑞鶴」／零戦九機、艦爆二四機

米空母に対する第二波攻撃隊は、第二航空戦隊から零戦一六機、艦爆二四機、艦攻二四機の計六四機が出撃してサラトガ型空母を攻撃する。

かたや、第三航空戦隊からは零戦九機、艦爆二四機の計三三機が出撃してヨークタウン型空母を攻撃することになった。

第二波攻撃隊の出撃準備が整うと、小沢長官はただちに発進を命じ、第二波も午前九時二五分までに、三空母の艦上から出撃して行ったのである。

9

米軍・第八任務部隊と第一二任務部隊は攻撃隊を出撃させたあと、午前一〇時過ぎついに合同を果たし、これよりハルゼー中将が空母二隻の統一指揮を執ることになった。

そのころにはすでに、日・米両空母部隊の放った攻撃隊が、互いに敵空母の撃破を目指して空中を進撃中だったが、わずかの差で、まず敵艦隊の上空へ達したのは、ハルゼー中将の放った米軍攻撃隊九八機だった。

午前一〇時三二分。原忠一少将の座乗する第一防空戦隊の旗艦・戦艦「榛名」のレーダーが、自軍艦隊上空の四〇海里ほど手前で、接近しつつある敵機の大編隊を探知した。

米軍攻撃隊は集団で行動しており、さらに燃料の消費をおさえるために、低空飛行をおこなわず高度四〇〇〇メートルを維持して近付いて来たので、比較的感度の悪い日本軍の対空レーダーでも容易に探知することができた。

すでにこのとき、日本軍空母部隊の上空では二七機の零戦が直掩の任務に就いていたが、小沢中将は急遽追加で、さらに八六機の零戦に発進を命じた。

邀撃に向かった零戦は全部で一一三機。一〇〇機以上もの零戦を迎撃機として使えたのは、やはり防空戦隊の軽空母三隻の存在が大きかった。

第一航空艦隊・迎撃戦闘機隊　　計一一三機
第一航空戦隊・空母「葛城」／零戦一八機

第一防空戦隊・空母「龍鳳」／零戦三二機
第二防空戦隊・空母「瑞鳳」／零戦三三機
第三防空戦隊・空母「祥鳳」／零戦三一機

空母「赤城」の飛行甲板はまだ修復されていなかったので、「赤城」は迎撃戦闘機を上げることができなかったが、空母「葛城」は戦闘機のみ発進可能で、軽空母「龍鳳」「瑞鳳」「祥鳳」は攻撃には一切零戦を出撃させておらず、防空戦隊の三空母には三〇機以上の零戦が残っていた。

直掩していた零戦二七機が先行し、米軍攻撃隊の進撃を妨げているあいだに、後発の零戦八六機がすべて上空へ舞い上がり、小沢艦隊の手前一五海里ほどの上空で、日米両軍機が入り乱れて大混戦となった。

数の上でも零戦のほうが上回っており、しかも、攻撃隊に随伴しているワイルドキャット戦闘機は二〇機にすぎず、迎撃戦闘機隊の指揮を執っていた「葛城」発進の志賀大尉は、自機を含む一八機の零戦で、ワイルドキャットに空中戦を挑み、残るほかの零戦九五機をすべて、敵の爆撃機や雷撃機の攻撃に差し向けた。

零戦の強さは米軍パイロットの想像をはるかに超えていた。

二〇機のワイルドキャットは、一八機の零戦と戦うのに必死で、ほとんど攻撃隊を守ることができない。零戦のほうが数が少なかったのにも関わらず、落ちてゆく機はワイルドキャットばかりだった。

「なっ、なんなんだ!? この日本軍戦闘機の身軽さは……、このワイルドキャットが、まったく歯が立たないではないか!」

ワイルドキャットのパイロットは口々にそう叫んだ。

戦闘機の掩護を失った爆撃機や雷撃機は悲惨だった。爆弾や魚雷を抱いて鈍重な米軍攻撃隊は、九五機の零戦から波状攻撃を受けて、瞬く間にその数を減らしてゆく。

とくにデバステイター雷撃機とヴィンディケーター爆撃機は、零戦のいいカモだった。

デバステイターとヴィンディケーターはほとんど全滅に近い憂き目に会い、わずか四機ほどが、爆弾や魚雷を放り出して、命からがらオアフ島のほうへ逃げ帰って行った。

いや、ドーントレス爆撃機の被害も両機と大差なかった。三六機のうち二一機が撃墜され、一二機が爆弾の投下をあきらめて戦場から離脱。わずかに三機が空母群の上空へ到達したが、それら三機も零戦に追撃されながら爆弾を投じたため、空母「赤城」に辛うじて至近弾一発を与えたにすぎなかった。

撃墜を免れた一五機のドーントレスも多数の機銃弾を浴び、まともに飛行できる機は数えるほどしかなく、とても空母まで帰投できないので、全機がオアフ島へ向け退避して行った。

小沢長官も、さすがにほっと胸をなで下ろしたが、無意識のうちにつぶやいていた。

「三つの防空戦隊がもし居なければ、我々は、主力空母六隻の戦闘力をすべて奪われ、そのうちの数隻は沈没していたかも知れん……」

小沢の幕僚は誰一人として、このつぶやきを否定できなかった。

空母数で二対九と、まったくの劣勢に立たされていたにもかかわらず、小沢にそう思わせるほど米軍機の攻撃は、絶妙な時機をとらえて果敢に集中されていた。が、主力空母を中心として〝完全に組織化された〟帝国海軍の画期的な艦隊編制に阻(はば)まれ、米軍攻撃隊はほとんどそれらしい戦果を上げることができなかった。

逆に今度は、米空母二隻が攻撃を受ける番だった。

午前一〇時三五分。日本軍の第一波攻撃隊が米艦隊の上空へ差しかかったとき、すでに二隻の米空母は完全に合流していた。

ところが、日本軍の第一波攻撃隊はすべて米艦隊上空へたどり着きはするのだが、第二航空戦隊の編隊が西寄りの飛行経路、第三航空戦隊の編隊が東寄りの飛行経路をとって別々に進撃していたので、第三航空戦隊の第一波攻撃隊は少し遅れて到達することになる。

米艦隊を先に発見することになった第二航空戦隊の第一波攻撃隊は、蒼龍艦爆隊長の江草隆繁少佐が指揮を執っていた。

米艦隊を視界にとらえて、江草はまず思った。

——出撃前に山口司令官が予想していたとおりだ。米空母二隻はすでに合同している。どちらを攻撃すべきか、まさに思案のしどころだが、我が隊はまず出撃前の方針どおり、サラトガ型に攻撃を集中しよう。

日本軍の攻撃隊は、彼の率いる二航戦の第一波だけではなく、三航戦の第一波、さらには両航空戦隊の第二波もあとに続いていたので、江草はまず、サラトガ型空母に攻撃を集中すべきだ、と判断した。

しかし、江草隊が米艦隊の上空へ近付いてゆくと、そこにはすでに、四〇機ほどの敵戦闘機が待ち構えていた。

合同を果たしたハルゼー中将は、対空レーダーで日本軍攻撃隊の接近を事前に察知し、空母「エンタープライズ」から一六機、空母「レキシントン」から二四機のワイルドキャットを上げて、即座に迎撃に向かわせたのだ。

けれども、迎撃に向かったこれら四〇機のワイルドキャットは、ハルゼーが手元に残しておいた戦闘機のすべてだった。

これに対して、江草隊には一八機の零戦が随伴しており、江草は、直掩用に六機の零戦を手元に残し、ほかの零戦一二機を敵戦闘機との戦いに差し向けた。

米軍戦闘機に戦いを挑んだ一二機の零戦は、まもなく一五機のワイルドキャットを空戦に巻き込んだが、残る二五機のワイルドキャットが、執拗にも江草の本隊に攻撃を仕掛けて来たので、さしもの江草も危機感を強めた。

六機の零戦が本隊の真上をカバーしていたが、敵艦隊との距離はまだ二万メートル以上あったので、一機、また一機という具合に、艦爆や艦攻が敵戦闘機に喰われてゆく。

――これではらちがあかない。

そう思った江草は、少し距離が遠いが〝全軍突撃〟を命じた。

するとその直後に、遅ればせながらようやく第三航空戦隊の第一波攻撃隊が、東の上空から進入して来た。

第三航空戦隊の第一波にも九機の零戦が随伴しており、これらが急いで空戦場に駆け付け、敵戦闘機との戦いに加わった。

これで江草本隊は辛くも難を逃れ、米空母の上空へと進入。江草は、サラトガ型空母に狙いを定めて、ついに命じた。

「全機、突撃せよ！」

だが、そのときにはもう、江草隊は艦爆五機と艦攻七機を失っており、攻撃機の数は、艦爆一九機と艦攻二〇機に減っていた。

まもなく、魚雷を抱いた艦攻がすべて低空へ舞い下りると、江草の直率する艦爆隊も、満を持してサラトガ型空母に対し突入を開始した。

迫り来る日本軍機を見て、狙われていると悟った空母「レキシントン」とその護衛艦艇が、死に物狂いになって対空砲をぶっ放してくる。

しかし、機上のサムライたちは皆、すでに命に対する執着を捨て切っていた。

——ここで死ねるなら本望、米空母と刺し違えてやる！

猛烈な対空砲火にさらされて、三機の艦爆があえなく撃墜された。海面に激突し自爆した艦爆が粉々に砕け散って水柱を上げる。

――くそッ、見てろ！　必ずかたきをとってやる！

残る一六機の搭乗員は固く心にそう誓い、あらゆる方向から急降下。狙う米空母の飛行甲板へ向けて、次々と二五〇キログラム爆弾をねじ込んでいった。

真っ先に投じた江草機の爆弾は、少し右へそれて米空母の右舷舷側で炸裂したが、続けて投じた列機の爆弾が、立て続けに三発命中して空母「レキシントン」の飛行甲板を引き裂いた。

江草機の偵察員である石井飛曹長が、操縦席に座る隊長に向かって大声で報告した。

「やりました、四発命中です！」

だが、戦果はそれだけではなかった。

ほぼ同時に低空から突入した雷撃隊が、対空砲火によってさらに四機の艦攻を失いながらも、空母「レキシントン」の左舷に一本、右舷に二本の魚雷をねじ込んだ。

爆弾四発と魚雷三本を喰らった空母「レキシントン」は、あっと言う間に戦闘力を喪失して、右舷へ傾き、出し得る速度も一八ノットに低下していた。

その様子を見て江草は確信した。

――敵戦闘機の迎撃に遭ってずいぶん手こずったが、サラトガ型空母の戦闘力を奪い、この米空母はもう、攻撃隊を出すことはできないだろう。まずは最低限の仕事をやり遂げた。

江草の観察は正しく、右へ傾いた空母「レキシントン」は、たしかに応急処置ではどうにもならない状況に追い込まれていた。が、それでも同艦はまだ沈まず、航行を続けていた。

いっぽう、空母「エンタープライズ」に突入した第三航空戦隊の第一波攻撃隊は、思わぬ大苦戦を強いられていた。

三航戦の第一波はすべて艦爆で、二五機の艦爆のうち、まず五機がワイルドキャットに撃ち落され、さらに敵の激烈な対空砲火によって、同じく四機が自爆に追い込まれた。

残る一六機で空母「エンタープライズ」に襲い掛かったが、「エンタープライズ」艦長・ムーレ大佐の操艦はじつに見事で、三航戦の艦爆隊は若干練度が低かったこともあり、わずかに直撃弾一発と至近弾三発を与えたにすぎなかった。

空母「エンタープライズ」は、まもなく消火に成功して飛行甲板の穴もふさぎ、三〇ノット以上の高速で悠々と航行しており、依然として戦闘力を保持していた。

けれども日本軍には、まだ第二波攻撃隊が控えていた。

攻撃を終えて帰途に就いた江草機は、全軍へ向けて通報した。

『米空母二隻はオアフ島の南西一八〇海里の地点で、すでに合同している』

進撃中にこれを受信した二航戦と三航戦の第二波攻撃隊は、途中空中での合同を果たし、同時に米艦隊の上空へ達することができた。

第二波攻撃隊は、瑞鶴飛行隊長の嶋崎重和少佐が指揮を執り、その兵力は零戦二五機、艦爆二四機、艦攻四八機。

第二波攻撃隊は午前一一時一〇分に米艦隊上空へ到達した。

ハルゼー空母部隊は、第一波攻撃隊との戦いで五機のワイルドキャットを失っていたが、艦隊上空ではいまだに、三五機のワイルドキャットが守りに就いていた。

――米軍戦闘機は三〇機以上いる！

嶋崎少佐はそう見るや、一六機の零戦を敵戦闘機との戦いに差し向け、手元に直掩隊の零戦九機を残した。

米軍戦闘機に戦いを挑んだ一六機の零戦は、ほどなくして一九機のワイルドキャットを空中戦に巻き込んだ。しかし、残る一六機のワイルドキャットが、こしゃくにも嶋崎の本隊に攻撃を仕掛けて来た。

第二波攻撃隊・本隊の上空では、直掩隊の零戦九機が守りに就いていたが、攻撃隊を掩護しながら戦わなければならず、なかなか思うように敵機を排除できなかった。

敵艦隊との距離はまだかなり遠かったので、クシの歯が抜け落ちるようにして、本隊の艦爆や艦攻が確実にその数を減らしてゆく。

ワイルドキャットのパイロットも、なんとかして空母を守ろうと必死なのだ。

制空隊の零戦と戦っていたワイルドキャットも、撃墜されるのを覚悟したうえで、数機が空戦場から抜け出し、まさに命懸けで攻撃隊に手出しして来た。

——これ以上、味方空母に損害を負わせてなるものか！

米軍戦闘機の波状攻撃は止まらない。

一〇分以上も追撃されてから、嶋崎はようやく米空母の上空へ攻撃隊を導いたが、そのときにはすでに、零戦二機、艦爆六機、艦攻八機を失っていた。

嶋崎が直率する瑞鶴艦攻隊もすでに三機を失っている。

——ようやく敵空母をとらえた。きっちり二隻ともいる。が、一隻は右に傾いて、すでにかなりの手傷を負っているようだ。

そう見て取った嶋崎は、自ら率いる瑞鶴艦攻隊二一機で、すでに傾いている米空母に雷撃を加えて止めを刺し、飛龍艦爆隊一八機と蒼龍艦攻隊一九機を、健全な状態の米空母へ差し向け、雷爆同時攻撃を仕掛けることにした。

『全軍突撃！』

嶋崎が満を持して号令を発すると、第二波攻撃隊は各隊ごとに三手に分かれ、それぞれが目標とする空母へ向け、いよいよ突入して行った。

嶋崎自身は直率する艦攻二一機を引き連れて低空へ舞い下りた。慎重に近付いてゆくと、その空母がサラトガ型であることが、嶋崎にも容易に確認できた。

——やはり右へ傾いている。……なんとしても確実に撃沈しなければならない！

そう決意を固めると、嶋崎は、ついに〝全機突撃！〟を発し、左舷方向から六機の艦攻を差し向け、自機を含む一五機の艦攻で右舷方向から肉迫して行った。

敵空母の左舷から差し向けた艦攻六機は、いわば〝おとり〟だ。まずこの六機が、わずかな時間差を付け、連続で魚雷を投下した。

すると、空母「レキシントン」は取り舵を執って、まもなく左へ旋回し始めた。

だが、そのときにはもう、右舷方向から迫っていた艦攻一五機が、次々と魚雷を投下していた。

嶋崎の本隊から見ると、敵空母の右舷は〝どてっぱら〟丸出しの状態だ。じつは、嶋崎はこの状況を狙っていたのだ。

空母「レキシントン」の速度は、第一波の攻撃によって、すでに二〇ノット以下に低下していたので、艦長が転舵を命じてもすぐには艦が反応せず、右舷から放たれた魚雷をとても避け切ることはできなかった。

瑞鶴艦攻隊は四本の命中魚雷を得た。

四本目の魚雷が命中すると、空母「レキシントン」はひときわ巨大な水柱を上げ、その直後に艦内で大爆発を起こした。

弾薬庫内で爆弾が誘爆を起こし、大爆発を起こしたのだ。

まもなく、空母「レキシントン」は完全に右へ傾き、ゆっくりとその巨体を、ハワイ沖の太平洋に沈めていった。

いっぽう時を同じくして、ハルゼー中将の座乗する空母「エンタープライズ」も、日本軍機の猛攻を受けていた。

しかし、まだ上空で粘っていたワイルドキャット数機が、空母「エンタープライズ」だけはなんとしても救おうと、躍起になって日本軍攻撃隊を追いかけ回し、さらに艦爆三機と艦攻四機を撃墜した。

それだけではない。飛龍艦爆隊一五機と蒼龍艦攻隊一五機が、雷爆同時攻撃を仕掛けようと、上空と低空から、まさに呼吸を合わせるようにして空母「エンタープライズ」へ次々と突入して行ったが、同艦の撃ち上げる対空砲火は極めてよく統制されており、はたまた艦爆二機と艦攻三機が撃墜されてしまった。

投下された爆弾は一三発、放たれた魚雷は一二本を数えた。が、ハルゼー中将の旗艦「エンタープライズ」は、米空母のなかでもっとも乗員の練度が高く、また艦長のムーレ大佐の回避命令もじつに的を射ていた。

それでも日本軍攻撃隊は、爆弾三発と魚雷二本を命中させた。

二本目の魚雷が命中したその瞬間に、さしもの空母「エンタープライズ」も行き足が二〇ノット以下に衰えた。

ところが同艦は、約二〇分後にすべての火災を消し止め、機関にも応急修理を施して、四〇分後には驚くべきことに、再び二四ノットの速力を発揮できるまでに回復したのである。

しかし、さしもの「エンタープライズ」も、これ以上、爆弾や魚雷を喰らうと、沈没を免れないのは目に見えていた。

ブローニングがいつになく真剣な顔つきで、ハルゼーに向かって、ついに言った。

「ボス。じつによく戦いました。ですが、このへんが潮時です」

ハルゼーもこの進言を素直に受け入れて、厳(おごそ)かにうなずいた。

ブローニングがハルゼーに代わって、艦長に命令を伝えた。

「空母『エンタープライズ』はただちに南へ向け撤退します。直掩のワイルドキャット隊はオアフ島へ帰投させ、たどり着けない場合は、フレッチャー少将の重巡『ミネアポリス』に救助を依頼しておきますので、同艦を頼ってもらいたい。……以上です」

まもなく、空母「エンタープライズ」とその随伴艦は、パルミラ島方面へ向けて、二四ノットで撤退を開始した。

いっぽう日本軍、小沢・第一航空艦隊は、出撃させた第一波攻撃隊を午後一時二〇分までに収容し、第二波攻撃隊も午後二時までに収容したが、その前に、旗艦・空母「赤城」の飛行甲板が復旧したので、同艦から、ただちに出撃可能な零戦一二機、艦爆一二機、艦攻一二機を出撃させた。

「撃沈し損ねたもう一隻の米空母を、なんとしても沈めておくべきです」

源田参謀が進言すると、小沢長官もただちにうなずいて出撃の許可を与えた。

三六機で編制された米空母に対する第三波攻撃隊は、村田重治少佐に率いられて、午後零時三〇分に「赤城」から飛び立っていった。

村田少佐の率いる第三波攻撃隊は、まさに帝国海軍空母航空隊の精鋭中の精鋭だった。

村田攻撃隊は予定どおり、午後二時一五分過ぎに目的地上空へ到達した。

しかしそこには、空母の姿はなく、沈没艦「レキシントン」乗員の救助に当たっている重巡「アストリア」と、駆逐艦「フラッシャー」の姿が存在するだけだった。

村田隊長はそれでもあきらめず、周辺海上を捜索して米空母の姿を求めたが、やはり発見することができず、やむなく重巡「アストリア」に猛烈な雷爆撃を加え、これをほとんど一撃のもとに沈めて、わずかにうっぷんを晴らすしかなかった。日本軍はついに、空母「エンタープライズ」を取り逃したのである。

オアフ島沖海戦の結果。日本軍は主力空母三隻が中破し、多くの艦載機と搭乗員を失ったが、米空母「レキシントン」と重巡「アストリア」を撃沈し、空母「エンタープライズ」にも中破の損害を与えて勝利を収めた。

第一航空艦隊の隊員や、ほかの多くの海軍将兵が、この勝利を手放しで喜んだが、艦隊を率いて指揮を執った小沢治三郎中将は、人知れず心のなかでつぶやいていた。

——空母兵力で完全な優位に立っていたにもかかわらず、もう一隻の米空母を取り逃した私の責任は大きい。いや、金剛型戦艦の装備していたレーダーや軽空母三隻の戦闘参加がなければ、おそらく大敗北を喫していたことだろう。……今後の戦いに教訓として活かすためにも、艦隊運用の不手際は率直に反省し、山本長官に報告しなければならない。

しかし内地では、山本五十六は、小沢治三郎の戦いぶりを高く評価し、海軍大臣の堀悌吉と話していた。

「小沢の希望どおりに、双鶴型二隻に一式双発艦偵を積んで行かせて大正解だった。……米空母を二隻とも撃沈しておれば、なるほどそれは満点に違いなかろうが、まずは一隻でよしとしようではないか。一式双発艦偵は今後も改良を続け、本来の双発艦攻として一日もはやく完成させる必要がある。が、それにしても、レーダーや防空戦隊は上手く機能したようだしな……」

「うむ。空母を中心とする我々の艦隊構想は、やはり間違っていなかった」

堀がそう返すと、二人は第一航空艦隊創設までの、これまでの長い道のりを思い出して、互いにうなずきあった。

いっぽう、米国大統領のフランクリン・D・ルーズベルトは、太平洋艦隊の主力がほとんど全滅に近い損害を出すという、まったく想定外の結果に驚愕しながらも、議場で「リメンバー・パールハーバー」と大演説をぶち上げて、米国議会はついに一二月八日、大日本帝国との戦争を承認したのである。

アメリカ合衆国は敢然と立ち上がり、国家総力を挙げての熾烈（しれつ）な戦いがはじまるのは、まさにこれからのことだった。

第十一章　米空母五隻、真珠湾に集結せよ！

1

大艦巨砲主義の呪縛というものが、もしあるとすれば、アメリカ合衆国でそれを真っ先にかなぐり捨てたのは、大統領のフランクリン・D・ルーズベルト自身であった。

――我が海軍は一刻もはやく空母を中心とした航空主兵に転換すべきだ。けれども他国と同様に我が海軍も、おもな幹部は皆、大艦巨砲主義者ぞろいで人材が払底（ふってい）している。

ルーズベルト大統領はめずらしく頭をかかえ込んでいた。ハズバンド・E・キンメルはたしかに優秀だが、彼の頭のなかは大艦巨砲主義で凝り固まっている。このままキンメルを太平洋艦隊司令長官に据え置くことはできない。

太平洋艦隊司令長官を誰に代えるのか、ということが、まさに緊急の課題であった。が、序列の上位にいる提督のなかに、航空に精通している者がなかなか見当たらない。

いや、それらしい者が一人だけいた。ウィリアム・F・ハルゼーだ。ハルゼーはパイロットの資格を持っており、飛行機乗りからの信頼が厚い。しかも、ハルゼーはすでに、中将に昇進している。ハルゼーを太平洋艦隊司令長官に起用すれば、序列からいっても順当なので、ほかの提督をいたずらに刺激せずに済む。

――だが、な……ハルゼーはたしかに勇敢なファイターに違いないが、その反面、あきらかに冷静さに欠ける。

太平洋艦隊司令長官には、政府の立てた戦略を大局的に理解して、その大方針にのっとって事を進めてもらわないと、混乱をまねいて収拾がつかなくなる恐れがある。

――そうした冷静さを、ハルゼーに求めるのは彼の手足をほとんど縛るにも等しく、おそらく当人にとっても迷惑な話で、神経をすりへらすことにもなりかねない。……「敵を見つけたら徹底的に叩きのめせ！」という彼の口癖どおり、ハルゼーには、やはり空母部隊の指揮を執らせるのがふさわしい。

ルーズベルト大統領は結局ハルゼーの起用について、そう断を下した。

空母部隊の指揮はハルゼーに任せるとして、その上に据える肝心の太平洋艦隊司令長官は、ハルゼーの気性の荒さを、上手くコントロールできる者でなければならない。

そういう意味において太平洋艦隊司令長官は、調整力に長けた者でないと務まらない。むろん太平洋艦隊司令長官にもっとも求められる資質は、統率力に違いないが、第二に必要な資質は調整役としての能力だ。

――飛行機乗りは得てして気性の荒い者が多くて困るが、なにも太平洋艦隊司令長官自身が、航空に精通している必要もないだろう。

ルーズベルト大統領はあらためてそう考え、ウィリアム・F・ノックス海軍長官をホワイトハウスに呼び出し、後任人事の話を持ち出した。

「この際、キンメルを交代させるしかないが、統率力は言うに及ばず、私が、新しい太平洋艦隊司令長官に求める第一の資質は、調整役としての能力だ」

「調整力ですか。そういう者は少なからずおりますが……」

ノックスがそう返そうとすると、彼の発言を制して大統領が、さらに条件を付け加えた。

「大艦巨砲主義者はだめだ。砲術出身の者は戦艦を大事にしすぎるから、よくない」

これでにわかに条件は三つに増えた。統率力があって、調整力に長けており、砲術出身者以外の提督だ。

最後の砲術出身者以外、という条件が意外にも難しく、これらの条件を満たす者は、米海軍広しといえども、そう多くはいなかった。

ノックスは考え抜いたうえで、ようやく一人の名前を挙げた。

「専門は潜水艦ですが、航海局長のチェスター・W・ニミッツはいかがでしょうか？」

米海軍の航海局長というのは人事を担当している。帝国海軍における人事局長の役割とほとんど同じだが、チェスター・W・ニミッツ少将はその仕事柄、海軍軍人の経歴や出身地、性格などをよく把握していた。

ノックスがニミッツの名前を挙げると、大統領は手を打ってうなずいた。

「おう、それがいい。灯台下暗しとはまさにこのこと。ニミッツなら人事に精通しているので、調整役として、うってつけだ」

海軍人事を扱っていたニミッツは、ルーズベルトと面識があるだけではなく、互いにその人柄をよく知り抜いていた。

「……ただし、全軍を率いるほどの統率力が、はたしてニミッツにあるかどうか、そこのところは未知数です」

ノックスがそう返すと、大統領は即座に否定して言い切った。

「カリスマ的な統率力などは、私は一切、求めておらん。そんなものは、諸刃の剣にもなりかねない。ニミッツのように穏やかに人をまとめる力があれば、それで充分だ」

「おっしゃるとおりかもしれません。なによりも彼は、粘り強いですしな」

ノックスがそう返すと、ルーズベルト大統領は大きくうなずいたのである。

2

敵を知り己を知れば百戦して危うからず、という孫子の教えがあるが、チェスター・W・ニミッツ少将は、日本海軍のことを、熟知していた。

少尉候補生として戦艦「オハイオ」の乗り組みとなって来日したときに、ニミッツは、日本海海戦で大勝利を収めた直後の東郷平八郎元帥と、歓談する機会に恵まれた。彼は、流暢(りゅうちょう)な英語で気さくにしゃべりかける東郷元帥に対して心底、感銘を受けた。一九三四年（昭和九年）には、東郷元帥の国葬に参列するために、二度目の来日も果たした。

欧米人はとかく黄色人種の日本人を蔑視しがちだが、ニミッツにはそういう偏見が少しもなかった。日本海軍の実力を正当に評価しこそすれ、決して侮るようなことはない。ニミッツは、日本海軍の船乗りがよく訓練されていることを、正しく認識していた。

「キンメルに代わって、きみに、太平洋艦隊司令長官をやってもらうことになった」

ルーズベルト大統領臨席のもと、ノックス海軍長官がそう告げると、ニミッツは頭を下げながらこの話を辞退しようとした。

「せっかくのお話ですが、私は適任ではありません。私よりも、太平洋艦隊次席指揮官のウィリアム・S・パイ中将のほうが、司令長官にふさわしいと存じます。と申しますのが、空母部隊を率いるウィリアム・F・ハルゼー中将は、私よりも二歳年上ですし、アナポリスでも私のほうが一期下ですから、序列がさかさまになります」

「そんなことは百も承知している。……きみもよくわかっているだろうが、ハルゼー自身が、空母から降りて全軍の指揮を執ることを、望むと思うかね？　彼はあくまでも〝空母の艦上で戦う〟と言い張るだろう。ハルゼーに思う存分、戦闘力を発揮させるためにも、戦艦にさほどこだわりのないきみが、最適任なのだ」

　ノックスはそう説得したが、それでもニミッツは煮え切らなかった。

　ハルゼー中将自身の考えはたしかにそうであろうが、パイ中将を飛び越すことが、どうしても気になる。

　ニミッツの思いを察して、しかたなくルーズベルト大統領が口を開いた。

「まさに今は国家の一大事。戦艦部隊がほとんど全滅してしまった今、過去の栄誉に浸る楽天主義者よりも、粘り強く遠謀を実現させる、現実主義者でなければ、全軍を導くことができない。……過去へのこだわりではなく、明日に向けての自信が必要なのだ。大統領の責任においてきみを、太平洋艦隊司令長官に任命する！」

　まさに合衆国国民の総意を示す大統領に、直々にそう言われては、ニミッツもこれ以上固辞する理由がなかった。

　ニミッツが心機一転、厳かに言った。

「わかりました。では、太平洋艦隊司令長官の職を、謹んでお受けいたします」

　ニミッツの返事を聞いて、ノックスがあらためて言った。

「日本軍のだまし討ちにより、パールハーバーを含めオアフ島全体が、軍事拠点としての機能をほとんど喪失してしまった。まずはオアフ島の基地機能の回復を、最優先として取り組んでもらわなければならない。そのために、即日きみを大将に昇進させる。そして、海軍のみならず国家の総力を挙げ、我々はきみの仕事をバックアップする。大統領ご自身がそうおっしゃってくださっているので、もし望むことがあれば、これを機に遠慮なく申し述べたまえ」

ニミッツは、ノックスの言葉に静かにうなずいた。そしてゆっくりと口を開いて、まさに遠慮することなく、堂々と要求を突き付けた。

「それでは、忌憚なく申し上げます。使用可能なすべての空母を、ただちに太平洋へ回航していただきたい！」

「なに⁉　……ぜ、全部かね？」

あまりに大胆な申し出に、ノックスは思わず驚いて、そう聞きなおした。

それでもニミッツは、顔色ひとつ変えず、ただ繰り返して言った。

「そうです。全部です」

緒戦のオアフ島沖海戦で、空母「レキシントン」が沈められてしまったので、この時点で米海軍には、六隻の空母が存在していた。

空母「サラトガ」「ヨークタウン」「エンタープライズ」「ホーネット」「ワスプ」

「レンジャー」の六隻だ。

　けれども空母「エンタープライズ」は、オアフ島沖海戦で爆弾四発と魚雷二本を喰らって大破してしまい、さらに航空隊も甚大な損害を受けていたので、戦場に復帰するには、少なくとも三ヵ月は必要であった。

　だから米海軍の使用可能な空母は、この時点で五隻。ニミッツは、これら五隻の空母すべてを太平洋に配備するよう要求したのだ。

　ノックスはあきれた様子で、ニミッツの要求を言下に否定した。

「全空母を太平洋へ回すのは、それはきみ、いくらなんでも無理だ」

　ノックスが否定するのも無理はなかった。そもそも太平洋艦隊に割り当てられていた空母は三隻なのだ。空母「レキシントン」「サラトガ」「エンタープライズ」の三隻。

　ところが、「レキシントン」が沈められて、「エンタープライズ」が戦線離脱を余儀なくされたので、太平洋艦隊の稼動空母は「サラトガ」一隻のみとなってしまった。

　ノックスもちゃんと考えてはいた。

　――不足となった二隻分は早急に、埋め合わせをしてやらなければならない。

ノックスは、空母「ヨークタウン」と「ワスプ」を太平洋に回してやろう、と思っていた。しかしたった今、太平洋艦隊司令長官に就任したばかりのニミッツは、それを大幅に上回る要求を突き付けてきたのだ。

ノックスは今しがた、「望むことがあれば、遠慮なく申し述べたまえ」と言った手前、ニミッツに対して歩み寄らざるを得ず、にわかに言葉を繋いで譲歩案を示した。

「しかしながら、きみがどうしても必要だと言うなら、空母『ヨークタウン』と『ワスプ』に加えて、空母『ホーネット』も太平洋に回すよう、なんとか交渉してみる。……大西洋艦隊司令長官のアーネスト・J・キング大将と、早急に話し合ってみよう」

もし、キング大将がうなずけば、太平洋艦隊の空母はこれで四隻となる。

なんといっても今は不測の緊急事態。ノックスには充分に〝キングを説得できる〟という自信があった。

ノックスは胸を張ってそう提案したが、ニミッツの決意は並大抵ではなかった。

「くどいようですが、私はあくまでも全空母・五隻の配備を希望いたします」

再三にわたるニミッツの要求に、ノックスはあきれ果て、ついに口を閉じてしまった。

ノックスの様子を見かねて、ルーズベルト大統領が口を挟んできた。

「大西洋にも、最低でも一隻は空母を残しておく必要があるだろう。……きみはなぜ、それほどまでに五隻にこだわる？」

この大統領直々の問い掛けにも、ニミッツはまったく臆することなく答えた。

「では、逆にお尋ねします。ドイツ並びにイタリア海軍には、空母は一隻も存在しません。いかなる理由で大西洋に、空母一隻を残す必要があるのでしょうか？」

「むろん理由はいくつかある。パイロットの訓練や軍用機の輸送。それに大西洋に空母があれば、Uボートの出現にも有効に対処できる」

大統領に代わって、ノックスが即座にそう言い返した。が、ニミッツも負けてはいない。

「Uボート対策というのは、なるほど、たしかにわかります。ですが、その必要性も、備えあれば憂いなしといった程度のものとしか、私には思えません。いっぽうでオアフ島はまさに今、最大の窮地に立たされているのです。飛行場はことごとく破壊され、防衛を担うべき航空兵力は壊滅の危機に瀕しております。オアフ島はまさに空母で守り切るしか方法がない。……我が国に空母が四隻しかないのなら四隻で我慢します。しかし実際には、五隻の空母が在るのです」

ニミッツが語気を強めてさらに続けた。

「一〇〇パーセントある力をわざわざ八〇パーセントに抑えて対処し、結局それでオアフ島を守り切れなかったとなれば、あとで悔やんでも悔やみ切れません。ここは一切出し惜しみなどせず、持てる全空母をはたいてオアフ島の守りを万全にすべきです！」

この粘り強さがまさにチェスター・W・ニミッツの真骨頂だった。

口にこそ出しては言わないが、ルーズベルト大統領はニミッツの言葉を聞いて、このときあらためて確信した。

──太平洋艦隊司令長官にニミッツを抜擢したのは、やはり大正解だ！

オーストラリアとの連絡を保つためにも、絶対にオアフ島を失うわけにはいかない。たしかに今は、一〇〇パーセントの力を割いてオアフ島の守りに万全を期す必要がある。にわかにそう思いなおしたルーズベルト大統領は、ニミッツに向かってうなずきながら言った。

「きみの要求が不当なものでない、ということはよくわかった。私の権限において、『レンジャー』も含めて五隻の空母すべてを、太平洋に配備することにしよう」

「ありがとうございます。おわかりいただいて光栄に存じます」

「うむ。ただし、空母『エンタープライズ』の修理が完了次第、空母『レンジャー』は大西洋に戻してもらいたい」

「はい。まったく異存ございません。……そのころにはオアフ島の飛行場もある程度、復旧が進んでいるものと存じます」

ニミッツがそう返事をすると、ルーズベルト大統領は満足そうにうなずき返したのである。

3

一九四一年一二月一七日。アメリカ海軍省はハズバンド・E・キンメル大将を太平洋艦隊司令長官の職から罷免し、ウィリアム・S・パイ中将を臨時の司令長官に起用した。

パイがその職にある間、太平洋艦隊の機能不全と挫折を象徴するような事件が起きた。日本軍によるウェーク島の占領である。

パイがキンメルに代わって臨時の司令長官に就任すると、ワシントンの海軍作戦本部は、パイに対して、ウェーク島は〝負債〟と考えられる、との見解を示した。

ワシントンが示したこの見解は、パイの裁量でウェーク島を放棄することを、事実上、黙認するものであったが、パイが対応を躊躇しているあいだに、日本軍は一二月二一日、同島に対する上陸作戦を開始した。

そのとき、西海岸でオーバーホールを切り上げた空母「サラトガ」がフランク・J・フレッチャー少将に率いられてウェーク島方面へ向かっていたが、パイ中将の出した命令は「同島の北方海域で作戦せよ」という、極めて漠然(ばくぜん)としたものであった。

空母「サラトガ」を支援するために出動していた巡洋艦部隊指揮官のレイモンド・A・スプルーアンス少将は、もっとはっきりとした命令を望んでおり、パイ中将の出したこの命令には、憤慨せざるを得なかった。

「北方海域で〝作戦〟せよ！　〝作戦〟とはいったい何を意味するのか、まさにそれを言って欲しかった。命令がはっきりしないから、我々は日本の潜水艦の餌食になるために出て行ったようなものだ！」

結局パイ中将は、オアフ島の安全性を憂慮して空母「サラトガ」を温存、ウェーク島救援作戦を中止した。この決定はやむを得ないところであったが、空母「サラトガ」の乗員は消極的な決定に憤慨して涙を流したほどだった。

アメリカ合衆国は一九四一年のクリスマス前に何かしらの戦果を必要としていた。アメリカ国民は華々しい戦いを望んでおり、善戦してたとえ負けたとしても、軍人の勇気をたたえたに違いなかった。パイの決定は間違いなく海軍将兵の士気を阻喪せしめたのだ。

このようなときに太平洋艦隊司令長官に就任するというのは、まさに貧乏クジを引かされたようなものだったが、チェスター・W・ニミッツの妻・キャサリンは、夫に向かって言った。

「あなた。これまでずっと、司令長官への就任を望んでいたではないの」

「ああ。そうだが、頼りの艦がほとんど沈んでしまった」

ニミッツの答えには多少、誇張が含まれていたにせよ、事実、太平洋艦隊の、戦艦はほとんど全滅し、空母も動けるものは「サラトガ」一隻のみとなっていた。

ニミッツはパールハーバーに着任して、その明晰な頭脳で、すぐにやるべきことを悟った。

――陸海軍を問わず、将兵は皆、空襲による衝撃で打ちのめされている。パールハーバー及びオアフ島の復興は、まずは彼らの士気をどのようにして高めるかに掛かっている！

太平洋艦隊司令長官になるまで航海局長をしていたニミッツは、キンメルの幕僚が皆、職務に忠実で優秀な船乗りである、ということを、よくわかっていた。ニミッツは、パールハーバーの惨状について、キンメルやその幕僚を傍目八目（おかめはちもく）的な態度で非難するようなことは一切せず、同じ状況であったなら、誰がやっても同じ結果になったに違いない、と公正に判断した。

――幕僚を交代させることは不当であるばかりでなく、彼らの自信を奪い、貴重な人材に深刻な傷跡を残すことになる。日本軍機の空襲を実際に体験した彼らの経験を、逆に教訓として今後の戦いに活かすべきだ。

ニミッツはそう考えた。

一九四一年一二月三〇日、午前一〇時。チェスター・W・ニミッツは海軍大将として、潜水艦「グレーリング」の艦上で、太平洋艦隊司令長官に就任した。長く潜水艦乗りであったニミッツにとって、潜水艦「グレーリング」はじつにふさわしい就任式場となった。

その日。ニミッツは、キンメル及びパイの幕僚と、駆逐艦部隊指揮官のミロ・F・ドレーメル少将を召集した。ドレーメルは、ニミッツがその女房役の参謀長として選んだ男だった。

彼らを前にしてニミッツは断言した。

「私はきみたちの能力を信じている。誰も交代させるつもりはない！」

ニミッツの言明によって、紛れもなく彼らの士気は一気に高まった。彼らばかりではない。海上の各級指揮官、下士官や水兵らも士気の高まりを肌で感じていた。

レイモンド・A・スプルーアンス少将は人知れずつぶやいた。

「閉め切った部屋の窓を開けて、まるで新しい空気が入ってきたような感じだ……」

ニミッツの就任によって、パールハーバーの沈滞した空気はあきらかに一変した。

が、彼の為すべき仕事は、まだまだこれからだった。

開戦直後から、日本軍は各戦線で猛烈な進撃を続けている。一二月一〇日にはわずか一日の戦闘でグアム島が占領され、二三日にはウェーク島が陥落、二五日には香港も陥落した。

一九四二年に入り、一月五日から八日までのあいだに、日本近海へ進出したアメリカ潜水艦五隻が、辛うじて日本の船舶三隻を沈めたが、一月一一日には反対に、空母「サラトガ」がオアフ島の南西・約五〇〇海里で日本の潜水艦から雷撃を受けて損傷した。「サラトガ」は、どうにか自力でオアフ島に帰港し、さらに西海岸に修理に向かったが、これでアメリカ海軍の使用可能な空母は四隻に減ってしまった。

空母「サラトガ」と入れ替わるようにして、二月中旬までに四隻の空母「ヨークタウン」「ホーネット」「ワスプ」「レンジャー」が順次パールハーバーに到着。一月六日から二六日のあいだに空母「ヨークタウン」と「ワスプ」は海兵隊をサモアへ護送したが、それを相殺(そうさい)するかのように、空母三隻の支援のもと、日本軍がラバウルへ上陸してきた。

二月に入って空母「ホーネット」と「レンジャー」が太平洋艦隊の指揮下に加わると、アメリカ海軍はわずかながらも攻勢に打って出た。ハルゼー中将の指揮のもと、空母「ヨークタウン」「ホーネット」「ワスプ」の三隻は、マーシャル諸島のウォッゼ、マロエラップ及びクェゼリンを空襲、さらにウェーク島と南鳥島にもヒットエンドラン攻撃を仕掛けた。

いっぽうでニミッツ長官は、もっとも旧式な空母「レンジャー」に対し、アメリカ本土西海岸からオアフ島へ向けての、軍用機のピストン輸送を命じた。そのおかげで三月上旬には、オアフ島の各飛行場の復旧目処が立った。

また、日本軍機の空襲によって、四五〇万バレルを貯蔵していたパールハーバーの重油タンクは、その約三分の二を喪失してしまっていたが、三月中旬には再び三〇〇万バレルを貯蔵するまでに回復した。

西海岸とオアフ島のあいだでは、建設資材を積んだ商船や油槽船が、ひっきりなしに往復していたが、その護衛役としても、空母「レンジャー」は大いに役立った。

三月一〇日には、空母「エンタープライズ」がついに修理を完了し、一八日にパールハーバーへ到着。空母「レンジャー」はお役御免となって、大西洋へ戻された。

そしてそのころには、オアフ島の基地機能もほぼ回復して、アメリカ軍は最大の危機を脱し、チェスター・W・ニミッツ大将を司令長官とする太平洋艦隊は、四隻の空母「エンタープライズ」「ヨークタウン」「ホーネット」「ワスプ」をそろえて、いよいよ反撃の足場を固めたのであった。

第十二章　双鷹型空母「飛鷹」「隼鷹」——第四世代

1

緒戦のオアフ島沖海戦において、小沢・第一航空艦隊は、空母「赤城」「葛城」「蒼龍」が中破の損害を受けたが、米空母「レキシントン」を撃沈して、なんとか勝利を収めた。

ハワイ作戦の帰路。第一航空艦隊司令長官の小沢治三郎中将は、第四艦隊司令部からの求めに応じてウェーク島攻略作戦を支援するために、指揮下から第二機動部隊を分派してウェーク島方面へ差し向けた。

第一航空艦隊すなわち小沢治三郎中将の指揮下には、第一、第二、第三と、三つの機動部隊が存在していた。小沢中将は、そのなかから第二機動部隊のみを分離して、ウェーク島方面へ差し向けたのだ。

ウェーク島方面へ向かった第二機動部隊の戦力は本来、双龍型空母二隻「蒼龍」「飛龍」で編制された第二航空戦隊と、戦艦「比叡」及び軽空母「瑞鳳」で編制された第二防空戦隊で成り立っていたが、オアフ島沖海戦で中破した空母「蒼龍」は分派されず、小沢中将の本隊とともに一足はやく内地へ帰還したので、実際にウェーク島攻略作戦を支援した空母は「飛龍」と「瑞鳳」の二隻だけであった。

つまり第二機動部隊は、本来の編制から旗艦の空母「蒼龍」を欠いた状態で、ウェーク島攻略作戦に臨んだのである。そのため第二機動部隊指揮官の山口多聞少将は、進撃中に空母「飛龍」へ移乗し、同時に将旗を「飛龍」へ移すことになった。

空母「蒼龍」を欠いてはいたが、当時ウェーク島には残存のワイルドキャット戦闘機四機が残っていただけ。山口少将が迅速かつ的確な攻撃命令を発すると、空母「飛龍」と軽空母「瑞鳳」から飛び立った攻撃隊は、瞬く間に米軍戦闘機を撃墜し、飛行場に猛爆撃を加えて、ウェーク島の制空権を完全に奪取した。

山口少将のソツのない指揮ぶりと日本軍空母部隊の出現に、恐れをなしたウィリアム・S・パイ中将は、ついにウェーク島の救援をあきらめて、空母「サラトガ」以下の部隊にオアフ島への引き揚げを命じたのであった。

こうしてウェーク島攻略作戦は上手く片が付いた。だが、手放しで喜べないのは、ハワイ作戦中に、一挙に三隻もの空母が傷付いてしまったことだった。

海軍の作戦全般を指導する軍令部は、ハワイ作戦で味方空母が傷付くことを、開戦前から危惧していた。

――数隻の空母が傷付いてしまうと、母艦の数が足りなくなって、その後の南方作戦に支障が出るのではないか⁉

実際に主力空母三隻「赤城」「葛城」「蒼龍」がいっぺんに傷付いてしまい、まさに軍令部が危惧していたとおりの結果になったのだ。

ところが、外戦部隊の長である連合艦隊司令長官の山本五十六大将は、軍令部のこうした危惧はまったくの的外れだ、と思っていた。

――真珠湾攻撃は大成功を収め、太平洋艦隊の米戦艦はほぼ壊滅した。しかも小沢は、真珠湾を徹底的に叩いて無力化したばかりではなく、抜かりなく米空母一隻を撃沈して、さらにもう一隻にも大破の損害を与えてくれた。これだけの戦果を挙げたのだから、味方空母を無傷で持ち帰れというのは、いくらなんでも虫が良すぎる。三隻ぐらい傷付いても当たり前だ。軍令部には断じて文句を言わせない！

山本は心に固くそう誓っていたが、肝心の小沢中将の座乗艦である旗艦「赤城」を含む、主力空母三隻が実際に傷付いてしまったので、南方作戦に投入する空母部隊の編成を今一度、見直さなければならないのも事実だった。

連合艦隊参謀長の宇垣纏少将が、山本長官に対して、そのことを指摘した。

「第一機動部隊の『赤城』と『葛城』は修理に二ヵ月が必要です。第二機動部隊の『蒼龍』に至っては三ヵ月ほど掛かります。しかも、肝心の『赤城』が出撃できませんので、小沢長官の座乗艦を変更しなければなりません」

「いや、旗艦の変更など一切必要ない。小沢には二ヵ月間、同じ第一機動部隊の軽空母『龍鳳』を使って内地で搭乗員の訓練をさせる。そのあいだ南方作戦には、第二機動部隊の『飛龍』『瑞鳳』に加え、第三機動部隊の『翔鶴』『瑞鶴』『祥鳳』も投入する。編制などは一切変えず、そのまま山口多聞に指揮を執らせればよい」

「……艦隊司令長官が不在では、若干、不安が残るような気もしますが」

「シンガポールの英戦艦二隻は沈めた。真珠湾の米戦艦群もほぼ壊滅した。しかも、米空母二隻を撃沈、撃破し、真珠湾の基地機能も確実に麻痺させた。どう割り引いて考えても二ヵ月ぐらいは、太平洋艦隊が西太平洋に攻勢を仕掛けて来られるわけがない。……二ヵ月後には『赤城』『葛城』も修理を完了するので、それまでは山口に任せておけば充分。西太平洋に在る米・英・蘭・豪の海軍に、第二、第三機動部隊とまともに戦えるような相手は存在しない」

山本にそう断言されると、宇垣は黙ってうなずくほかなかった。

2

山本五十六の判断は正しく、軍令部や宇垣纏の心配はやはり取り越し苦労でしかなかった。日本軍の南方攻略は極めて順調に進み、昭和一七年二月一五日にはシンガポールが陥落した。

それと相前後して二月一二日には、第一機動部隊の空母「赤城」と「葛城」が戦列に復帰。三月一〇日には第二機動部隊の空母「蒼龍」も戦列に復帰して、第一航空艦隊は再び空母九隻の堂々たる陣容となり、引き続き三月いっぱいまで南方攻略作戦を支援した。

日本軍は四月までに、香港、マニラ、シンガポール、ラングーン、蘭印、ラバウルなどの要地をことごとく占領し、戦前の予想をはるかに上回るはやさで第一段作戦を終了した。その間に帝国海軍は、米・英の戦艦一〇隻を撃沈、撃破し、米空母「レキシントン」をも撃沈した。この多大な戦果に比べて、味方の戦艦や空母はまだ一隻も失っていなかった。まさにほとんど完璧に近い勝利を収めたわけで、さしもの軍令部もホッと胸をなで下ろした。

――これで長期持久の体制が整った。対米戦の勝利も決して夢ではない！

ところが、山本五十六や海軍大臣・堀悌吉の考えはまるで違った。

――ドイツの勝利など、まったく当てにできない。本当に厳しい戦いがはじまるのは、まさにこれからだ！

山本五十六や堀悌吉の脳裏には、豊富な資源と絶大な工業力に支えられた米国に対する潜在的な畏怖（いふ）の念が、常に付きまとっていた。

昭和一七年三月二八日。山本五十六は、第一段作戦の結果を報告するために上京した際、久しぶりに堀悌吉と顔を合わせて、思わず愚痴をこぼした。

「勝った勝ったと言って皆が浮かれておるが、本当の勝負はこれからだ。……あと一年ぐらいは存分に暴れてみせるが、二年後、三年後のことを考えると、おちおち寝てもおられん」

「同感だ。米国が大量に空母を完成させてくるのは間違いない」

米国議会ですでに成立した建艦計画・ヴィンソン案やスターク案によると、米海軍はこのあと二年以内に、大型空母だけでも八隻は建造してくることが確実だった。日本政府もそれぐらいの情報は入手しており、むろん堀も山本も、そのことは承知していた。

「ああ、たとえ今ある米空母をことごとく沈められたとしても、二年後には簡単に追い付かれてしまう。いや、こちらの空母が一隻も沈まない、と考えるのは虫が良すぎるから、二年後には確実に追い越される」

ため息を付くようにそう言って、山本がさらに続けた。

「ところでまさにその、空母建造の話だが、艦政本部から、〝代替空母〟はもうしばらくで完成する、という連絡が入っているが、それは間違いないだろうな？」

山本がそう尋ねると、堀はうなずきながら即答した。

「うむ。双鷹型空母のことだな。五月はじめには一番艦が、二番艦も七月末までには、間違いなく完成する」

山本が言った〝代替空母〟とは、まさに堀が答えた双鷹型空母「飛鷹(ひよう)」「隼鷹(じゅんよう)」のことで、帝国海軍は、大型・高速の船舶を戦時に空母へ改造することを目的として、昭和一三年に「大型優秀船舶建造助成施設」という計画を、策定していたのであった。

山本五十六が海軍次官をしていた。昭和一三年当時のことである。

海軍次官というのは海軍大臣に次ぐ海軍省のナンバー・ツーだが、その山本が、海軍省の実質的なナンバー・スリーである軍務局長の井上成美少将を呼び出して言った。

「おい。このたび決定した『大型優秀船舶建造助成施設』に基づいて、海軍は、日本郵船と共同で大型豪華客船二隻を造ることになった。戦時の空母改造を条件に、海軍が建造費の六割を負担するが……この仕事、お前に任せる」

山本がそう言うと、井上はぶ然として応えた。

「……お話は伺っておりますが、はたして担当は私でしょうか？」

「そうだ。現段階ではあくまでも民間船の建造だから、艦政本部の管轄外になる。しかもそれらしい専門の部局が、今は海軍省内にもないから、実質〝何でも屋〟の軍務局で、段取りしてもらうしかなかろう」

本来この仕事は、兵備局が担当すべきであったが、海軍省内に兵備局が置かれるのは昭和一五年一一月になってからのこと。だから昭和一三年のこの時点では、山本の言うとおり、いわば会社でいう総務課に似た〝何でも屋〟の軍務局で、担当させるしかなかった。

「何でも屋とは聞き捨てなりませんが、まあ、やるしかなさそうですね」

山本の指図には道理があり、井上も総務部長役を自認していたので、渋々ながらもこの仕事を引き受けた。

井上がうなずいたのを見て、山本があらためて言った。

「悪いが、あまり時間がない。少し急いで計画をまとめてもらいたい」

「わかりました」

返事にたがわず、井上は仕事が速い。建造を担当する三菱重工業や川崎造船所（昭和一四年一二月から川崎重工業に変更）とすぐに話し合い、四日後には山本に計画案を提出した。

「これでどうでしょうか」

そう言って井上が差し出した、書類の内容は次のとおりだった。

豪華客船「橿原丸（かしはらまる）」「出雲丸（いづもまる）」建造試案

・基準排水量二万四〇〇〇トン。
・速力二五ノット以上。
・機関室両舷を軍艦式二重船殻構造とする。
・船体の上層縦強力材に特殊鋼を使用する。

・球状艦首（バルバス・バウ）の採用。
・三ヵ月以内で空母に改造可能なこと。
・煙突と一体型の島型艦橋を採用／空母時。

山本はただちに目を通し、ノドを鳴らしながらうなずいて言った。

「うむ、よくできている。概ねこれでよいが、一つだけ気に入らないところがある」

「……なんでしょうか」

「二五ノットでは速度が遅すぎる」

山本がそう言うと、井上がすかさず反論した。

「あくまでも客船として建造するのですから、二五ノットが限度です。三菱並びに川崎の言い分では、二四ノットが精いっぱい、ということでしたが、なんとか粘って交渉し、二五ノットに引き上げさせたのです。……ご承知のとおり客船は、軍艦とは違って航続力を優先しますから、燃費のいい機関を積む必要があるのです」

むろん井上の主張が正論なのだ。そのことは山本も重々承知している。だが山本は、あえて井上に聞いた。

「では、航続力はどれぐらいになる？」

「三菱も川崎も、それぞれ自社製の蒸気タービンを採用して、一八ノットで一万二〇〇〇海里以上の航続力を確保する、と申しております」

「なるほど。……だが、航続力は一八ノットで八〇〇〇海里もあれば充分だ」

これには井上がすぐに噛み付いた。

「これは客船ですよ！　あなたは軍艦を造るつもりですか⁉」

山本は、いら立つ井上をなだめるように、ゆっくりと説明した。

「まあ、そう怒るな。客船として発注するのだから、三菱と川崎が航続力にこだわるのは当然のことだ。私も本来なら二五ノットで我慢しなければならないとは思う。だが私は、これまで堀と協力して、すべての空母を二九ノット以上にするように努力してきた。そしてこれまでのところ、その計画はすべて順調にいっている。今回のこの二隻は二万トンを超える大艦なので、もし空母への改造が決まれば、当然、第一線級の空母としての活躍が期待される。どうしても二九ノットを下回るわけにはいかんのだ」

「お気持ちは察します。が、それではまるで戦争になることを、あらかじめ決めて掛かっているような印象を受けます」

「いや、決してそうではない。むろん私も対米戦など、絶対にあってはならないことだと思っている。だがな、きみも私も、幸か不幸か海軍の軍人だ。我々には国防を担う責任がある。空母に改造することを前提に事を進めるのが、我々の義務であり責任でもある。……それに航続力不足は、油槽船を随伴させるなどして、あとで運用面で補うことができるが、速力不足だけは、あとで悔やんでも、いかんともし難い。海軍が建造費の六割を負担するのだから、二九ノットというのはなんら不当な要求ではないはずだ」

「しかし逆に言えば、建造費の四割は日本郵船に負担させるのです。……客船にそこまでの速度を要求するのでしたら、それならいっそのこと、はじめから海軍で、航空母艦として建造すべきではないでしょうか⁉」

「それはたしかにそうだ。しかし、日本郵船にも思惑がある。きみもよくわかっているはずだが、昭和一五年に開催予定の東京オリンピックに向けて、日本郵船は太平洋航路用に豪華客船を準備しておきたいのだ。つまり空母を増やしたいという海軍の思惑と、豪華客船を造って儲けたいという日本郵船の思惑が、偶然にもこの時期に一致してこの話が持ち上がったのだ。……もし今後、世界情勢の雲行きが怪しくなって、日本郵船が〝一度も客船として使うことなしに〟この二隻を海軍に引き渡すようなことがあれば、そのときには海軍が責任を持って二隻とも買収する。日本郵船には一切負担を掛けない」

　井上は一呼吸置いて、念を押した。

「今あなたがおっしゃった、海軍が買収し日本郵船には一切負担を掛けないというお話は、本当に間違いないでしょうね？」

「ああ、むろん間違いない」

「であれば、たしかに二九ノットの要求は、不当ではないかもしれません」

「そうだ。断じて不当な要求ではない」

「わかりました。今の話が本当なら、日本郵船は納得するでしょう。……ですが、もう一つ問題があります」

「なんだ。まだあるのか……」

「速度を二九ノット以上に向上させるということは、機関を、客船用のものから、軍艦用の高価な蒸気タービンに変更するわけですから、建造費が見積りよりも高くなるはずです。その分の予算は確保できるのですか？」

「うむ。たしかに予算の問題はある。だが、きみがここへ来るまえに、私は、艦政本部に電話をして、予算を抑えるよい手立てがないか、相談してみた。するとだ

……」

「そんな上手い手立てはないでしょう？」

「いや、それがあるんだ。陽炎(かげろう)型駆逐艦の蒸気タービンは量産の体制が整っており、これなら比較的、安価に製造できるらしい。……陽炎型駆逐艦の蒸気タービン二隻分を、この客船改造型の空母に搭載すれば、一〇万四〇〇〇馬力の出力を得られるので、おおかた二九ノット以上の速力が出せるそうだ」

「つまり、二隻の客船改造型空母を建造するわけですから、陽炎型駆逐艦〝四隻分〟のタービンを艦本が用意して、それぞれ〝二隻分〟ずつを長崎三菱造船所と神戸川崎造船所に供給する、ということですね」

「そういうことだ。……この方法で可能な限り出費を抑えるが、万一、予算を上回った場合でも、予備費で何とか対処できるよう、大臣（米内光政海軍大臣）にお願いしておく。だから安心して事を進めてもらいたい」

「なるほど。わかりました」

これで井上も心底、納得し、山本の説明に深くうなずいたのであった。

計画当初の原案では「橿原丸」「出雲丸」は、基準排水量二万四〇〇〇トン、全長二一九・三メートル、全幅二六・七メートル、出力五万六二五〇馬力の機関を搭載して、二五ノット以上の速力を確保する予定であった。

ところが、海軍の速度要求が二九ノット以上に変更されたため、陽炎型駆逐艦二隻分のタービンを搭載して、機関の出力を一〇万四〇〇〇馬力に増大。さらに海軍航空本部で開発中の、双発艦上攻撃機の運用に含みを持たせるため、船体の全長を二三六メートルに延長し、船体幅も二八メートルに拡張された。

こうして設計が見直されたうえで、「橿原丸」が昭和一四年五月に長崎三菱造船所で、「出雲丸」が昭和一四年一一月に神戸川崎造船所で、二隻とも客船として起工されたのであった。

3

昭和一五年に予定されていた東京オリンピックは、欧州における大戦の勃発や日本の予算不足など、諸般の事情によって結局、中止されることが決まった。

日本は昭和一五年九月に日・独・伊三国同盟を締結し、同時に海軍は昭和一五年九月に、豪華客船「橿原丸」と「出雲丸」を空母に改造する、と決定した。

出師準備計画中の海軍は、昭和一五年一一月一五日、海軍省内に兵備局を立ち上げて、保科善四郎少将を初代の兵備局長に任命。以後、保科少将が豪華客船「橿原丸」と「出雲丸」の空母改造を担当することになった。

保科少将は兵備局長に就任すると、ただちに日本郵船と交渉し、昭和一六年二月一〇日に「橿原丸」と「出雲丸」を買収した。この買収によって「橿原丸」と「出雲丸」は正式に海軍に編入され、以後、両艦は艦政本部の設計案に基づいて、空母として建造されたのであった。

両艦の建造は予定どおり順調に進み、昭和一六年六月二四日に、まず「出雲丸」が進水式を終えて空母「飛鷹」と命名され、二日後の昭和一六年六月二六日には、「橿原丸」も無事に進水式を終えて空母「隼鷹」と命名された。

空母「飛鷹」「隼鷹」は、これまでに建造された主力空母・双城型、双龍型、双鶴型の前例に倣って、〝双鷹型〟空母として海軍将兵に親しまれることになるが、双鷹型空母は、一足先に進水式を終えた「飛鷹」が一番艦で、あとに進水式を終えた「隼鷹」が二番艦になる。

ところが、空母として実際に完成したとき、その順序はあべこべになり、昭和一七年五月三日に先に竣工したのは、二番艦の「隼鷹」だった。そして一番艦の「飛鷹」が竣工したのは、それから二ヵ月以上が経過した、昭和一七年七月三一日のことであった。

完成した双鷹型空母二隻は、帝国海軍ではじめて煙突と一体型の島型艦橋を採用し、双鶴型空母や大和型戦艦と同様のバルバス・バウ（球状艦首）を採用していた。

双鷹型空母は基準排水量二万四二〇〇トン、速力二九・五ノット、飛行甲板全長が二二八メートル、飛行甲板全幅が三五メートル、搭載機数・常用六六機と、第一線級の空母に準じる性能に仕上がっていた。

こうして紆余曲折を経て建造された双鷹型空母ではあったが、これで帝国海軍は四つの主力空母戦隊を保有することになり、双鷹型空母二隻の存在が、その後の日・米機動部隊の戦いに、微妙な影響を及ぼすのであった。

第十三章　アウトレンジ戦略艦上攻撃機

1

難航を極めていた双発艦上攻撃機の開発は、日米開戦直前の昭和一六年一一月ごろから、ようやく具体的な進捗を見せ始めていた。

「対米戦の勝利は、まさに同機の開発が成功するか、否かに掛かっている！　そう言っても決して過言ではない」

山本五十六は矢のような催促で、空技廠長の和田操中将に、そう発破を掛けていた。

山本の信念に揺るぎはない。

——空母の建造は上々。ほとんど堀と俺の構想どおりにきている。だが、空母自体はあくまでも洋上に浮かぶ箱でしかない。優れた艦上機を開発してはじめて、空母はその真価を発揮できる。そのために、すべての双型主力空母の後部飛行甲板を拡張して、双発艦攻を運用できるような構造にしたのだ！　開発中の双発艦上攻撃機が配備されたとき、八隻の双型主力空母ははじめて、その威力を最大限に発揮できる。

山本に言われるまでもなく、和田操もそのことを重々承知していた。

第一航空艦隊司令長官・小沢治三郎中将からの求めに応じて、和田が急遽ハワイ作戦に送り出した一式双発艦上偵察機は、開発中の双発艦上攻撃機の例えて言うなら〝さなぎ〟のようなものであり、〝成虫として脱皮する〟一歩手前の状態で、双鶴型空母二隻に積み込まれ、出撃することになった。

そもそも和田と山本は、〝さなぎ〟の状態で出撃させるつもりなど毛頭なかったが、小沢の強引さに負けて渋々、一式双発艦偵のハワイ作戦投入を認めたのだ。ところが、結果的にこれが功を奏して空母「レキシントン」を発見。同艦を沈没に至らしめた。

一式双発艦偵が装備していたのは三菱の「金星五四型」空冷エンジンだった。

三菱の金星エンジンは、同じく空冷一四気筒で一〇〇〇馬力級の、中島の栄エンジン（零戦や隼の搭載エンジン）などと比べて、やや大型で重たかった。が、それは設計時に過度の小型化要求を盛り込まなかったためで、結果的に整備性の良さとともに、馬力増、改良、発展の余地を多く残したエンジンとなった。

金星エンジンはこれまで、海軍機にしか使われておらず、陸軍機には一切、採用されていなかった。その代表的な成功作は離昇出力一〇〇〇〜一〇八〇馬力の「金星四X型」エンジンで、九六式陸攻、九七式飛行艇、九九式艦爆、零式水偵などの優秀機が、それぞれ「金星四三、四四、四五、四六型」エンジンを搭載して、海軍航空隊の主力となっていた。

ハワイ作戦に投入された一式双発艦偵が装備していた「金星五四型」エンジンは、これら「金星四X型」の改良、発展型であり、離昇出力が一三〇〇馬力に向上して、昭和一五年度内に試作を終えていた。

ちなみにマレー沖海戦に参加した九六式陸攻のうちの数機は、「金星五四型」より一足先に完成していた「金星五一型」エンジン（同様に離昇出力一三〇〇馬力）に換装して、最大速度が「金星四五型」エンジン搭載当時の時速三七三・二キロメートルから、時速四一五・八キロメートルに向上していた。

——開発中の双発艦攻に「金星五四型」エンジンを採用する。

そう決めた和田操は、三菱の開発責任者である発動機部長の深尾淳二（ふかおじゅんじ）を呼び出して、そのことを告げた。

「本来なら一五〇〇馬力は欲しいところだが、まずはこれでよしとしよう。試作双発艦攻のエンジンは『金星五四型』でいく。が、引き続き努力を重ね、更なる馬力向上を図ってもらいたい」

ところが、深尾からは、じつに驚くべき言葉が返ってきた。

「いえ、あともう少しです。離昇出力を一五〇〇馬力にまで向上させた『金星六一型』が、一二月一日には完成します。試作完成品の耐久テストをこの日におこないますので、ぜひ、廠長も見にいらしてください」

和田は思わず目を丸くして聞きなおした。

「な、なに？　今なんと言った？」

「一五〇〇馬力の『金星六一型』が一二月一日に完成するのです」

「ほっ、本当か？　ならばハワイ作戦に出てゆく一式双発艦偵は、まさに一足違いで間に合わなかった、ということか!?」

「残念ですが、そういうことになります」

このときすでに第一航空艦隊の双鶴型空母「翔鶴」と「瑞鶴」は、一式双発艦偵六機ずつを搭載して、択捉島のヒトカップ湾で出撃命令が下りるのを待っていた。

もちろんこれら一二機の一式双発艦偵は、離昇出力一三〇〇馬力の「金星五四型」エンジンを搭載して、母艦に積み込まれていた。

和田が気を取りなおして言った。

「いや、なにも残念がることはない。一二月一日に完成するのなら、それはむしろ吉報だ。……本当によくやってくれた」

和田はこれまでずっと、一五〇〇馬力級金星エンジンの年内完成を強く要求しており、深尾の発動機開発チームは、近くそれを成し遂げようとしていたのだ。

ちなみに三菱が、昭和一六年内に一五〇〇馬力級の「金星六X型」エンジンを完成させていたのは、紛れもない事実だった。

試作完成品は一二月一日の耐久テストを難なくクリア。和田は、「金星六一型」エンジンが一五〇〇馬力を発揮して実用に耐え得ることを、まさに自分の眼で確認した。

しかしながら、もっとも重要な問題は〝このエンジンをはたしてただちに量産できるか〟ということだった。もし、一年後にしか量産できないとなれば、それはほとんど〝宝の持ち腐れ〟に終わってしまう。

和田は、テスト結果を確認したまさにその場で深尾に迫った。

「素晴らしい。このエンジンをただちに量産してもらいたい！」

深尾としては、良い返事をしたいのは山々であったが、正直言って、量産できるという自信があまりなかった。

言うまでもなく三菱は、航空機の開発を受け持つ名古屋製作所だけでも一企業なみの規模がありグループ全体では、大所帯をかまえるマンモス企業だ。深尾は今でこそ発動機部門の責任者を任されているが、最初からその職に在ったわけではなかった——。

昭和八年六月。長崎三菱造船所に勤務していた深尾淳二技師に、思いがけない名古屋航空機への転勤命令が下った。

それまで、ディーゼル機関などをおもに担当していた深尾にとって、この転勤命令は寝耳に水であり、決して喜ばしいものではなかった。とはいえ、少年のころから飛行機に特別な興味を持ち、学生時代には模型飛行機を飛ばしたほどだったから、結局は飛行機の開発に取り組むことが天命なのだ、と思いなおして、この仕事に打ち込む決心を固めた。三菱航空機での当初の役職は、発動機部・機械課長だった。

転任して来て、最初に深尾を驚かせたのは、軍からの駐在監督官の、いんぎん無礼な対応ぶりであった。

着任の挨拶を済ませると、監督官は傲然として深尾に言った。

「飛行機は艦船のように重たいものじゃない。きみは造船所から来たというが、本当に優秀な人間は、なかなか専門の部署から出してはくれないものだろう」

彼の言葉にはあきらかに、重い艦船を造っていた技術屋には飛行機の製作はやれまい、という侮りが含まれており、深尾はこのときあらためて、自分の置かれている立場の厳しさを痛感したのであった。

ところで、このころの三菱航空機は、不振のどん底にあえいでいた。

昭和四年から九年にかけての六年間に、発動機開発のため、当時の金額で数百万円にも及ぶ膨大な試作費を投入したうえ、試作された各種発動機も十数種類・五〇台あまりという大規模なものであったにもかかわらず、社の屋台骨を支える仕事として成功したものは皆無という惨憺たる状態であった。

対してライバルの中島飛行機は、製作している空冷式の寿エンジンが、陸海軍の制式機に数多く採用されてきており、三菱の不振を尻目にまさに飛ぶ鳥を落とす勢い。中島は経営規模をどんどん拡大していった。

そして昭和九年六月、三菱航空機はついに三菱重工業に合併されてしまい、深尾は、このときに発動機部長に任命された。

深尾淳二は、いわばどん底状態にあった三菱航空発動機の指揮を執る立場に立たされて、その窮状を一刻もはやく打破するために、思い切った改革を断行する決意を固めた。

――航空発動機は性能はもとより、信頼性も世界第一でなければならない。欧米の有力航空メーカーは液冷か空冷の一方だけを造っている。二兎を追うものは一兎をも得ずだから、我々もどちらか一方に決める必要がある。また陸軍用、海軍用として発動機を区別すべきではない。陸海軍主導の製作では軍の意向を尊重しなければならず、純粋かつ自主的な技術の向上がおろそかになり、世界第一のものは得られない。

この考えに基づいて、深尾は、三菱航空の将来を決定付けるような大英断を下し、それを部下の前で宣言した。

「我々は液冷エンジンの開発を止めて、空冷エンジン一本に絞る！」

深尾が空冷エンジンの開発一本に絞った理由は次のとおりであった。

一、液冷エンジンは前面抵抗が小さいので空力面で有利であるが、馬力が増大すると、その影響は極めて小さくなる。

一、気筒数の増加は、液冷よりも空冷のほうが容易であるから、馬力の増大は空冷のほうに望みがある。

一、空冷式は同型部品数が多いので大量生産に適している。

一、空冷式には冷却器が不要である。

空冷エンジン一本でいくと決めた深尾は、新型発動機の開発を進めるに当たって、世界一のエンジンを実現するため、自らがその陣頭に立って指揮を執り、さらに各主要部分の設計、開発を進めるに当たり、それぞれに担当の責任者を置くことにした。また、これに伴って職制を縦割方式に変更。この職制変更によって、深尾自身が指揮を執りながら軍からの干渉を極力排除して、各技師が新型発動機の開発に全力を挙げて取り組めるよう工夫した。

が、縦割方式の配置を敷いた深尾の狙いは、もっと深いところにあった。

――中立の立場にあるメーカーが、仕様決定の主導権を握れるような発動機を開発し、完成した発動機を陸海軍のどちらにも、納入できるようにすべきだ。そうすれば、社内で生産する発動機の種類を減らせるので、生産効率を自ずと高めていける。

いっぽうで深尾は、欧米で製作されている発動機の形式、構成部品、工作法などを徹底的に研究調査して、外国制発動機の優れた点をエンジン各部ごとに模倣し、その技術をどしどし取り入れていった。

こうして様々な改革をおこない、その結果として誕生したのが金星エンジンだった。

かなり強引に改革を進めたので、軍とのあいだで軋轢（あつれき）が生じ、たまりかねた若い技術者が、ある日、深尾に直訴した。

「もう少し、軍部の意向も汲むようにご配慮願いませんか。これでは軍を怒らせるばかりです」

しかし、深尾は穏やかに返した。

「若いきみ達にまで心配させてあい済まない。もう少しのあいだ我慢してくれたまえ。……きみにもお嬢さんがおありだが、顔立ちが良くて健康に育てば、お嫁入りの心配はいらぬものだよ」

結果は、深尾のこの言葉どおりになった。

金星エンジンは「四X型」でほとんど完成の域に達し、性能といい、信頼性といい、まったく申し分のない出来に仕上がった。

そして、その試験結果に満足した海軍は、開発中の新型機に「金星四X型」エンジンを、どんどん採用していった。当時、海軍で航空本部長を務めていたのは、まさに山本五十六中将、その人であった。

名古屋製作所に着任してはや八年、〝造船上がり〟などと言って、深尾の陰口を叩く者は、もはや誰一人としていなかった。

けれどもこの間、すべてが順調にいったか、というと、そうでもなかった。不世出の名機として名高い零式艦上戦闘機は、三菱が開発を手掛けた海軍の主力戦闘機だったが、機体は三菱で製作したものの、同機に乗せる肝心のエンジンを中島にかっさらわれたのだ。

たしかに昭和一四年の時点で、エンジンの直径が一一五〇ミリと小さく、しかも燃費の良い中島の栄エンジンは、一〇〇〇馬力級エンジンのなかで頭一つ抜きん出ていた。ちなみに三菱の金星エンジンは直径が一二一八ミリだった。

零戦に対する栄エンジンの採用は、三菱からしてみれば、〝トンビに油揚げをさらわれた〟ような屈辱的な敗北だったが、たった今、海軍の和田空技廠長から「金星六一型」エンジンの早期増産を求められた深尾は、真っ先にこのことを思い出して、心に期すところがあった。

――これは中島に泡を食わせる、またとないチャンスかもしれない！

そうひらめいた深尾は、和田に向かって言葉を選びつつ慎重に答えた。

「私の部署では早急に増産体制を執り、できる限りのことをいたします」

「うむ。是非そうしてもらいたい。で、二月一日までにどれぐらい製造できそうか？」

「明日から正月返上で掛かりますが、それでもまる二ヵ月しかございません。……反対にどれぐらいの数が必要か、お聞かせください」

深尾がそう返すと、和田が少し考えて言った。

「三月はじめまでに、少なくとも六機の双発艦攻を完成させたいので、エンジンは二月一日までに一五機ほど欲しい」

「じゅ、一五機ですか……。それは無理です。二月一日までに造れるエンジンは五、六機が限度でしょう」

「なに？　それでは量産と言うにはほど遠い。ほとんど手造りとかわらんではないか⁉」

「量産体制を整えるには、それ相応の時間が必要です。しかし二月一日までに、どうしても一五機のエンジンが必要だとおっしゃるなら、私に考えがないこともありません。が……、海軍にも協力をお願いすることになります」

双発艦攻を早急に戦力化したい和田は、わらにもすがる思いで言った。

「なんだ。海軍にできることなら、この際、一切の協力を惜しまん！」

「本当ですか？　協力と申しましても、許可をいただくだけのことですが……」

「だから、どうすればよいのか、遠慮せずに言ってみたまえ」

和田がそうせっつくと、深尾はにわかに、和田の度肝を抜くような要求を突き付けた。

「近々、改造型の零戦を検討されるときに、我が社の発動機も俎上にのせていただき、ぜひともこの『金星六一型』エンジンで、試作機を造らせていただきたいのです」

「なっ、なんだと？　今は零戦の改造の話など一切、関係ないではないか!?」

「いいえ、そうとも限りません。私なりに『金星六一型』エンジンを、早急に増産できる手立てはないものか、と、よくよく考えたうえでのご相談です」

「どういうことか、いまひとつきみの真意がよく呑み込めん」

和田が首をひねりながらそう返すと、深尾は諭すようにゆっくりと説明した。

「私の目的は廠長と同じでただ一つ。このエンジンの量産体制を早急に整えることにあります。ですが、私の部署だけでできることには限りがございます。

本当の意味で量産体制を整えるには、三菱名古屋製作所の、全社を挙げての協力が必要になるでしょう。もし全社を挙げての協力が得られれば、二月一日までに一五機とはいわず、二〇機以上のエンジンを生産できるかもしれません。……しかし、全社を挙げての協力を得るには、当社の社長、もしくは重役を説得する必要がございますので、やはりそれなりの規模を持った計画でないと、説得力がございません。

当社の重役も、海軍の主力戦闘機に『金星六一型』エンジンが採用されるとなれば、本腰を入れて増産に乗り出すのではないでしょうか。

むろん改造型の零戦にこのエンジンを採用するかどうかは、出来上がった試作機の性能によって、海軍でご判断いただくことですが、『金星六一型』を検討の組上にのせていただき、少なくとも試作機の発注はお願いしたい。私は社内において、改造型零戦に『金星六一型』が採用される条件の一つとして、すでに量産体制の整ったエンジンであることが、必ず重要になってくると力説しておきます。……なにせ零戦は海軍の主力戦闘機で、しかも、中島からエンジンを奪い返せる可能性が出てくるのですから、当社の幹部も『金星六一型』の量産を、早急に検討するに違いありません」

「……な、なるほど。今の説明を聞いて、きみの考えていることがよくわかった。航空本部長の許可がないと、改造型零戦の試作機の発注は出せないが、私が直接、片桐（英吉・航空本部長）中将に説明をすれば、とくに問題はないだろう。いざとなれば、山本長官から圧力を掛けてもらうこともできる。……しかし、くれぐれも念を押しておくが、改造型零戦にこのエンジンを採用するかどうかは、その試作機の性能次第で、現段階ではなんの約束もできないぞ」

「もちろん、それは心得ております。私の目的はあくまでも、このエンジンの量産体制を社内で整えることにありますから、試作機の発注をいただくだけでも量産の動機付けができ、幹部を充分に説得できると信じます。……ですが、改造型零戦にこのエンジンを採用するか否かは、試作機の性能を見ていただいたうえで、公平に判断していただきたい。

他社製品を批評するのはよからぬことですが、栄エンジンの出力を一二〇〇馬力以上に引き上げるのは、非常に難しいでしょう。エンジンの直径は、金星のほうが七〇ミリほど大きくなりますが、それでも米国のグラマン戦闘機のエンジンよりはまだ小さい。それよりも『金星六一型』に換装すれば、改造型零戦は現状の約一・五倍の出力を得られるわけですから、時速六〇〇キロメートル以上の最大速度も、決して夢ではなくなります」

「うむ。次期戦闘機には自ずと、時速六〇〇キロメートル以上の速度が求められる。その点は航空本部も、公平に判断するはずだ」

深尾は、和田の言葉にうなずくと、決意を新たにして言った。

「それでは、改造型零戦の試作機の発注をいただけるものとして、早急に量産体制を整えるよう、社内の説得にまわります」

「うむ。試作機の発注は約束する。是非そうしてくれたまえ」

和田もうなずきながら、深尾のやり方に同意を与えたのである。

2

和田操は翌日、さっそく航空本部長の片桐英吉中将を訪ねて、三菱に対し改造型零戦の試作機の発注を出すように依頼した。

この時点で零戦は、離昇出力一一三〇馬力を発揮する「栄二一型」エンジンに換装した零式艦上戦闘機三二型が、昭和一六年七月にすでに初飛行していたが、わずかに最大速度が向上した程度で逆に航続距離は短くなってしまい、同機の改良は航空本部の期待に反して、あまり上手くいっていなかった。

「新型双発艦攻への採用が決まった、三菱の『金星六一型』エンジンを早急に増産する必要があります。三菱に対して再度、このエンジンの搭載を前提とした、改造型零戦の試作を命じていただきたい。……エンジン出力が約一・五倍になりますので〝ひょうたんからこまが出る〟可能性が、大いにございます」

和田が直々にそう願い出ると、零戦後継機の問題で頭を痛めている片桐は、進んで試作機発注の許可を与えた。

和田は試作機の発注が下りたことを、三菱の深尾淳二にただちに電話で伝え、深尾もその日のうちに、三菱重工業の郷古潔社長をつかまえて直訴に及んだ。

――こういうことは当事者レベルでぐずぐずしていてもらちがあかない。トップダウンで一気に進めるのが上策だ。

深尾はそう考えたのだ。

幸いにも深尾淳二は、社長の郷古潔と仕事付き合いながらも懇意にしていた。

昭和九年六月に三菱航空機が三菱重工業と合併したときに、郷古潔は三菱重工の常務に就任。郷古はよく、発動機部長の深尾の手助けをしてくれた。郷古にとっても、不振にあえいでいた発動機部門の建て直しは急務であり、彼は自らヨーロッパへ渡って、国外航空機メーカーとのライセンス契約の更新などに手を尽くした。そのあと深尾の努力と粘りによって、金星エンジンが成功を収めたことを、もちろん郷古はわかっており、零戦のエンジンが中島に持っていかれたことも、当然ながら承知していた。

そして郷古潔は、昭和一六年に三菱重工業の社長に就任した。ちなみに、この当時の三菱の総帥は、初代・岩崎弥太郎（いわさきやたろう）の孫にあたる岩崎小弥太（こやた）が四代目を継いでいたが、郷古潔はまったくの叩き上げで社長に就任していた。

社長を前にしてまさに勝負のしどころ。深尾は内には強い信念を秘めているが、元来でしゃばるのが嫌いで大言壮語をよしとしない。けれどもこのときばかりは、控えめな自分をねじ伏せて大風呂敷を広げた。

「社長。零戦のエンジンを取り返します！」

郷古は目を丸くして言った。

「本当か⁉　だが、相手は中島だ。そうやすやすとは手放すまい」

「たしかに油断はできません。ですが、中島の一四気筒エンジンはもはや限界に近く、今、中島は次の矢を継ぐのに懸命で、しばらくは息切れ状態にあります。中島が一八気筒エンジンを実用化するまえに、ここはこちらから勝負を仕掛けるべきです」

栄エンジン（一四気筒）に、これ以上の馬力増は望めそうになかった。だからこそ中島は、二〇〇〇馬力級の誉エンジン（一八気筒）の開発に着手して、実用化を急いでいたのだ。

「中島が息切れしているなら、なるほどチャンスかもしれないが、勝負を掛けるとして、こちらには有望なエンジンがあるのかね？」

郷古がそう返すと、深尾は待ってましたとばかりに言った。

「つい昨日のことです。我々は離昇出力一五〇〇馬力『金星六一型』の開発に成功しました。勝負を掛けるために、ただちにこのエンジンを増産したいのですが……」

「しかし、それは双発艦上攻撃機用に開発したエンジンだろう。そもそも金星は若干直径が大きいので、戦闘機に搭載するとなると、海軍が嫌がりはしないかね？」

「いえ、直径が大きいというのは、栄に比べての話ですから、グラマン戦闘機のエンジン径と比べれば、とくに大きいということはありません。しかも、海軍が我が社に開発を依頼してきた局地戦闘機には、さらに直径の大きい火星エンジンを使うことになっております」

「それは局地戦闘機の相手がおもに敵の爆撃機だからだろう。私も、きみが言うように、少しも金星の直径が大きいとは思わんし、一五〇〇馬力の出力が出せるなら、艦上戦闘機に積んでも充分に性能の向上が図れると思うが、我々技術屋がいくら理屈で説明しても、肝心の軍が、大きいエンジンを毛嫌いしておるから、これを納得させるのは至難の業だろう」

まさに郷古の言うとおりだった。

海軍の和田操中将は、あくまでも双発艦攻用として、このエンジンの増産を急いでいるのであって、それがなければおそらく、直径が大きいという理由で、零戦への搭載は頭から否定してきたに違いなかった。

深尾がうなずきながら言った。

「そうなんです。先ほどもここへ来る前に、服部さん（三菱名古屋の機体設計責任者・服部譲次技術部長）と話しておりまして、彼はこの『金星六一型』エンジンで、必ず零戦の性能を向上させてみせる、と自信たっぷりに申しておりました。もちろん私にも自信はあるのですが、たしかに技術論でいくら説明しても、海軍には聞き入れてもらえなかったでしょう。……ですから今回は、少しやり方を変えて納得してもらいました」

深尾があまりにも平然とした口調で、そう言ったので、郷古は思わず自分の耳を疑い、聞きなおした。

「いっ、今きみはなんと言った？　うっかり聞き逃したが、たしか最後に、納得してもらいましたと言わなかったか？」

「ええ、申しました」

「いや、もう一度聞くが、それは海軍に納得してもらった、という意味かね？」

「そうです。つい今しがた、海軍の和田さんから電話がございまして、改造型零戦の予定エンジンを『金星六一型』に指定するので、速やかに試作機を開発せよ、との発注がございました」

これを聞いて、郷古は驚きを隠し切れず、思わず喜びの声を上げた。

「それは願ってもない話じゃないか！　だが、きみは、ちっとも嬉しそうじゃないな⁉」

「いえ、嬉しいことは嬉しいのですが、悲しさ半分の嬉しさです」

「どうしてだ⁉」

「このエンジンが零戦に採用されると決まったわけではありませんので」

「もちろんそうだが、服部もきみも、零戦の性能を向上させる自信があるのだろう⁉　今きみ自身がそう言ったばかりではないか。優秀な試作機を造ってそれを実証してみせるしかない。……やるまえに悲観的になるなど、まったくきみらしくもない」

「もちろんやるしかありませんが、私では、どうしようもない問題がございます」

「……どうしようもないとは、それは技術的なことかね？」

「いえ、そうではありません」

「では、なんだね？」

「たとえ試作機が高性能を発揮しましても、このエンジンは海軍の主力戦闘機に採用されるわけですから、しかも、双発艦攻にも採用されることが決まっておりますので、膨大な数量を早急に用意しなければなりません。我が社が海軍の要求量を満たすことができなければ、海軍は零戦への採用を見送るに違いありません」

深尾がそう言うと、郷古はなかば憤慨しながら宣言した。

「なにを言っとる。我が社は日本一の企業だ。それぐらいの努力はどこでもやっとるのに、この三菱にやれないはずがない。中島を見返すためにも石にかじりついてでもやる！　明日からただちに全社を挙げて増産体制をとらせるから、大船に乗ったつもりで、私に任せておけ！」

深尾は込み上げる喜びを嚙みしめながら、敬愛すべき社長に深々と頭を下げ、その場から下がったのである。

3

昭和一六年一二月四日。三菱名古屋製作所は社長方針によって「金星六一型」を最重点生産エンジンに指定した。これを機に深尾部長は、生産効率を上げるために、それまで数種類ずつ生産していた「金星四X型、五X型」を、海軍にも了解を得たうえで品目を減らして四種類に集約し、その空いた製造ラインで「金星六一型」の生産を始めることにした。

また、これと併行して郷古社長は、工場の拡張に着手して、新たな工作機械の導入や工員の新規採用なども実施した。

生産ラインの集約や施設の拡張などにほぼ一ヵ月を要したが、三菱名古屋製作所は、昭和一六年内には「金星六一型」エンジンの増産体制を確立して、翌・昭和一七年一月からいよいよ本格的な量産を開始した。

　同エンジンの生産数は、一二月はわずか四機にとどまったが、年明け一月には製造ラインが確立されて一五機に増え、二月には二五機、三月にはさらに三〇機に達した。

　こうして「金星六一型」の量産は軌道に乗り始めたが、独りエンジンだけが増えてもしかたがなかった。三菱の協力によって空技廠は、機体の製造も同時に進めており、「金星五四型」エンジンを搭載した、一式双発艦偵を二月までに一〇機ほど完成させていた。

　これらの一式双発艦偵が搭載しているエンジンを、出力が一五〇〇馬力に増加した「金星六一型」に換装すれば、同機は新型双発艦攻として生まれ変わる。

　現状搭載の「金星五四型」は乾燥重量が六四二キログラム。対して新規搭載の「金星六一型」は乾燥重量が六七五キログラム。重量は三〇キログラムほど増加するが、エンジンの大きさは双方とも、直径一二一八ミリ、全長一六六〇ミリで同一だった。

　寸法がまったく同じなので、エンジンの換装は一手間掛けるだけで済み、一二月一八日にはついに新型双発艦攻の一号機が完成。エンジンの重量増加に伴う機体のバランス調整をおこない、二日後の一二月二〇日に、テスト飛行を実施したところ、同機は最大速度・時速二九八ノット（時速・約五五二キロメートル）を記録して、操縦安定性にもまったく問題がなかった。

しかし、テストはまだ続く。同機は、空母で運用できてこそ、はじめて艦上攻撃機として完成するのだ。

とはいえ、一号機を含めて一〇機ほどは、一旦は一式双発艦偵として艦上機仕様で出来上がっていたので、折り畳み翼や着艦フックなどをすでに装備していた。一月一二日に試作三号機が完成すると、二日後の一月一四日には、第一機動部隊・第一防空戦隊所属の軽空母「龍鳳」を使って、発着艦テストがおこなわれた。

本来は主力の双型空母「赤城」や「葛城」などでテストをおこなうべきだが、これらは修理中で使えない。

クレーンで慎重に積み込まれた三機の試作双発艦攻は、東京湾を疾走する空母「龍鳳」で発着艦テストをおこなった。

軽空母「龍鳳」は風上に向け、ほぼ全力の二九ノットで航行している。が、「龍鳳」は艦が小さく飛行甲板が短いので、三機の試作双発艦攻は重量を軽くするため、ガソリンの搭載を三分の一に減らし、爆弾はもとより、銃弾なども一切積んでいなかった。

まもなく、三機とも難なく発艦に成功し、機体は上空でも極めて安定していた。三機は東京湾上空を大きく三度旋回し、徐々に高度を下げながら空母「龍鳳」の後方へ進入。適度に間隔を開けると、一機ずつランディング動作に移り、やがて飛行甲板へ滑り込んで、三機はまったく危なげなく着艦に成功した。

一部始終を見守っていた和田操中将は、同席していた航空本部長の片桐英吉中将に向かって、自信たっぷりに言った。

「合格です。小型の『龍鳳』なのでどうかと思いましたが、機体は終始安定しておりました。より大型の双型空母であれば、もっと楽に運用できるでしょう」

片桐は和田の言葉にうなずいて、その場で同機を制式採用すると決定、誕生したばかりの新型双発艦上攻撃機に「双星（そうせい）」という名称を付与したのであった。

こうして、晴れて制式採用となった双発艦上攻撃機「双星」は、乗員三名、全長一三・九メートル、全幅一八・六メートル、離昇出力一五〇〇馬力の「金星六一型」エンジンを二機搭載して、最大速度・時速二九八ノットを記録。八〇〇キログラム爆弾もしくは航空魚雷を搭載した状態で一三二〇海里の航続距離を有し、一二・七ミリ機銃三挺を装備していた。

和田操は、二月末までに六機の双星を完成させて、最後に修理を終えた空母「蒼龍」が瀬戸内海から出撃するときに、同艦にこれら六機の双星を積み込んで送り出した。

そして、和田操は次期作戦に備えて、四月二八日までに、さらに三〇機の双星を用意するのであった。

第十四章　英空母「インドミタブル」を撃破せよ！

1

昭和一七年の三月中旬までに、南方資源地帯のほぼ全域を手中に収め、第一段作戦を完遂した日本軍は、早急に第二段作戦を策定しなければならなかった。

――再びハワイ攻撃に出掛けるか、豪州へ進むか、それともインド洋に打って出るか。

いずれにしても、二月中旬には方針を決めておく必要があるが、第二段作戦の検討が進むに従って、陸軍と海軍、さらには同じ海軍のなかでも軍令部と連合艦隊司令部の意見が対立して、方針がなかなかまとまらなかった。

連合艦隊司令長官・山本五十六大将の考えは終始一貫していた。

――米国の戦意を喪失させるにはハワイの攻略がもっとも効果的だ。その準備が整うまでのあいだ、インド洋のセイロン島を攻略して英艦隊を撃滅、西太平洋の守りを固めて後顧の憂いを取り除き、そのうえで東太平洋正面に撃って出て、米軍機動部隊を撃滅すべきだ。

だが、連合艦隊を指導すべき立場にある軍令部は、連合艦隊司令部とはまったく異なる方針を立てていた。

――いずれオーストラリアは連合軍の反抗拠点となるだろう。連合軍の戦力が整うまでに、豪州北部、ニューカレドニア島、フィジー島、サモア島などを攻略して、米豪間を遮断しておくべきである。

これらの意見に対して陸軍参謀本部は、セイロン島攻略や豪州北部攻略という大兵力を投入しての遠征には、補給が困難との理由で反対した。ただし、米豪遮断の必要性については軍令部と意見が一致し、結局、豪州北部攻略に代わって急浮上したのが米豪遮断作戦だった。

ところが、連合艦隊司令部は米豪遮断作戦にはほとんど乗り気がなく、軍令部は山本長官の顔を立てるかたちで妥協案を示してきた。

一、インド洋作戦は機動部隊によるセイロン島攻撃のみを実施する。
二、米豪遮断作戦を実施し、その準備としてまずニューギニア島のポートモレスビーを攻略する。
三、ハワイ攻略の前段階としてミッドウェイ攻略作戦を認める。

連合艦隊司令部としても、上級司令部から示された、この妥協案には同意せざるを得ず、結果として、四月にインド洋作戦、五月にポートモレスビー攻略作戦、六月にミッドウェイ攻略作戦が実施されることになった。

当然ながら、これらの作戦には機動部隊が投入されることになるが、空母「赤城」「葛城」「蒼龍」の修理がなった小沢・第一航空艦隊は、再び双型主力空母六隻、軽空母三隻、戦艦三隻を基幹とする本来の陣容となって、総勢四五隻にも及ぶ艦艇が、三月二三日までにセレベス島のスターリング湾に集結したのであった。

この日。旗艦「赤城」の艦上で、九隻の空母がきっちりそろっていることを確認した小沢治三郎中将は、第一航空艦隊参謀長の草鹿龍之介少将に向かってつぶやいた。

「やはりこうでなくちゃいかん」

「はい。九隻の空母がひとたび動き出せば、インド洋の英艦隊も海の藻屑と消えるでしょう」

草鹿は小沢の言葉にうなずきながら、自信たっぷりにそう返した。

こうして全艦艇が勢ぞろいするのは、緒戦のハワイ作戦のとき以来久しぶりのこと。しかし、ハワイ作戦時とは異なる点が一つあり、そのことが第一航空艦隊司令長官の小沢治三郎中将をさらに満足させていた。

第一航空艦隊　司令長官　小沢治三郎中将
第一機動部隊　指揮官　小沢治三郎中将
・第一航空戦隊　司令官　小沢中将直率
空母「赤城」　搭載機数・計七五機
（零戦二一、艦爆二七、艦攻二七）
空母「葛城」　搭載機数・計七五機
（零戦二一、艦爆二七、艦攻二七）
・第一防空戦隊　司令官　原忠一少将
軽空母「龍鳳」　搭載機数・計三九機

（零戦三九）

第二機動部隊　指揮官　山口多聞少将

・第二航空戦隊　司令官　山口少将直率

空母「蒼龍」搭載機数・計六九機

（零戦一八、艦爆二七、艦攻二一、双星三）

空母「飛龍」搭載機数・計六九機

（零戦一八、艦爆二七、艦攻二一、双星三）

・第二防空戦隊　司令官　前田稔少将

軽空母「瑞鳳」　搭載機数・計三九機

（零戦三九）

第三機動部隊　指揮官　角田覚治少将

・第三航空戦隊　司令官　角田少将直率

空母「翔鶴」搭載機数・計七八機

（零戦一八、艦爆二七、艦攻二七、双偵六）

空母「瑞鶴」搭載機数・計七八機

（零戦一八、艦爆二七、艦攻二七、双偵六）

・第三防空戦隊　司令官　山田定義少将
軽空母「祥鳳」　搭載機数・計三九機
（零戦三九）

双鶴型空母「翔鶴」「瑞鶴」はハワイ作戦時と同様に一式双発艦偵を六機ずつ搭載していたが、今回、小沢長官が新たに期待を寄せていたのは、総計五六一機にも及ぶ艦載機のなかに、たった六機ではあるが、新鋭の双発艦攻「双星」が含まれていたことだった。

修理を終えた空母「蒼龍」は、内地から出撃する際に六機の双星を収容して、スターリング湾へ進出した。

そして三月一八日に、同じく第二機動部隊の第二航空戦隊に所属する空母「飛龍」と合流した空母「蒼龍」は、同一戦隊内で航空兵力の配分を等しくするために、三機の双星を、僚艦の空母「飛龍」に引き渡した。

つまり、双龍型空母「蒼龍」「飛龍」にそれぞれ三機ずつ搭載された双星は、今回はじめて実戦に参加するのであり、小沢長官は、たとえ六機とはいえ同機が間に合ったことに、大いに満足していたのである。

2

昭和一七年三月二六日。小沢・第一航空艦隊はセレベス島のスターリング湾を出撃、スマトラ島の南岸を経由して、一路インド洋へ向け針路をとった。

小沢長官の最大の任務はインド洋から英海軍の艦艇を一掃することにある。首尾よくこの作戦が成功すれば、マラッカ海峡以東の西太平洋の守りはまず磐石となる。

セイロン島西岸の都市コロンボには、インド洋でもっとも重要な英海軍の基地がある。空母艦載機による先制攻撃でコロンボ基地を蹂躙し、同時に英艦隊をおびき出して、これを撃滅しようというのだ。

コロンボに対する空襲は当初、四月一日におこなわれる予定であった。

ところが、双城型空母「赤城」「葛城」の戦列復帰と入れ代わるかたちで、一旦内地へ帰還していた双鶴型空母「翔鶴」「瑞鶴」が、米空母の南鳥島(みなみとり)空襲やウェーク島空襲に惑わされて、内地でしばらく足止めを喰らわされたため、スターリング湾への進出が遅れて、インド洋作戦は四日ほど延期された。

そしてこの作戦日程の変更が、その後の戦いに微妙な影響を及ぼすことになる。

このとき、インド洋の英東洋艦隊には、主力空母二隻、軽空母一隻、戦艦五隻、重巡二隻、軽巡五隻、駆逐艦一一隻が存在していたが、司令長官のジェームズ・ソマヴィル大将は着任したばかりで、高速部隊の戦艦「ウォースパイト」に将旗を掲げていた。

英東洋艦隊　司令長官　ソマヴィル大将
　第一任務部隊（高速部隊）
　空母「インドミタブル」「フォーミダブル」
　戦艦「ウォースパイト」
　重巡「コンウォール」「ドーセットシャー」
　軽巡「エメラルド」「エンタープライズ」
　駆逐艦六隻
　第二任務部隊（低速部隊）
　軽空母「ハーミズ」
　戦艦「ロイヤル・サヴリン」「リヴェンジ」
　「リゾリュージョン」「ラミリーズ」

軽巡「ホバート」「ダネー」「ドラゴン」
駆逐艦五隻

高速部隊の空母「インドミタブル」と「フォーミダブル」は二隻を合わせて艦戦三七機、艦攻四六機の計八三機を搭載しており、低速部隊の軽空母「ハーミズ」は、艦戦一〇機、艦攻七機の計一七機を搭載していた。が、両部隊を合わせても艦載機の総数は一〇〇機でしかなく、日本軍・小沢第一航空艦隊の艦載機総数五六一機には、遠く及ばなかった。

いっぽうでイギリス軍は、帝国海軍の暗号を事前に解読しており、ソマヴィル大将は、一九四二年四月一日に日本軍空母部隊がセイロン島を空襲する、ということを知っていた。

しかし実際には、この空襲計画は双鶴型空母の遅延によって〝四月五日〟に変更されており、ソマヴィル大将もさすがにそのことまでは承知していなかった。

ソマヴィルは、〝四月一日に敵が来る〟という情報に基づいて、敵機の空襲を避けるために艦隊兵力の大半を率いてセイロン島のコロンボ基地から出撃、インド洋上に在る環礁基地・アッズ島に身を潜めた。

アッズ島はセイロン島の南西・約六〇〇海里に在るモルジブ諸島南端の島で、日本軍はこの基地の存在をまったく知らず、ソマヴィル大将にとってアッズ基地は、艦隊の存在を秘匿するのに便利で、都合が良かったのである。

3

昭和一七年四月四日。インド洋上を西進していた小沢・第一航空艦隊は、午後二時半過ぎに、英海軍のコンソリデーテッドPBYカタリナ飛行艇によって接触された。

この英軍飛行艇は上空を警戒していた零戦によってまもなく撃墜されたが、撃墜前に送信された〝日本軍艦隊発見〟の報告は、セイロン島の基地司令部とソマヴィル大将の艦隊司令部に、確実に届いていた。

旗艦「赤城」の艦上で、小沢長官が草鹿参謀長に向かってつぶやいた。

「これで、奇襲攻撃は望めんな……」

草鹿は黙ったまま、口をすぼめて小沢の言葉にうなずくしかなかった。

明けて四月五日早朝。小沢治三郎中将は、零戦八一機、九九式艦爆五四機、九七

式艦攻九六機の計二三一機で編制された第一波攻撃隊を、コロンボ基地へ向けて出撃させた。

　飛行総隊長の淵田美津雄中佐が指揮する第一波攻撃隊は、敵飛行場やコロンボ港へ殺到、基地の施設や碇泊していた輸送船などに猛攻撃を加えたが、残念ながら、港内に英艦隊の姿は存在しなかった。

　英空軍はホーカー・ハリケーン戦闘機二六機、フェアリー・フルマー戦闘機一六機の計四二機を基地上空に上げて、日本軍機の来襲を待ち受けていた。だが、空戦能力はもとより搭乗員の技量でも劣っていた英戦闘機は、零戦に対してまったく歯が立たず、第一波攻撃隊の零戦隊は「蒼龍」から発進した一機を失ったのみで、たちまち一九機の英戦闘機を撃墜した。

　この空中戦にまぎれて英空軍は、小沢艦隊に向けて、フェアリー・ソードフィッシュ艦上攻撃機六機を放った。本来これら六機は軽空母「ハーミズ」搭載の攻撃機だった。が、事前に陸上基地へ移動していたのであった。

　ソードフィッシュ攻撃機は旧式の複葉機ではあるが、ドイツ戦艦「ビスマルク」追撃戦やイタリアのタラント空襲などで大殊勲を上げていただけに、英空軍としては、その反撃に望みを託して同機を送り出したのだが、不運にも上空を跋扈する零戦に気付かれてしまい、たちまち追撃を受けて全機が撃墜されてしまった。

上空で攻撃の一部始終をじっくり観察していた淵田中佐は、すべての爆弾を叩き込んだあとに、関西弁でつぶやいた。

「ほんま、遊びに来たようなもんやな……」

淵田が嘆いたように、コロンボ基地には一航艦航空隊の技量に見合うような、手応えのある敵は存在しなかった。

——まあ、それでも、配属されたばかりの新人には、いい訓練になるかも知れない。

まもなく淵田は引き揚げを命じたが、そのあとそう思いなおして、旗艦「赤城」に第二波攻撃隊の出撃準備を意見具申した。

いっぽう小沢司令部は、第一波攻撃隊を出撃させたあと、戦艦と巡洋艦から水上偵察機を発進させつつ、同時に双鶴型空母「翔鶴」「瑞鶴」からも一二機の一式双発艦偵を発進させて、周辺海上の索敵をおこなっていた。

そして午前一一時一五分、重巡「利根」から発進した水偵がついに敵艦を発見し、司令部にそのむね報告してきた。

『敵艦二隻見ゆ！　……敵二隻はケント型重巡なり！』

ところが、タイミングの悪いことに、このとき小沢艦隊の各空母艦上では、コロンボ基地を再攻撃するため、第二波攻撃隊への兵装転換がおこなわれていた。

――重巡を撃沈するには雷撃が必要だ！

そう判断した航空参謀の源田實中佐は、ただちに小沢長官に進言した。

「第二波攻撃隊の兵装を、急いで基地攻撃用から艦船攻撃用に戻しましょう！」

つまり源田は、終わりかけていた兵装転換作業を止めて、艦攻には再び魚雷を装備させ、艦爆にも再び艦船攻撃用の爆弾を装備させるよう、小沢長官に進言したのだ。

その必要性を認めた小沢は、すぐにうなずいて言った。

「わかった。再転換を許可する」

しかし小沢は、少しだけ考えてから、立て続けに命じた。

「第二機動部隊『蒼龍』『飛龍』の艦爆は、爆弾の半数を換装した時点でただちに出撃させる。また山口司令官には、双星の出撃準備も整えておくように、伝えてもらいたい」

小沢の命令は、第二機動部隊指揮官の山口多聞少将に、確実に伝わった。

そして山口は、午前一一時五〇分に半数の艦爆が兵装転換を終えると、ただちに

「赤城」に信号で伝えた。

　これを受け、小沢は間髪を入れずに命じた。

「第二機動部隊の艦爆隊は即刻発進せよ！」

　そのときにはもう、コロンボを空襲した第一波攻撃隊が、第一航空艦隊の上空近くまで帰投していたが、山口は迷うことなく艦爆隊の発進を優先させて、待ってましたとばかりに、麾下の全艦爆五四機に発進を命じた。この命令を受けて双龍型空母二隻「蒼龍」「飛龍」から、それぞれ九九式艦爆二七機ずつが、午前一一時五二分に発艦していった。

　かたや、第一機動部隊の双城型空母「赤城」「葛城」と第三機動部隊の双鶴型空母「翔鶴」「瑞鶴」の艦上では、いまだに兵装転換作業が続けられていたが、第一波攻撃隊を収容するために、作業を一時、中断せざるを得なかった。

　結局、第一航空艦隊は午後零時三〇分までに第一波攻撃隊全機の収容を完了したが、その直後に空母「瑞鶴」発進の一式双発艦偵から、あっと驚くような報告が届いた。

『イラストリアス型と思われる敵空母を発見！　駆逐艦四隻を伴い、北北東へ向け二〇ノットで航行中！』

この報告を受けて、航海参謀の雀部利三郎中佐はただちに、小沢長官に進言した。

「我が部隊との距離およそ三五〇海里です」

雀部の声が「赤城」の艦橋内に響き、即座に司令部幕僚のほとんど全員が思った。

――敵の主力空母がついに出て来た！　だが距離が遠すぎる。しかも、第二波攻撃隊はまだ兵装転換を終わっていない！

ところが、焦る幕僚をしりめに、小沢はただ平然とつぶやいた。

「ほう、英空母が出て来たか……」

そして、言い終わるや否や、小沢の表情は一転鋭く引き締まり、小沢は皆をハッとさせるような命令を発したのである。

「出撃可能な全戦闘機を付けて、双星をただちに攻撃に差し向けよ！」

4

四月四日午後零時過ぎ。南へ逃れたソマヴィル艦隊はアッズ基地に入港した。PBYカタリナ飛行艇から緊急電が入ったのは、その後まもなくのことだった。

『優勢なる日本軍空母部隊をセイロン島の南東・約三六〇海里に発見！』

このとき、ソマヴィル大将の直率する高速部隊の空母二隻、戦艦一隻、軽巡二隻及び駆逐艦六隻は給油中であり、軽空母「ハーミズ」以外の、ロイヤル・サヴリン型戦艦四隻を含む低速部隊は翌日午後にならなければ出撃準備が整わない状態であった。

貴重な報告をもたらしたＰＢＹカタリナ飛行艇は、日本軍戦闘機にあえなく撃墜されてしまったようだった。が、ソマヴィルは落胆する間もなく直感した。

——明日。四月五日にセイロン島が空襲されるのは間違いない！

そしてソマヴィルは、ただちに方針を決定して幕僚に命じた。

「できるだけ速やかに高速部隊を先発させて、あとから出撃する低速部隊によって、日本軍艦隊の退路を押さえる！」

かたやセイロン島の基地司令官は、コロンボに在泊していた重巡「コンウォール」と「ドーセットシャー」に、ただちにアッズ島方面へ退避するよう命じ、さらに、セイロン島東岸の都市トリンコマリーに在泊していた軽空母「ハーミズ」に対して、時機をみて港外へ脱出し低速部隊と合流するよう命じた。

司令部の方針はただちに全軍に伝わり、すべての艦や部隊が、まもなくこの方針どおりに行動を開始した。が、ソマヴィル大将がもっとも気掛かりだったのは、コロンボ基地から出撃した二隻の重巡だった。

日本軍空母艦隊の位置と針路から推測して、敵艦載機が夜明けを期して、コロンボ基地を狙って来るのは確実だった。だとすれば重巡「コンウォール」と「ドーセットシャー」は敵機に発見される可能性が極めて高い。

——なんとしても二隻を救いたい！

そう考えたソマヴィルは、いちはやく給油を終えた空母「インドミタブル」に四隻の駆逐艦を付け、高速部隊よりさらに先行させて、重巡二隻の救援に差し向けることにした。

ソマヴィル大将は、空母「インドミタブル」搭載の艦上戦闘機で重巡「コンウォール」と「ドーセットシャー」を守り、さらに同艦搭載の艦上攻撃機で索敵をおこない敵艦隊の動向を探ろう、と考えたのであった。

ソマヴィル大将の命令を受けて、空母「インドミタブル」と四隻の駆逐艦は、未明にアッズ基地から出撃、五日午後零時過ぎにセイロン島の南南西・約四五〇海里の洋上に達したが、その直後に空母「瑞鶴」から発進した一式双発艦偵に接触されたのであった。

5

小沢中将が双星六機に出撃を命じたのは、五日午後零時三〇分のことだった。

攻撃目標は敵の主力空母なので、当然、多数の敵戦闘機が待ち構えていると思われた。わずか双星六機で突入するのは自殺行為に等しい。そこで小沢中将は、ありったけの零戦を護衛に付けて、送り出すことにした。

ハワイ作戦時と同様、今回も三つの防空戦隊の軽空母三隻が大いに役立つことになる。

軽空母「龍鳳」「瑞鳳」「祥鳳」はそれぞれ、コロンボ攻撃に零戦九機ずつを差し出し、艦隊上空直掩にも零戦九機ずつを上げていた。したがってこの時点で三空母の艦上には、それぞれ二一機ずつの零戦が残っていた。三隻あわせて六三機だ。

頼りの零戦は、航続距離が長いので三五〇海里ぐらいは余裕で進出できる。

また、言うまでもないが双星は双発機なので、魚雷を装備した状態で五〇〇海里を進出しての攻撃が可能だった。

小沢中将は、あらかじめ山口司令官に双星の出撃準備を指示してあったので、ただちに双星と零戦に出撃を命じ、イラストリアス型英空母に対する第一波攻撃隊として、零戦六三機、双星六機の計六九機が発進していった。

午後零時四五分。双星攻撃隊の発進を見届けると、小沢はただちに命じた。

「全部隊。敵空母の発見位置へ向け二八ノットで急行せよ！」

この命令により、空母九隻、戦艦三隻を含む第一航空艦隊の全艦艇が、南南西へ向けて、二八ノットでの高速航行を開始した。

小沢が突進を命じたのには理由がある。英空母の針路をきっちり確認した小沢は、まさに〝これぞ好機到来！〟と直感したのだ。

――双星六機は必ずなんらかの損害を英空母に与えてくれるだろう。だがやはり、わずか六機の双星で英空母を撃沈するのは難しい。……この英空母はどうしても沈めたい！　それには二の矢を継ぐ必要がある。幸い英空母もこちらへ向け針路を執っているので、ただちに急行すれば、艦攻や艦爆の攻撃圏内である二五〇海里以内に、敵を捉えられる可能性がある！

小沢は幕僚の進言を待たずに、瞬時にこれだけの判断をおこない、間髪を入れずに突進を命じたのであった。

麾下の全艦艇が白波を蹴って疾走し始めると、小沢は、航空参謀の源田に向かって、あらためて確認した。

「兵装転換はどれぐらいで終わるかね？」

　源田は時計を見ながらすぐに答えた。

「第一機動部隊の『赤城』と『葛城』はまもなく艦爆の兵装転換を終わります。また第三機動部隊の『翔鶴』と『瑞鶴』の艦攻は魚雷の装着に手間取っており、あと五〇分ほど、一三時四〇分には兵装転換を完了いたします」

「うむ。では、一四時までに第二波攻撃隊の発進準備を整えてもらおう」

「はっ、承知いたしました」

　いっぽう、それから約三〇分経過した午後一時二〇分。第二機動部隊の空母「蒼龍」「飛龍」から飛び立った九九式艦爆五四機が、ついに眼下の海上に英重巡二隻を捉え、まさに突入を開始しようとしていた。

　この攻撃隊を率いていたのは、蒼龍艦爆隊長の江草隆繁少佐だった。

　このとき英重巡「コンウォール」と「ドーセットシャー」は、いまだ味方空母「インドミタブル」との合流を果たしていなかった。

　――よし、敵機の姿はない！

　江草はそう確信するや、太陽を背にして巧妙に編隊を誘導、後部座席に座る偵察員の石井飛曹長に伝声管で指示を与えると、石井はモールス信号で後続の列機に隊長の命令を伝えた。

『突撃準備隊形をつくれ！』

まもなく、攻撃隊は編隊を解いて一本棒に連なった。続いて江草の指示により、石井が後ろを向いて風速、風向などを信号で伝える。

そして、風下から敵艦上空へ進入すると、満を持して江草が命じた。

「全軍突撃せよ！」

五四機の艦爆が、江草機を先頭に立て続けに突っ込んでゆく。

真っ先に急降下した江草機は、前方をゆく敵の一番艦（ドーセットシャー）に狙いを定めて爆弾をねじ込み、投下された爆弾は見事、同艦の艦橋後部を直撃し炸裂した。

続いて投じられた列機の爆弾も、吸い込まれるようにして次々と命中してゆく。

爆撃を終えた江草機はただちに上昇、引き続き全軍の指揮を執った。

「飛龍機は二番艦をやれ！」

「蒼龍第三中隊の六機も二番艦をやれ！」

江草は二隻に対する命中弾の状況を確かめながら、じつに的確な命令を下す。その水際立った指揮ぶりは信号で伝わり、旗艦「赤城」の艦橋でもその様子が手に取るようにわかった。

すると、期待にたがわず江草機から『敵重巡二隻沈没！』との報告が入った。

──なんだ、もう沈んだのか。

司令部の皆が拍子抜けするほど、鮮やかですばやい攻撃だった。

まさに疾風迅雷、攻撃開始からわずか一八分間の出来事だった。しかも爆弾の命中率は、なんと八八パーセントに達していた。

ちなみに、このときに〝轟沈（ごうちん）〟という言葉が生まれ、このあと海軍将兵のあいだで盛んに使われるようになる。

帰投後、空母「飛龍」のある搭乗員が、飛行長に向かって言った。

「今日の攻撃ぐらい気持ちのいいものはありませんでした。もう風の情報がくるな、と思っていると、風のデーターが知らされて照準をそれに合わせ、もう突撃の命令だな、と思っていると、すかさず命令が出るという具合で、江草隊長と私たちの呼吸がピッタリでした」

第二機動部隊・江草艦爆隊の見事な攻撃は、ソマヴィル大将の東洋艦隊司令部のみならず、英本国のウィストン・チャーチル首相をも驚嘆させたのであった。

ソマヴィルの艦隊司令部を経由して空母「インドミタブル」に『味方重巡二隻沈没！』の知らせが届けられたのは、午後一時五〇分過ぎのことだった。

そのときにはもう、空母「インドミタブル」と小沢・第一航空艦隊との距離は二八〇海里ほどに縮まっていた。

空母「インドミタブル」が索敵機として放ったフェアリー・アルバコア攻撃機は、小沢艦隊を発見できず、同機を午後二時一〇分過ぎに収容した空母「インドミタブル」は、味方重巡沈没の知らせを受けて、ソマヴィル大将の旗艦・戦艦「ウォースパイト」と合流するために反転、アッズ方面へ向けて針路を執った。

いっぽう、英空母の撃沈を目指し南進を続けていた小沢艦隊は、ようやく兵装転換を終えて、空母四隻「赤城」「葛城」「翔鶴」「瑞鶴」の艦上に続々と攻撃機を並べつつあった。

午後二時ちょうど、英空母との距離を二八〇海里ほどに縮めたと判断した小沢中将は、空母艦上に勢ぞろいした、英空母に対する第二波攻撃隊に即時発進を命じた。

参謀長の草鹿少将はこの攻撃を危ぶみ、小沢中将に進言した。

「我が艦載機の攻撃半径は二五〇海里ですから、少し遠すぎませんか？」

しかし、小沢は頑として譲らず、自らの信念を押し通した。

「今、出撃させなければ、攻撃隊の帰投は夜になってしまう。きみの言うとおりたしかに、攻撃が空振りに終わる可能性もあるが、私は成功の可能性に賭け、それを信じる。……攻撃隊発進後も我々は全力で南進を続けるので、出撃機は必ず夜までに収容し、搭乗員を無駄死にさせるようなことは絶対にせん！」

小沢の決意を聞かされて、草鹿はただうなずくしかなかった。

第二波攻撃隊／目標・イラストリアス型空母
　第一機動部隊・一航戦　出撃数・計五四機
　　空母「赤城」　零戦九機、艦爆一八機
　　空母「葛城」　零戦九機、艦爆一八機
　第三機動部隊・三航戦　出撃数・計五四機
　　空母「翔鶴」　零戦九機、艦攻一八機
　　空母「瑞鶴」　零戦九機、艦攻一八機

英空母に対する第二波攻撃隊は、零戦三六機、艦爆三六機、艦攻三六機の計一〇八機。

小沢中将は薄暮攻撃に不安のある若手搭乗員を外して攻撃隊を編成。第二波攻撃隊の全機が午後二時一五分までに上空へ舞い上がり、南南西の空を目指して進撃して行った。

第二波攻撃隊の出撃を見送ると、小沢中将はその言葉どおり、再び麾下の全艦艇に対して二八ノットでの進撃を命じた。

本日の日没はコロンボ現地時間で午後六時一九分。午後七時ごろまでは薄明が続くが、それまでに攻撃隊を収容する必要があり、小沢はさらに敵空母へ近づこうとしたのだ。

はたして攻撃が上手くいくかどうかわからないが、小沢はこう考えた。

――おそらくこの英空母は、先ほど撃沈した敵重巡二隻と合流しようとしていたに違いない。しかし、この二隻は沈めたので、英空母はすでに針路を変えて反転しているかも知れない。三〇ノット前後の高速で退避されると、英空母に逃げ切られてしまう可能性が大きいが、先発した双星が上手く足止めを喰らわせてくれれば、攻撃成功の望みも充分にある！

第二波攻撃隊の艦爆、艦攻が英空母を捕捉できるかどうかは、わずか六機の双星だが、まさにその活躍いかんにかかっていた。

6

午後二時五〇分。第一波攻撃隊として出撃した零戦六三機と双星六機が、英空母「インドミタブル」の上空に到達しようとしていた。

驚いたのは空母「インドミタブル」艦長のプラント大佐だった。

「なんだと!?　日本軍の艦載機はいったいどれほど遠くまで飛べるんだ？」

プラントが驚くのも無理はない。彼が索敵に出したアルバコア攻撃機は、北北西へ二〇〇海里以上も進出したが、いっこうに日本の艦隊と接触できなかったのだ。

しかし現に、「インドミタブル」の装備する対空見張り用レーダーが、日本軍機の接近を探知したのだから、驚いているばかりでは仕方がない。プラントは、空母「インドミタブル」の艦上に在る全戦闘機フェアリー・フルマー一二機と、ホーカー・シーハリケーン九機の計二一機を、ただちに迎撃に差し向けた。

だが、この時点では、プラント艦長はまだ楽観視していた。

――敵機の正確な数はわからないが、来襲したのは雷撃機か爆撃機だろう。敵戦闘機がこんなに遠くまで飛んで来られるはずがない。敵攻撃隊は戦闘機の護衛なしで、いわば〝丸裸同然〟の状態で攻撃して来たのだ。爆弾や魚雷を装備した攻撃機は鈍重だから、二一機の味方直掩戦闘機で波状攻撃を仕掛ければ、なんとか最低限の被害で凌げるだろう。

ところが、これはとんだ見込み違いだった。

たしかに独・伊空軍には、いや米・英海空軍にも、三〇〇海里以上の距離を進出して戦える艦上戦闘機は存在しなかった。

ところが、帝国海軍にはそれがあったのだ。零式艦上戦闘機二一型である。

プラントは零戦の実力を、まざまざと見せ付けられることになる。

二一機の英軍・直掩戦闘機は、空母「インドミタブル」の手前・約三〇海里の上空で、日本軍攻撃隊の来襲を待ち受けていた。

それはわずか数分間の出来事だった。

怒濤のように押し寄せた零戦六三機は、瞬く間に二一機の英軍戦闘機を包囲した。

速度でかなわず、空戦能力でかなわず、パイロットの技量でもかなわず、さらに数で圧倒されたフルマーとシーハリケーンは、まったく為すすべもなく、それらしい抵抗が一切できなかった。

英戦闘機は一機で、ほぼ三機の零戦を相手にしなければならず、辛うじて零戦の一撃をかわしたフルマー、シーハリケーンも、すぐさま別の零戦に喰い付かれて敢えなく散ってゆく。

敵機を手玉に取った零戦は、列機に手柄を譲るような余裕まで見せて、今や完全に恐れをなして敗走する敵戦闘機にも、容赦なく追い撃ちを掛ける。そしてついに、すべての英軍戦闘機が撃墜されてしまった。

味方戦闘機が全滅したことを知って、プラント艦長は思わず叫んだ。

「まっ、まさか、そんなはずはない！」

しかし、これが現実だった。

頼みの直掩機をすべて失い、今度は空母「インドミタブル」が〝丸裸同然〟となった。

そこへすかさず双星が突入。低空に舞い下りた六機の双星は、前後左右から包み込むようにして肉迫。空母「インドミタブル」に対して一斉に渾身の魚雷を投じた。

「取り舵いっぱい！　急げ！」

プラントが絶叫し、回避を命じる。しかし、四方から迫り来る魚雷を、すべて避け切ることはできなかった。

ようやく舵が利いて、「インドミタブル」が左へ回頭しはじめた直後のことだった。

右舷艦首寄りに一本、さらに右舷中央付近にも二本目の魚雷が命中した。

凄まじい衝撃に、空母「インドミタブル」の巨体が揺らぐ。と同時に、見る見るうちに行き足が衰えて、同艦は右舷に大きく傾斜。

それでも「インドミタブル」はなんとか航行を続けていたが、速度は一瞬にして一三ノットにまで低下した。

空母「インドミタブル」は、一本目の命中魚雷によって、艦首がいびつに変形し凌波性が低下、加えて二本目の命中魚雷によって、機関の一部が損傷し出力が大幅に下がっていた。

日本軍雷撃機の攻撃はじつに見事で、敵ながらあっぱれと言うほかなかったが、プラント艦長はキツネにつままれたような表情で、副長に向かって呆然とつぶやいた。

「い、今の敵機はたしか、双発機だったような気がするが……」

「……た、たしかに双発機でした」

「いったい〝どこから〟来たんだ⁉」

この周辺に日本軍の基地は存在しない。いっぽうで、日本軍の空母が出て来ていることは間違いなかったが、どう考えても空母から双発機が出撃してきたとは思えない。

プラントの問いに、副長は首をひねるだけで、一言も返すことができなかった。

もはや上空に、日本軍機の姿は見えない。

空母「インドミタブル」はなんとか沈没だけは免れたのだ。けれども、艦がかなり右へ傾斜してしまい、艦載機の運用は不可能になってしまった。しかも味方の重巡は、すでに二隻とも沈んでしまっていたので、もはや「インドミタブル」がこの海域にとどまる理由はなかった。

プラントが、ようやく我に返って命じた。

「機関の応急修理を急げ！　ただちにアッズ方面へ引き揚げる！」

午後三時二五分。プラント艦長の命令を受けて、空母「インドミタブル」は南南西へ向けて針路を執った。しかし、同艦の速力が二〇ノット以上に回復するのは、それから約一時間後のことであった。

7

午後二時ちょうどに、空母「赤城」「葛城」「翔鶴」「瑞鶴」から発進した、第二波攻撃隊の零戦三六機、艦爆三六機、艦攻三六機は、南南西へ向け順調に進撃していた。

第二波攻撃隊を率いるのは翔鶴艦攻隊長の市原辰雄（いちはらたつお）大尉（海兵六〇期）だ。市原は事前に覚悟を決めて出撃していた。

——進出距離は二八〇海里以上に及ぶ可能性もある。往路だけでもたっぷり二時間は飛行しなければならない！

午後四時一五分。空母から発進後に第二波攻撃隊の全機が空中進撃を開始してから、ちょうど二時間が経過した。だが、いまだ海上に英空母の姿は見えなかった。

ガソリン切れとなるので、本来ならそろそろ引き揚げなければならないが、市原は出撃前の角田司令官の言葉を思い出し、あと一〇分ほど粘ってみることにした。

「小沢長官は全空母を挙げて、きみたちを迎えにゆく、と断言されておられる。帰りは二〇〇海里も飛行せずに済むはずだから、なんとしても敵空母を捉え、撃破してもらいたい！」

空母「翔鶴」に座乗する第三機動部隊指揮官の角田覚治少将は、出撃してゆく市原隊長に対して直々に、そう訓示していた。

果たせるかな午後四時二三分。角田司令官の訓示と、それを忠実に守った市原の粘りが功を奏し、市原隊長はついに、眼下の海に敵空母の姿を捉えた。結局、第二波攻撃隊は二九〇海里ほど進出したことになる。

そのときにはもう、空母「インドミタブル」は速力を二二ノットに回復していた。が、上空に英軍戦闘機の姿はなく、そのことをきっちりと確認した市原は、右に傾きつつある英空母の様子を見て、いよいよ確信した。

――よし、敵空母はすでに手傷を負っている。双星の攻撃が上手くいったに違いない！

午後四時二七分。市原は躊躇なく全機突撃を下令した。第二波攻撃隊の艦爆、艦攻それぞれ三六機が一斉に散開し、雷爆同時攻撃を仕掛けるために、さらに英空母へと肉迫してゆく。

プラント艦長が血相を変え、必死の回避運動を命じるが、空母「インドミタブル」の速度は二二ノット以上には上がらず、舵の利きが重くて同艦の動きは極めて緩慢だった。

市原隊長の直率する艦攻三六機がすべて低空へ舞い下りたと見るや、それと呼応して赤城艦爆隊長の千早猛彦（ちはやたけひこ）大尉が全機突撃を命じ、三六機の艦爆が敵空母の上空から、立て続けに急降下を開始した。

空母「インドミタブル」の撃ち上げる対空砲火によって、二機の艦爆があえなく撃墜されてしまったが、日の丸を背負ったサムライたちは皆、すでに覚悟を決めており、これしきの反撃ではまったく怯まない。

——敵主力空母と刺し違えるなら本望。命を捨ててもおつりが来る！

もはやプラント艦長には、日本軍雷爆撃機の怒濤のような攻撃を、防ぐ手立てはまったく残されていなかった。

なんと空母「インドミタブル」には、爆弾一四発と魚雷八本が命中した。

イラストリアス型空母の四番艦である「インドミタブル」は、それ以前に建造された同型艦「イラストリアス」「ヴィクトリアス」「フォーミダブル」と違って、搭載機数を増やすために格納庫の一部を二段式に変更し、五〇機以上の艦載機を搭載できるように改善されていた。

このたび「インドミタブル」は、艦戦の一部をコロンボ基地に供出し、艦戦二一機と艦攻二四機の計四五機を搭載して出撃していたのだが、二一機の艦戦は先刻すべて撃墜されてしまい、イラストリアス型空母の特徴である飛行甲板に施された装甲も、これだけの命中弾を浴びてしまうと〝焼け石に水〟同然で、とても防ぎ切れるものではなかった。

艦長のプラント大佐が総員退去を命じた、その直後に、空母「インドミタブル」は艦内で大爆発を起こし、引きずり込まれるようにして海中へ没していった。

敵空母の沈没を見届けた市原隊長は、まだ攻撃を終えていない艦爆や艦攻に対して、近くの駆逐艦を攻撃するように命じ、第二波攻撃隊は結局、空母「インドミタブル」だけでなく駆逐艦「パンサー」も撃沈した。

そして、第二波攻撃隊の全機が攻撃を終了して市原が引き揚げを命じたとき、時刻はちょうど午後五時になろうとしていた。

太陽はすでに西の空へ傾き、果てしなく広がる海原をあかね色に染め、インド洋には再び静寂がおとずれようとしていた。

英海軍の主力空母と駆逐艦を撃沈して、市原はその任務を着実に果たしたが、彼にはまだ、列機を母艦に帰投させるという、重要な仕事が残されていた。

——二〇〇名以上の搭乗員の命を預かっているのだ。

ふと、そう思うと、太陽がかなり傾いていただけに、さしもの市原も完全には不安感を拭い去れなかった。しかし、まもなくこの不安はたちどころに払拭された。

じつに心強いことに、小沢長官は幕僚の反対を押し切り、旗艦「赤城」から電波を輻射して艦隊の位置を知らせるとともに、なおも二五ノット以上の速力で南下して、第二波攻撃隊を迎えに来ていたのだ。

市原はその電波をキャッチして、人知れず胸をなで下ろした。

小沢長官の措置のおかげで、帰路は一八〇海里ほど飛行するだけで済み、第二波攻撃隊の全機が午後六時五〇分までに、無事に各母艦へ収容された。敵潜水艦の接触を恐れた幕僚の進言は、結局取り越し苦労に終わったのである。

第一航空艦隊はこうして四月五日の戦闘を終了したが、インド洋作戦はこれですべてが終わったわけではなかった。

コロンボ攻撃から四日後の四月九日朝。第一航空艦隊は、セイロン島東岸のトリンコマリーを攻撃するため、コロンボ攻撃時とほとんど同じ編成で第一波攻撃隊を発進させた。

しかし案の定、港内に英艦隊の姿はなく、淵田美津雄中佐の第一波攻撃隊は、邀撃に上がって来たフルマー、ハリケーンなど二〇機ほどの敵戦闘機を撃破し、飛行場、海軍工廠、砲台、石油タンクなどに爆撃を加えた。

五日の基地攻撃で懲りた淵田中佐は、この日は心を決めて出撃していた。

──港内に敵艦隊が存在しない限り、第二波攻撃隊の出撃要請はしない！

結果的にこの決心が功を奏して吉と出る。

第一波攻撃隊がトリンコマリーを空襲しているあいだに、戦艦「榛名」から飛び立った九五式水偵が、第一航空艦隊の南西・約一五〇海里の洋上に、敵艦隊を発見したのだ。

『敵空母「ハーミズ」及び駆逐艦三隻見ゆ。南へ向け一二ノットで航行中！』

軽空母「ハーミズ」は、日本軍空母部隊が来襲した、という知らせを受けて、駆逐艦三隻を伴って必死に逃亡しているところだった。

敵空母「ハーミズ」は友軍艦載機の攻撃圏内にいるのだ。当然ながら小沢長官は第二波を攻撃に差し向けた。

英空母「ハーミズ」はまったくついていなかった。このとき「ハーミズ」の艦上には、修理不能のソードフィッシュ一機が残っていただけで、格納庫はカラッポの状態だった。

戦闘は自ずと一方的なものになった。日本軍攻撃隊はまたもやわずか数分間で、軽空母「ハーミズ」と駆逐艦「ヴァンパイア」を撃沈し、凱歌を上げた。

インド洋作戦の結果。英東洋艦隊は主力空母と軽空母を一隻ずつ喪失し、さらに重巡二隻と駆逐艦二隻をも失った。

加えて英軍はコロンボ及びトリンコマリー基地の海軍工廠や飛行場が大損害を受

けたため、ジェームズ・ソマヴィル大将は残存の戦艦などを率いて、アフリカ東岸・ケニアのキリンディニ港まで引き揚げざるを得なかった。

日本軍空母航空隊は、緒戦のオアフ島沖海戦において米空母「レキシントン」を撃沈したのに続いて、今回のインド洋作戦において英海軍の第一線級空母「インドミタブル」を撃沈して、大いに気勢を上げた。

だが、飛行総隊長の淵田美津雄中佐は、勝利に浮かれる軍令部や連合艦隊司令部の幕僚、及びその他多くの海軍将兵をよそに、一人冷静な分析をおこなっていた。

——双星と一式双発艦偵の時機を得た投入があって、ようやく英空母の撃沈に結びついたが、今後の戦いにおいても、双星の活用と緻密な索敵が勝敗のカギを握ることになるだろう。いや、勝因はそれだけではない。防空戦隊の零戦の活躍も見逃せない。やはり、軽空母を含めて第一航空艦隊の空母九隻はまとめて運用すべきであり、三つの機動部隊を切り離して使うべきではない。……たしかに英主力空母の撃沈は喜ばしいことだが、英空母は搭載機数が少なく、艦上機の性能も二線級だった。米空母がまとめて出てくれば、こうはいくまい。なんとしても第一航空艦隊の空母九隻はまとめて運用する必要がある！

ところが、シンガポールに帰投した小沢・第一航空艦隊司令部には、淵田の考えを真っ向から否定するような命令が、連合艦隊司令部から届いたのであった。

——第三機動部隊を分派してポートモレスビー攻略作戦を支援させよ。

この命令に、小沢治三郎中将は即座に不服を申し立てたが、連合艦隊司令部はすでに、第二段作戦の策定にあたって軍令部と取引をしたあとで、ポートモレスビー攻略作戦への機動部隊投入を承認していたのである。

第十五章　珊瑚海海戦——米軍機動部隊の反撃！

1

ポートモレスビー攻略作戦（ＭＯ作戦）を支援することになった第三機動部隊は、まず、帝国海軍の中部太平洋の一大拠点であるトラック基地へ進出することになった。

第三機動部隊の指揮官は角田覚治少将。第一航空艦隊司令長官の小沢治三郎中将は、角田・第三機動部隊をシンガポールから送り出す前に、可能な限りの援助を惜しまず、双星六機を双鶴型空母二隻に譲り与えた。

ＭＯ作戦の支援任務に、第一、第二機動部隊ではなく第三機動部隊が選ばれたのには、それなりの理由があった。

じつはインド洋作戦が終わって間もない昭和一七年四月一八日に、帝都・東京が米軍機動部隊によって空襲されてしまった。日本本土近海に出現した米空母は二隻だったが、そのうちの一隻である空母「ホーネット」は、なんと陸軍の双発爆撃機Ｂ25ミッチェルを搭載して米本土西海岸から出撃し、もう一隻の空母「エンタープライズ」の支援を受けて、Ｂ25爆撃機一六機で日本本土を空襲して来たのだ。

日本側は完全に意表を突かれた。

——米軍機動部隊がいよいよ本格的な反撃を仕掛けて来た！

要するにＭＯ作戦の実施に当たって、米空母が太平洋に何隻いるのかということが、海軍首脳のあいだで問題となった。

軍令部と連合艦隊司令部は、米空母がポートモレスビー方面に出て来る可能性について検討をおこない、その結果、両司令部の見解はほとんど一致した。

——空母「レキシントン」は沈み、空母「サラトガ」は日本軍潜水艦の雷撃を受けていまだ修理中のはず。さらに二隻の米空母は日本近海に現れたばかりなので、この二隻が五月初旬までに南太平洋へ進出するのは不可能だ。だとすれば、おそらく米海軍は、南太平洋には空母を一隻も出すことができないだろう。いや、百歩譲って出て来たとしても一隻が限度だ。……第一、第二機動部隊と比べて航空隊の練度は低いが、第三機動部隊の空母三隻をＭＯ作戦に派遣すれば、それで充分に事足

り る。

　以上のような理由に基づいて、ＭＯ作戦の支援には、もっとも航空隊の練度が低い第三機動部隊がまわされることになった。

　トラック基地に進出した第三機動部隊は、第四艦隊司令長官である井上成美中将の指揮下に編入され、さらにポートモレスビー攻略作戦を遂行するため、他の部隊と合流し一時的な編成を組んだのであった。

第四艦隊　司令長官　井上成美中将

ＭＯ機動部隊本隊　指揮官　高木武雄中将

第五戦隊　司令官　高木中将直率

重巡「妙高」「羽黒」駆逐艦二隻

ＭＯ空母機動部隊　指揮官　角田覚治少将

第三航空戦隊　司令官　角田少将直率

空母「翔鶴」「瑞鶴」

第三防空戦隊　司令官　山田定義少将

戦艦「霧島」軽空母「祥鳳」

第九戦隊　司令官　橋本信太郎少将
　重巡「鈴谷」「熊野」
第七水雷戦隊　司令官　木村進少将
　軽巡「川内」駆逐艦八隻

ＭＯ攻略部隊本隊　指揮官　五藤存知少将
第六戦隊　司令官　五藤少将直率
　重巡「青葉」「衣笠」「古鷹」「加古」
　軽空母「龍驤」駆逐艦二隻
ＭＯ攻略支援部隊　指揮官　丸茂邦則少将
第一八戦隊　司令官　丸茂少将直率
　軽巡「天龍」「龍田」
　特設水上機母艦二隻
モレスビー攻略部隊　指揮官　梶岡定道少将
第八水雷戦隊　司令官　梶岡少将直率
　軽巡「夕張」駆逐艦六隻

敷設艦一隻

ツラギ攻略部隊　指揮官　志摩清英少将

駆逐艦二隻　敷設艦一隻

第三機動部隊はこの作戦中一時的に、MO空母機動部隊と呼ばれることになり、第三航空戦隊の双鶴型空母二隻「翔鶴」「瑞鶴」は、それぞれ零戦一八機、艦爆二七機、艦攻二七機、一式双発艦偵三機、双星三機の計七八機ずつを搭載し、第三防空戦隊の軽空母「祥鳳」は零戦三九機を搭載していた。

また、MO攻略部隊本隊に所属する軽空母「龍驤」は、このとき零戦一六機、艦攻一二機の計二八機を搭載していた。

したがって、ポートモレスビー攻略作戦に参加する日本の空母は全部で四隻。その総搭載機数は二二三機に達していた。

昭和一七年四月二三日。第四艦隊（内南洋部隊）司令長官の井上成美中将は、MO作戦の開始を発令した。

この作戦計画の大要は、五月三日にツラギ（ガダルカナル島対岸の泊地）を占領して水上機基地を設営し、五月一〇日にニューギニア島東南端のポートモレスビーを攻略、さらに五月一五日にナウル島、オーシャン島を攻略する、という日程で進められることになっていた。

そして、MO機動部隊を指揮する高木武雄中将は、重巡「妙高」に将旗を掲げ、角田少将麾下の空母三隻を率いて、五月一日にトラック基地から出撃したのであった。

2

いっぽう、米・太平洋艦隊司令長官のチェスター・W・ニミッツ大将は、米海軍情報部から届いた日本海軍の暗号解読情報によって、五月はじめに日本軍がポートモレスビーを攻略して来る、ということを知った。

しかし、四月中旬のこの時点でニミッツ大将の使える空母は、しばらく南太平洋で行動していた空母「ヨークタウン」と、パールハーバーで対空兵装を強化していた空母「ワスプ」の二隻だけしかなかった。

空母「サラトガ」は一月に受けた魚雷攻撃による損傷を修理し切れておらず、空母「エンタープライズ」と「ホーネット」は日本本土を空襲するため北太平洋を進撃中であった。

——ポートモレスビーはなんとしても死守しなければならないが、日本軍には優勢な空母部隊が在る。空母「ヨークタウン」と「ワスプ」の二隻だけでは心もとない。

そう考えたニミッツは、思い切って空母「サラトガ」の補修を応急処置で済ませて、同艦を南太平洋へ派遣しようと決意した。

ニミッツが彼の参謀長ミロ・F・ドレーメル少将に胸のうちを明かすと、ドレーメルはいかにも驚いた様子で再考を促した。

「それは不可能ではないかもしれませんが、無謀だと言わざるを得ません。……私は賛成いたしかねます」

ニミッツはうなずきながらも返した。

「無謀とまでは思わんが、たしかにある種の賭けではある。だが情報によると、日本軍は、今回の作戦に出撃させる機動部隊は一つで充分と考えているようだ。その戦力は主力空母二隻と軽空母二隻。ほかの空母は出て来ないようだから、各個撃破できるまたとないチャンスだ。少なくとも対等に戦える空母戦力をそろえて、是非ともこのチャンスを活かしたい」

「しかし、修理中の『サラトガ』を出撃させて、返って足手まといにならないでしょうか」

「空母『サラトガ』の状態に関しては、完全に修理せずとも、艦載機の運用は充分に可能で速力二八ノットは出せる、との確認を取ってある。敵は主力空母二隻と軽空母二隻だから、対等に戦うために、こちらは、どうしても三隻の空母をそろえたいのだ」

「お気持ちはわかりますが、はたして勝機はあるでしょうか？」

「今、日本軍にはおごりがある。しかも我々は、いつどこに敵が出て来るのか、詳細な情報を得ている。……勝機は充分にある」

ニミッツはそう断言して、さらに語気を強めて言った。

「味方の士気を鼓舞するためにも、これ以上、日本軍の傍若無人ぶりを赦してはならない。せっかくの情報を活かすためにも全力で戦いを挑み、日本軍の進撃をなんとしても阻止する！」

「わかりました。……ですが、今から出撃を命じて、はたして『サラトガ』は戦闘に間に合うでしょうか」

「いや、是が非でも間に合わせるのだ。そのために『サラトガ』は、巡航速度ではなく二〇ノット以上の速度で急がせる必要がある。……四月二四日までにパールハーバーへ到着させれば、なんとか間に合う。そのための段取りをきみに付けてもらいたい！」

ニミッツの気迫に圧されて、ドレーメルもついにその気になってうなずいた。

「承知いたしました。各方面に協力を要請し、あらゆる手を尽くしてみます」

ドレーメルの返事に、ニミッツは大きくうなずいたのである。

空母「ヨークタウン」座乗のフランク・J・フレッチャー少将の部隊と合同するよう命ぜられた空母二隻「ワスプ」と「サラトガ」は、五月一日に珊瑚海の南東洋上で集結を果たした。

第一七任務部隊　指揮官　フレッチャー少将

空母「ヨークタウン」　搭載機計七六機
（艦戦二八機、艦爆三六機、艦攻一二機）
空母「ワスプ」　搭載機計七二機
（艦戦二四機、艦爆三六機、艦攻一二機）
重巡「ミネアポリス」「チェスター」「ノーザンプトン」

「ソルト・レイク・シティ」「サンフランシスコ」駆逐艦八隻

第一一任務部隊　指揮官　フィッチ少将

空母「サラトガ」　　搭載機計七六機

（艦戦二八機、艦爆三六機、艦攻一二機）

重巡「シカゴ」「オーストラリア」

軽巡「ホバート」駆逐艦五隻

オーブレー・W・フィッチ少将は空母「サラトガ」に座乗して第一一任務部隊の指揮を執るが、第一七、一一任務部隊の統一指揮は、先任者のフランク・J・フレッチャー少将が執ることになっていた。

空母三隻を擁する米軍両任務部隊の総搭載機数は二二四機。対して日本軍空母四隻の総搭載機数は二二三機だったので、米軍機動部隊は空母「サラトガ」の到着によって、ニミッツ大将のもくろみどおり、まったく対等な母艦航空兵力を今回の戦いに投入できたのであった。

3

昭和一七年五月三日。志摩清英少将の指揮する攻略部隊が、まずツラギに上陸したが、連合軍の姿はなく、ツラギは無血占領された。

日本軍のツラギ上陸を知ったフレッチャー少将は、給油中の空母「サラトガ」の部隊を残し、第一七任務部隊の空母二隻「ヨークタウン」と「ワスプ」を率いて北上。四日朝、ツラギを占領した日本軍に対して攻撃を敢行した。

この空襲によって日本軍は駆逐艦「菊月（きくづき）」が沈没。米軍機動部隊はまず、幸先のよいスタートを切った。

いっぽう、米軍機の来襲を知った高木武雄中将は、MO機動部隊の空母三隻を率いてツラギへ急行し、同時に、ツラギやルイジアード諸島（珊瑚海北東の島々）のデボイネ島から水上偵察機を発進させたが、米軍機動部隊を発見することはついにできなかった。

六日朝。ツラギから発進した九七式飛行艇がようやく米軍機動部隊を発見した。

高木中将は角田少将のMO空母機動部隊に南下を命じたが、味方空母の位置を秘匿するために、機動部隊からの索敵機発進を禁止した。

　味方飛行艇が発見した米空母は一隻だったが、この九七式飛行艇は天候不良のため、すぐに米空母との接触を失ってしまった。

　高木中将の出した〝索敵機の発進を禁ずる〟命令に、角田少将は怒り心頭、悔し紛れに艦橋中央の支柱を蹴っ飛ばしたほどだった。

　――これだから航空戦の素人は困る。ただちに一式双発艦偵を出して索敵をおこなえば、若干距離が遠くても双星で攻撃できるはずだ！

　声を荒げて上官の決定をなじるわけにもいかないので、角田はじっと黙ってこらえたが、じつは角田と高木は、二人とも海兵三九期の卒業で同期であった。

　高木武雄は海兵三九期を一四八名中一七番で卒業し、いっぽう、角田覚治は同じく海兵三九期を四五番で卒業していた。高木は幼少のころから頭脳明晰で、まさに秀才タイプだったが、角田はどちらかと言えば、叩き上げタイプで実践派の提督だった。

　言うまでもないが、角田は開戦以来、航空戦の指揮を執ってきたので、今さらにも高木の指揮を受ける必要はなかった。ところが、高木はまさにトラック基地から出撃した五月一日付けで中将に昇進し、成り立てホヤホヤの中将だったので艦隊司令長官に据えるわけにもいかず、第五戦隊司令官のまま急遽、ＭＯ機動部隊本隊の指揮官に任命されたのであった。

ここに硬直した海軍の人事が見て取れる。第五戦隊の重巡二隻の戦闘参加は、航空戦をおこなうにはほとんど有力な戦力として寄与しない。第四艦隊の指揮下に直接、角田機動部隊を編入したほうがよかったのだ。

実際に、午後になって角田機動部隊は、米空母を攻撃できる位置にまで進出していたのだが、そのときにはすでに米空母との接触が絶たれていたため、敵空母の位置を確認できず、攻撃隊を出すことができなかった。

結局、五月六日はせっかく米空母を攻撃できるチャンスがあったのにもかかわらず、日没を迎えてしまった。

ところが、稚拙でちぐはぐな空母部隊の運用はまだ続く。それはなにも日本軍だけに限ったことではなかった。

五月七日午前六時ちょうど（ソロモン諸島現地時間）。角田少将のＭＯ空母機動部隊は、珊瑚海北東海域において、一式双発艦偵六機、艦攻六機を索敵機として発進させた。

同時刻の午前六時。空母「龍驤」を含む五藤存知少将のＭＯ攻略部隊は、角田部隊の北西・約四〇〇海里のソロモン海に在り、夕刻には珊瑚海に入る予定であった。

ちなみにMO攻略部隊は、陸軍の南海支隊を乗せた船団を護衛して、五月四日にラバウル港から出撃していた。

そして、午前七時三二分。空母「翔鶴」から発進した一式双発艦偵が、ついに敵艦隊発見の報告を入れてきた。

『味方機動部隊の南一六三海里の位置に空母一、巡洋艦一、駆逐艦三を発見！』

この報告を受けて、満を持していた角田少将は零戦二七機、艦爆二七機、艦攻二四機からなる、計七八機の攻撃隊をただちに発進させた。

ところが、七八機の攻撃隊が目標地点に到達してみると、そこに米空母の姿はなく、給油艦「ネオショー」と駆逐艦「シムス」の二隻が存在するだけだった。

攻撃隊はやむなくこの二隻を攻撃し、あっと言う間に撃沈したあと、むなしく母艦へ引き揚げるしかなかった。

じつはこのとき、米軍機動部隊は日本側の予想よりかなり西（オーストラリア大陸寄り）で行動しており、機動部隊の後方に従って東で航行していた給油艦「ネオショー」が、日本軍の索敵網に引っ掛かったのであった。

しかし、午前九時三〇分に、MO攻略部隊の五藤少将が放った重巡「衣笠」の水偵が、西寄りで行動していた本当の米軍機動部隊を、ついに発見して、まもなく高木中将の司令部にもそのことが伝えられた。

衣笠機の報告によると、角田機動部隊と米軍機動部隊との距離は三〇〇海里近く離れていた。艦爆や艦攻は距離が遠くて攻撃できない。が、まさにこのときこそ零戦と双星の出番のはずだった。けれども、敵が遠いとみた高木中将は、角田少将に衣笠機の報告を伝えておらず、またもや攻撃のチャンスを逃してしまったのだ。

一旦は攻撃をあきらめた高木中将だったが、そのあと午後になって、ラバウルの基地航空隊から〝敵機動部隊反転〟の情報が入り、高木は角田に命じて索敵機を発進させた。

この命令で索敵に出た九七式艦攻が、きっちり米軍機動部隊を発見し、角田少将はようやく敵機動部隊の位置を把握できた。

敵味方の距離はおよそ二〇〇海里。この日の日没は現地時間で午後七時一分だった。

角田少将が敵機動部隊の所在を把握したときには、時刻は午後四時を過ぎており、日没後の薄明を計算に入れても、残された攻撃時間は三時間半ほどしかなく、夜間飛行は免れなかった。

――双星も攻撃に出したいところだが、双発機に夜間着艦をやらせるのはいくらなんでも危険だし、艦攻の攻撃圏内に敵がいるのであえて双星を出撃させる意味もない。

角田はそう考え、夜間着艦の経験者を選抜して艦爆一二機、艦攻一八機の計三〇機で攻撃隊を編成。午後四時一五分に出撃を命じた。

零戦は単座機で偵察員が乗っていないため、夜間飛行は困難で出撃できなかった。

三〇機の攻撃隊は薄暮時に米軍機動部隊に迫った。しかし、対空見張り用レーダーで日本軍機の接近を察知したフレッチャー少将は、ありったけの戦闘機を上げてこれを迎撃し、日本軍攻撃隊はなんら戦果を得られることなく艦爆四機、艦攻九機の計一三機を失い、無事に帰投したのは一七機に過ぎなかった。

いっぽう、同じく五月七日。米軍索敵機は午前八時一五分に日本軍艦隊を発見した。しかし、米軍もまたミスを犯していた。米軍索敵機はフレッチャー少将の司令部に「空母二隻、重巡四隻」と報告してきたが、同機が実際に発見したのは、軽巡「天龍」「龍田」及び特設水上機母艦二隻からなるMO攻略支援部隊であった。

じつは、索敵機の通信士が暗号を組み間違えていたのである。

そんなこととは知らないフレッチャー少将は、ただちにワイルドキャット戦闘機一八機、ドーントレス急降下爆撃機五三機、デバステイター雷撃機二二機の計九三機で編成された攻撃隊に、発進を命じた。

索敵機の帰艦後、通信士のミスを知らされたフレッチャー少将はめずらしく激怒した。

「ちょっとした不注意で、どれほど多くの人命が失われることになるのか、そのことを、もっとしっかり考えろ！」

だが、米軍攻撃隊は幸運なことに、そのわずか三五海里・南西の海上に、軽空母「龍驤」を伴った五藤存知少将のMO攻略部隊本隊を発見したのだった。

米軍攻撃隊は当然のごとく「龍驤」に対して集中攻撃を加え、魚雷七本と爆弾一三発を喰らった空母「龍驤」は、午前一一時三三分に沈没していった。

こうして五月七日の戦いは終わったが、六日と七日の戦闘はまだ前哨戦の段階で、日・米両軍機動部隊どうしの本格的なぶつかり合いとなる、珊瑚海海戦が生起するのは、五月八日になってからのことだった。

4

昭和一七年五月八日午前六時。角田覚治少将は一式双発艦偵六機、艦攻七機を使って、索敵を開始した。

空母「翔鶴」から飛び立った菅野兼蔵飛曹長の九七式艦攻は、南南西へ向け時速一四〇ノットの巡航速度で飛行し、二五〇海里ほど進出することになっていた。

昨日までとは違って空は晴れており雲量は三。もし海上に敵艦が存在すれば、万に一つも見逃すはずがなかった。

菅野機は順調に飛行を続け、母艦から飛び立ってから約一時間が経過した。空と海はまったく平穏でなにも変わった様子はない。だが菅野は、ここ数日間の両軍の目まぐるしい動きを、肌で感じ取っていた。

――昨日「龍驤」が沈められた。米空母がこの近海に出て来ていることは間違いない。味方が作戦を止めない限り、米空母がおいそれと引き揚げることはないだろう。なんとしても敵を見つけ出してやる！

もちろん、索敵に出ているのは菅野機だけではないので、菅野機が敵艦隊と接触できるとは限らなかった。しかし、菅野の闘志には並々ならぬものがあり、彼は「龍驤」のアダを討つため、ガソリンを使い果たしてでも、敵艦隊を見つけ出してやろうと意気込んでいた。

この思いが通じたのか、彼は海上に白い航跡を発見。それは母艦を飛び立ってから一時間一二分後の、午前八時二二分のことだった。

菅野は愛機の高度を少し下げ、すかさずそのあとを追い掛けた。

——しめた！　敵駆逐艦だ！

そう思うや、菅野機はさらに近付いて、今度は海上を見渡すために高度三〇〇〇メートルまで上昇した。まさにその五分後のことだった。菅野が無意識のうちに叫んだ。

「や、やった！　米空母だ。サラトガ型に間違いない！」

菅野はそう確認すると、旗艦「翔鶴」の司令部へ向けて、ただちに第一報を打電した。

『味方艦隊の南南西一七八海里に敵空母を発見！　東へ向け約二〇ノットで航行中。駆逐艦数隻を伴う。敵空母はサラトガ型なり！』

しかし、米空母の上空を飛んでいるのだから敵戦闘機の追撃を受けるのは自明の理。菅野機はたなびく一団の雲の上へ抜け、五分ほど時間を稼いでから、さらに詳しく敵情を探るため、注意深く再び雲の下へ出た。

すると、菅野の予想はピタリと当たり、敵空母のほとんど真上に出た。敵艦隊の全貌がはっきりと見える。

菅野は間髪を入れずに第二報を打電した。

『空母一、巡洋艦三、駆逐艦五、敵艦隊上空三五〇〇メートル付近に雲層。風速八メートル。敵艦隊はサラトガ型空母を中心に、輪形陣で東へ向け航行中！』

索敵機からこれだけ詳細な情報が届けられるのはめずらしいことだ。機動部隊の旗艦「翔鶴」の艦橋では、菅野機の報告を受けて角田少将が、航空参謀の奥宮正武（おくみやまさたけ）少佐に向かって尋ねた。

「報告してきたのは誰かね？」

奥宮が即座に答えた。

「菅野飛曹長であります。彼の報告ですから信用できます。私が保証いたします」

奥宮の答えを聞くと、昨日までのちぐはぐな戦いに懲りていた角田は、すぐに通信参謀を呼び、重巡「妙高」の司令部に打電するよう命じた。

「ただちに本隊司令部に電信！　われ敵空母を撃滅せんとす。……以上だ」

要するに角田は、〝以後の航空戦は私が指揮する〟と高木中将に宣言したのだ。

高木司令部からはなんの応答もなかったが、昨日までの戦闘で軽空母「龍驤」を喪失し、それに懲りていた第四艦隊司令部が、遅まきながらもついに重い腰を上げ、しばらくしてなんとトラック基地の井上成美中将自らが、全部隊に対して指令を出してきた。

『以後、MO空母機動部隊・指揮官が戦闘指揮を執れ！』

これで艦隊司令部のお墨付きをもらった角田少将は、米空母に対する第一波攻撃隊の発進を、ただちに命じた。

第一波攻撃隊／目標・サラトガ型米空母
空母「翔鶴」零戦九、艦爆二四、双星三
空母「瑞鶴」零戦九、艦攻一八、双星三
軽空母「祥鳳」零戦九

午前九時一〇分。零戦二七機、艦爆二四機、艦攻一八機、双星六機の計七五機で編成された第一波攻撃隊が、米空母の撃破を目指して、空母三隻の艦上から飛び立って行った。

ところで、米空母を発見した殊勲の菅野機であるが、同機は敵艦隊上空から離脱し、敵直掩機の追撃から上手く逃れていた。

愛機をひとまず安全な空域まで退避させた菅野は、敵機が姿を消したことを確認すると、おもむろに燃料計に眼を落とした。

「まだ、ガソリンは充分に残っているな……」

菅野はそうつぶやくと、北へ向けて帰投するのではなくて、驚くべきことに南東の方角へ機首を向けた。

菅野機はすでに米軍機動部隊を発見し、それを報告したのだから、もはや任務を充分に達成していたはずだった。

ところが菅野は、敵直掩機を振り切って退避しているさなかに、先ほどの米艦隊とはあきらかに離れて航行している敵艦を、はるか東の海上に横目で捉えていたのだ。

距離が遠すぎたので、艦種の識別はまったくできなかったが、安全空域に離脱したあと、菅野はにわかに決心した。

——燃料は充分ある。よし、もうひとっ飛びして、あの敵艦の行方を突き止めてやろう。

なにせ菅野という人間は自分自身にウソがつけないのだ。こうと思い込んだら、ごまかせないし手を抜けない。そして、このときは敵艦の行方を突き止めること、こそが、手を抜かずに為すべき彼の使命であった。

南東へ向け一〇分ほど飛行すると、その敵艦が見えてきた。

——よし、あれだ。やはり思ったとおり、敵の駆逐艦だ。

さらに追い掛けてはるか上空を飛び越し、五分ほど飛行すると、菅野はまったく予想外の獲物にありついた。彼が思わず声を上げる。

「くっ、空母が二隻もいる！」

菅野機に発見されたのは米軍・第一七任務部隊に所属する空母二隻。まさにフレッチャー少将が指揮している、空母「ヨークタウン」と「ワスプ」だった。

新たに発見したこの米空母二隻は、先ほど発見した米空母から、東に二〇海里ほど離れて航行していた。

菅野はまず、米空母が三隻も出て来ていることにびっくりした。しかも、三隻とも大型で、疑いなく米海軍の主力空母だった。

すでに「龍驤」は沈められていたので、菅野はとっさに思った。

――これは大変なことになった！　空母兵力は味方のほうが断然優勢だと思っていたが、二・五対三の劣勢ではないか！

菅野はとにかく愛機を上昇させ、大急ぎで味方機動部隊司令部に報告電を打った。

『新たに敵空母二隻を発見！　ヨークタウン型二隻と思われる。サラトガ型の東・約二〇海里を航行中。……米空母は全部で三隻なり』

この報告を受けて、角田司令部も俄然、色めき立った。が、それは一瞬のこと。一転して、旗艦「翔鶴」の艦橋内に緊迫した空気が張りつめた。が、それを真っ先にうち破ったのが角田少将の発した命令だった。

「出撃準備中の第二波攻撃隊は、攻撃目標を変更し、新たに報告のあった、米空母二隻の攻撃に差し向ける！」

この命令によって、双鶴型空母の艦上に準備されつつあった第二波攻撃隊は、たった今、菅野機から報告のなされた、米空母二隻の攻撃に向かうことになった。

第二波攻撃隊／目標・第二発見の米空母二隻
　空母「翔鶴」零戦九、艦攻二〇
　空母「瑞鶴」零戦九、艦爆二六

第二波攻撃隊は零戦一八機、艦爆二六機、艦攻二〇機の計六四機の編成で、午前一〇時ちょうどに発進して行った。

しかし、味方機動部隊もすでに米軍索敵機に接触されていたため、角田少将は、第三防空戦隊に所属する軽空母「祥鳳」の零戦三〇機を、すべて手元に残したのであった。

いっぽう、米軍機動部隊が早朝に出撃させた索敵機は、午前八時二五分に、日本軍機動部隊を発見していた。それは、菅野機が米軍機動部隊を発見したのとほぼ同時刻だった。

ちなみに、日本軍は六日と七日の戦闘で、軽空母「龍驤」の二八機を含めて計四一機の艦載機を失っていたが、対して米軍機動部隊は、同じく前日・七日までの戦闘で、艦上戦闘機八機、急降下爆撃機一二機、雷撃機一六機の計三六機を失っていた。

日本軍空母部隊発見の一報を受けて、フレッチャー少将はすぐにフィッチ少将と連絡を取り、空母三隻の艦上から、日本軍機動部隊に対する第一次攻撃隊を発進させた。

米軍・第一次攻撃隊／目標・日本軍空母三隻
空母「ヨークタウン」出撃機数・計四六機
（艦戦八機、艦爆三二機、艦攻六機）
空母「ワスプ」　　出撃機数・計四〇機
（艦戦六機、艦爆三〇機、艦攻四機）
空母「サラトガ」　出撃機数・計五四機
（艦戦一〇機、艦爆三四機、艦攻一〇機）

米軍・第一次攻撃隊は、ワイルドキャット戦闘機二四機、ドーントレス急降下爆撃機九六機、デバステイター雷撃機二〇機の、計一四〇機が発進して行った。米軍攻撃機のほぼ全力だが、これら一四〇機の攻撃機は味方艦隊上空での空中集合をおこなわず、発艦したものから順次、各母艦、各機種ごとに数個の集団を形成し、日本軍機動部隊へ向けて個別に進撃して行った。
そしてフレッチャー少将は、艦隊直掩用として四八機のワイルドキャット戦闘機を手元に残しておいたのである。

5

日・米両軍機動部隊は午前九時一〇分ごろに、偶然にもほとんど同時に攻撃隊を発進させたが、敵艦隊の上空へ到達したのは米軍攻撃隊のほうが少しだけ早かった。これは米軍機が空中集合をおこなわず、各編隊ごとに順次、進撃して行ったためである。

角田司令部は米軍攻撃隊の接近を午前一〇時一〇分ごろには察知していた。なぜなら角田機動部隊に所属する、第三防空戦隊の旗艦・戦艦「霧島」は日米開戦の直前に、対空見張り用レーダーをすでに装備していたのだ。

金剛型戦艦のレーダー装備は堀悌吉と山本五十六の空母艦隊構想のタマモノだった。

その性能は、単発機を約三五海里（約六五キロメートル）手前で探知できる程度でいまだ満足のいくものではなかったが、このとき米軍攻撃隊はガソリンの消費を抑えるために、五〇〇〇メートル以上の高度を確保して接近してきたので、容易に探知することができた。

米軍攻撃隊のとくにデバステイター雷撃機は、まさに攻撃圏内ぎりぎりのところを、押して出撃して来ていたのだ。

戦艦「霧島」からのレーダー情報によって、同じ第三防空戦隊の軽空母「祥鳳」から、三〇機の零戦が舞い上がり、即座に米軍攻撃隊の迎撃に向かった。

岩本徹三一等飛曹の零戦も、その三〇機のうちの一機だった。

岩本の零戦はこの日、はじめは第二波攻撃隊に随伴して出撃することになっていた。が、米軍攻撃隊の来襲がほぼ確実になったので、味方機動部隊の防空を優先するために、岩本機を含む零戦九機の出撃が取り止めとなり、急遽、艦隊上空直掩の任務にまわされたのだ。

岩本ら零戦の搭乗員は、軽空母「祥鳳」の搭乗員待機室で、刻々と入ってくる敵情に耳を傾けていたが、やがて艦長の命令を受けて、機上の人となった。

艦隊上空直掩の任に当たる搭乗員は、指揮官の岡島清熊大尉以下、祥鳳零戦隊の精鋭をもって編成されていた。

始動したエンジン音のなかで待機することしばし、敵機来襲予定時刻の二〇分前になって、岡島大尉機を先頭に、軽空母「祥鳳」から零戦が次々と発艦してゆく。

第三中隊長として出撃した岩本は、まず高度二〇〇〇メートルで、直率する零戦九機を集合させて、なおも高度を上げていった。

まもなく母艦から、敵は高度五〇〇〇メートルから六〇〇〇メートルで来襲する公算大、という報告が入り、岩本中隊は高度七五〇〇メートルまで上昇し、敵機来襲と思われる南の方角に警戒のまなざしを向けた。

そして岩本は、指揮下の第二小隊の三機に、さらに上昇するよう指示を与え、高度八〇〇〇メートル付近で待機させた。

この時分になると、早朝の晴天がウソのようにくずれはじめ、敵侵入予定方向の水平線には、高度一〇〇〇メートルから四〇〇〇メートルぐらいまで、密雲が立ちふさがっていた。

発艦後、一五分ほど経過したころ、この密雲の上空にチラチラと黒点が見えはじめた。同時に母艦からも敵機発見の報告が入った。

黒点は刻一刻とその数を増し、やがて雲霞のごとく大群となって、味方機動部隊の上空へ向かって近づいて来た。

敵機の高度はだいたい五五〇〇メートルから六〇〇〇メートルぐらいで、そのさらに上空二〇〇〇から三〇〇〇メートルぐらいのところに見える一群は、敵戦闘機に違いなかった。

彼我の距離は約三万メートル。敵機の第一陣は急降下爆撃隊のようで、単縦陣の隊形を執っている。

上空の敵戦闘機に対しては、第二中隊の零戦九機が向かったが、米軍戦闘機は二〇機以上いると思われたので、岩本も自身の第三中隊から、上空待機の第二小隊の三機を割いて、敵戦闘機との戦いに差し向けた。

そして岩本自身は、自機を含む六機の零戦を率いて、単縦陣で接近して来た敵爆撃機に向かって突進してゆく。

高度の優位を活かして、急降下に移ろうとする敵爆撃機に対し、二〇ミリの近接射撃を浴びせ掛け、心地よい手ごたえがあった。

見事一連射で、敵一番機はパッと火を噴き、煙の尾をひきながら、爆弾を抱いたまま、急角度で墜落していった。

続いて列機の襲い掛かった敵二番機も、あっと言う間に火を噴く。

岡島隊長の第一中隊もまた頼もしい限り。岡島機以下、九機の零戦が獅子奮迅の活躍で、敵機に対して波状攻撃を仕掛けている。

戦場となった艦隊手前の上空は、火を噴くものや白煙をひくものなど、無残に散ってゆく敵機が乱れ、壮絶な光景となった。

だが、いかに一騎当千の零戦でも、次々と来襲する米軍機の多さにはさすがに手を焼く。零戦の攻撃の合間をぬって、急降下に入る敵爆撃機の姿もあった。

味方空母三隻も対空砲火で懸命に応戦するが、すべての敵機には手がまわらない。

迎撃戦闘機隊は、目に入る限りの敵機に喰い付いてゆき、バタバタと落とした。が、岩本の喉はからからになって、いったい何機の敵機を落としたのか、それさえもわからない状況となった。なにせ撃墜を確認しているひまはない。敵機に痛撃を加えて、その敵が爆撃を断念したとみるや、すぐさま別の敵機に掛かって、爆弾投下を阻止しなければならない。

気が付いてみると、いつの間にか岩本機の高度はぐっと下がっている。それでも投弾後の敵機を狙って、退避しようと引き起こしに掛かっている低高度のヤツを、さらに狙う。

そうこうするうちに、ようやく敵の攻撃も一段落した。

――味方空母は大丈夫か⁉

にわかにそう思い、岩本が見下ろすと、何十機突入したのかもわからぬほどだったが、母艦三隻は一発の被弾もなく、いつもと変わらぬ姿で悠々と航行している。

岩本は思わず、ホッと胸をなで下ろした。

しかし、あれだけの激しい敵襲に、味方空母が一発の爆弾も受けずに終わったということは、敵搭乗員の技量が未熟なのか、あるいは迎撃零戦隊の攻撃が敵の度肝を抜いて、その攻撃を鈍らせたのか、そのどちらかに違いなかった。だが、いずれにしても、敵・第一陣の攻撃は上手くかわしたのである。

岩本は急いで高度をとりながら、次に来襲するであろう敵機に備える。見まわすと、艦隊のはるか後方の上空で、敵グラマン戦闘機四機と味方零戦二機が入り乱れて空戦している。グラマン四機が、下方の零戦二機を追っているのだ。

すでに零戦一機は被弾して白煙をひいている。もう一機がそれを掩護しながら、敵四機を相手に苦戦していた。

──これはいかん！

そう思うや岩本は、列機とともに全速でそちらへ駆け付け、グラマン四機に掛かる。敵は上方から攻撃してきた岩本機を発見し、にわかに空戦を止めて退避に移った。四機のうち二機は下方に機首を向けて遁走を開始した。が、あとの二機は気付くのが遅れ、逃げようとしたときには、すでに岩本機の照準器内に捕捉されていた。

だが、距離はまだ一〇〇メートルもある。岩本ははやる気持ちを抑えながら、五〇メートルにまで肉迫し、ついに射撃を開始。弾は翼や胴体に吸い込まれてゆくが、敵はまだ、しぶとく飛び続けている。

そのまま追尾の体勢で連続射撃をおこなっていると、ようやく翼の付け根から黒い破片が飛び散った。と同時に、そのグラマンは爆発を起こして翼が吹っ飛び、搭乗員は機体とともに一直線に海面へ落ちていった。

このときすでに、岩本小隊のほかの二機は、もう一機のグラマンを撃破して、岩本機より一足先に海中へ叩き込んでいた。逃げのびた二機は、もはや影も形も見えず、ついに艦隊上空から敵機を一掃した。

岩本は列機に集合を掛けて、母艦上空へ引き返した。ふと、気付いて燃料計を見ると、ガソリンの残量は、あとわずか五〇リットルそこそこになっている。岩本中隊は給油のため、周囲を警戒しながらひとまず「祥鳳」に着艦。更なる米軍攻撃隊の来襲に備えることにした。

ところが、そのころには天候が一段と悪化し、南洋特有のスコールが降り始めてきた。

母艦「祥鳳」はまだ雨雲のなかに入っていなかったが、いつ本降りとなるかわからない。岡島隊長以下、直掩零戦隊は給油もそこそこに切り上げて、再び上空へと舞い上がった。

するとまもなく、戦艦「霧島」のレーダー情報を受けて、母艦「祥鳳」から〝敵・第二陣が接近中〟との通報が入った。

直掩零戦隊はひたすら急上昇、雲上に達してみると、そこはウソのような青空だ。敵・第一陣の攻撃で乱れていた味方艦隊の陣形も、ほぼ隊形を整え終えて、ただ一艦、空母「瑞鶴」だけがまだスコールのなかに離れていた。

列機も次々と上昇、集合してきたので、岩本機はあたりを警戒しながら、高度六〇〇〇メートルに達した。

ところがその直後に、母艦から警戒の知らせが入った。

『低高度で侵入して来る敵雷撃機に注意せよ！』

やがて、さらに母艦から、敵らしき大群が見えたと、その方角もあわせて連絡してきたので、岩本機はただちに変針した。

やはり敵の第二陣はやって来た。前方高度五〇〇〇メートルぐらいのところに黒点の群れを発見する。岩本機は高度を七〇〇〇メートルにとりながら接敵した。

黒点の数は、前回より若干少ないようだ。

母艦から四万〜五万メートルの付近で敵機群を捕捉し、高度の優位を活かしてすかさず攻撃に入る。第一陣の敵より技量が劣っているのがすぐにわかった。加えて敵戦闘機の数も少なく、岩本隊は前回よりはるかに楽な戦いができた。

米軍攻撃隊は突入前に二群に分かれ、一群はスコール横を航行中の空母「翔鶴」に向かい、もう一群はスコールのなかにいる空母「瑞鶴」へ向かおうとした。

しかし、「瑞鶴」の姿は上空からは見えず、敵攻撃隊も戸惑うように速度を落とし、無駄な旋回をおこなった。

これを見た岩本は、すかさずこの一群に襲い掛かった。敵戦闘機の掩護を排除しつつ、同時に急降下爆撃機群に攻撃を加える。

列機も先刻の攻撃で自信を得たらしく、攻撃動作は満点で、敵機は岩本機らの肉迫射撃を受けて次々と落ちていった。最初は四〇機ぐらいいた敵機も、瞬く間に三分の一ほどを撃墜され、ついに攻撃目標を変えて、右を航行していた岩本らの母艦「祥鳳」に向かった。しかし、すでに戦意をそがれていたのか、急降下の隊形も乱れていた。ところが、敵にとってはそれが幸いし、まぐれ当たりとなって、ついに母艦「祥鳳」が爆弾一発を喰らってしまった。

稚拙な急降下を甘くみたのが油断につながり、結局、それがいけなかったのだ。

しかし、米軍爆撃隊も必死で、命中弾を喰らったのは「祥鳳」だけではなかった。

岩本らが追い掛けたのとは別の、第一群が、空母「翔鶴」に数発の爆弾を命中させたのだ。上空から見下ろすと、「翔鶴」は、飛行甲板に直撃弾を受けたらしく、艦首と艦尾から黒煙と白煙を噴き上げている。

両空母の状況が心配だが、幸いにも「翔鶴」「祥鳳」とも、航行には差し支えないようで、依然として高速で走り続けている。実際には、空母「翔鶴」には爆弾三発が、そして、軽空母「祥鳳」には爆弾一発が命中していた。

一四〇機にも及ぶ敵機が来襲したのだから、空母二隻ぐらいは撃沈されていても不思議ではなかった。が、「翔鶴」「祥鳳」が致命傷を負わずに済んだのは、まさに不幸中の幸いであった。

そのとき岩本は、ふと、母艦からなされた〝最初の警告〟を思い出した。

——そうだ！　敵の雷撃機がまだ来ていない。今、「翔鶴」と「祥鳳」が雷撃を喰らうと、それこそ取り返しのつかないことになるぞ！

そう思うや岩本は、列機に集合を掛け、味方空母群の真上に占位して高度四〇〇〇メートルに上昇、周囲の哨戒に専念した。

するとまもなく、敵急降下爆撃機の来襲とはまったく正反対の方向から、高度一〇〇〇メートルぐらいで接近して来る二〇機ほどの編隊を発見した。急いで近づいてみると、その機体はずんぐりとしている。

岩本は思わず叫んだ。

「あっ、雷撃機だ！」

敵は当初、艦爆で零戦を引き付けておいて、その留守をついて雷撃しよう、という魂胆を持っていたに違いなかった。

幸い、母艦から事前に警告があり、それを思い出した岩本中隊が、味方空母群の上空へ舞い戻って来ていたので、敵雷撃隊を母艦の手前・約二万メートルで迎撃できた。

敵雷撃機は一〇〇〇メートルから五〇〇メートルに高度を下げて侵入して来る。だが、いまだ母艦との距離があったので、岩本中隊は反復攻撃を仕掛けることができた。

その攻撃が激しいので、敵機は魚雷投下を高度五〇〇メートル付近でおこなった。そのため魚雷は一本も命中せず、しかも岩本隊は、大半の敵雷撃機を撃墜したのであった。

岩本は思った。

――これがもし、味方の雷撃隊であったなら、たとえ何百機の戦闘機に包囲されようとも、あくまでも必中の射距離まで肉迫したに違いない。……来襲機が〝日の丸を付けていなくて〟本当によかった。

結果として米軍攻撃隊は、ヨークタウン爆撃隊が空母「翔鶴」の飛行甲板に二発、サラトガ爆撃隊が同じく「翔鶴」の艦橋後方・機銃座付近に一発の命中弾を与え、ワスプ爆撃隊がほとんどまぐれ当たりで、軽空母「祥鳳」の飛行甲板に一発の命中弾を与えたに過ぎなかった。

せっかく空母「サラトガ」を南太平洋へ派遣し一四〇機もの攻撃機を発進させながら、日本軍の空母に致命傷を与えられなかったのは、米軍雷撃隊の稚拙な攻撃もさることながら、日本軍・第三防空戦隊の、戦艦「霧島」の対空見張り用レーダーと、軽空母「祥鳳」の零戦隊の活躍に負うところが大きかった。

まもなく、角田機動部隊の上空からすべての米軍機が姿を消し、いよいよ今度は、角田司令官の放った日本軍攻撃隊が、米軍機動部隊に対して攻撃を加える番だった。

6

午前一〇時四二分。日本軍の第一波攻撃隊七五機が、米空母「サラトガ」の上空に到達しようとしていた。

日本軍機の接近を事前にレーダーで捉えたフレッチャー少将は、第一七任務部隊の空母「ヨークタウン」「ワスプ」から三二機のグラマンF４Fワイルドキャット戦闘機を応援に差し向け、日本軍・第一波攻撃隊が第一任務部隊の上空に侵入したとき、空母「サラトガ」を守る直掩戦闘機は四八機になっていた。

対して日本軍・第一波攻撃隊に随伴していた零戦は二七機。

零戦は約一・八倍のワイルドキャットを相手にする必要があったが、ワイルドキャットのパイロットはいまだ、零戦の弱点に気付いておらず、米艦隊上空の制空権争いは、やがて零戦優位の展開で進んでいった。

零戦に守られた第一波攻撃隊の兵力は艦爆二四機、艦攻一八機、双星六機。

ワイルドキャットは零戦との空中戦で、徐々にその数を減らしていったが、さしもの零戦も、ワイルドキャットの動きを完全には封じることができず、まもなく第一波攻撃隊は、敵戦闘機の迎撃を受けて、艦爆五機と艦攻三機を失った。

いっぽう双星六機は、第一波攻撃隊・隊長の高橋赫一少佐の指示により、攻撃隊本隊とは少し距離をおき、時間差を付けてあとから侵入することになっていた。

午前一〇時五二分。眼下に米空母の姿を捉えた高橋少佐は、ただちに〝全軍突撃！〟を命じ、この命令を合図に、敵戦闘機の追撃をかわした高橋少佐の直率する艦爆一九機と坪田義明大尉の艦攻一五機が、一斉に編隊を解いて散開し、狙う米空母へ向けて、上空と低空から同時攻撃を期し猛然と殺到した。

空母「サラトガ」は全対空砲火を撃ち上げて応戦し、必死の回避運動をおこなう。だが、応急修理で出撃した「サラトガ」の速力は二八ノット以上には上がらず、排水量三万トンを超える巨艦の動きは鈍かった。

まもなく、艦爆一機が対空砲火の餌食となって海へ墜落したが、第一波攻撃隊の放った爆弾は一八発、魚雷は一五本を数え、そのうちの魚雷二本が「サラトガ」の左舷舷側を突き刺し、さらにもう一本が右舷舷側を突き刺した。加えて放たれた爆弾のうちの五発が、立て続けに命中し同艦の飛行甲板を引き裂く。

命中弾の炸裂によって空母「サラトガ」の艦上はむちゃくちゃに破壊され、二本目の魚雷を喰らった瞬間に、同艦の速度は二〇ノット以下に低下して急に舵が利かなくなった。そこへさらに三本目の魚雷が命中。空母「サラトガ」は直後に艦内で大爆発を起こし、速度がわずか八ノットにまで低下してしまった。

もはや米空母「サラトガ」は断末魔の叫びをあげている。

だが、それと引き換えに、日本軍航空隊も掛け替えのないものを失くしていた。艦攻隊を率いていた坪田義明大尉機が、魚雷投下直後に、敵対空砲火にやられて操縦不能に陥り海へと自爆。さらに第一波攻撃隊・隊長の高橋赫一少佐も帰投集合点で旋回中に、敵戦闘機に狙い撃ちされて、帰らぬ人となってしまった。

空母「サラトガ」はまだ沈まずしぶとく洋上を漂流している。だが、日本軍・第一波攻撃隊にはさらに双星が残っていた。

満を持して突入した双星六機は、一〇ノット以下で漂流中の「サラトガ」に、手堅く二本の魚雷を命中させた。そして、二本目の魚雷を左舷に喰らった直後に、空母「サラトガ」は軽油タンクからもれ出たガソリンの気化ガスに引火、大爆発を起こして午前一一時三八分、ついに海中へ没していったのである。

第一波攻撃隊は二名の隊長を喪いながらも、見事に米空母「サラトガ」を撃沈したが、そのかげにはじつは、索敵機として出た菅野機の大活躍があった。

菅野兼蔵飛曹長は母艦へ帰投中に味方の第一波攻撃隊と遭遇し、なんと、きびすを返して第一波攻撃隊を空母「サラトガ」の上空近くまで誘導していたのだ。

そして菅野機は、今度はさらに第二波攻撃隊とも上空で出遭い、またもや攻撃隊の先導役を買って出たのだった。

――第一波に加えて第二波が米空母の上空へ達すれば、我が航空隊の技量からして、まず確実に米空母一隻は撃沈してくれるだろう。いや、それ以上の戦果を必ず上げてくれるはずだ。そうすれば「龍驤」のかたきを取れる！

しかしながら、索敵飛行と第一波攻撃隊の誘導に加えて、さらに第二波攻撃隊も誘導するとなると長時間の飛行を強いられて、菅野機が燃料切れとなるのは必定、母艦に帰り着ける望みはほとんどなかった。

だが、やはり菅野は、使命感に燃える自分自身に対してウソがつけなかった。

――ここで手を抜き、もし第二波がたどり着けなければ、生還しても必ず悔いが残る。が、やるだけのことをやり、自分の心にさえウソをつかなければ、このあと我が身がどうなろうと、悔いが残ることは一切ない！

索敵という地味な任務ではあったが、菅野もまたサムライの血を受け継ぐ、真の日本男児であることに、間違いはなかった。

結局、殊勲の菅野機が母艦に帰り着くことはなかった。だが、菅野兼蔵という男は〝六九年後にも〟その名を残すことになる。

第二波攻撃隊もまた、菅野機の先導のおかげで確実に、米空母「ヨークタウン」「ワスプ」の上空へたどり着くことができた。

しかし、そこには四二機のワイルドキャット戦闘機が待ち構えていた。

米軍機動部隊の直掩戦闘機は日本軍・第一波攻撃隊との戦いで、六機のワイルドキャットを失っていた。

これに対し、日本軍・第二波攻撃隊に随伴していた零戦は一八機にしか過ぎなかった。

一八対四二では、さしもの零戦も苦戦を余儀なくされた。零戦は攻撃隊を掩護しなければならず、いわば足かせをはめられた状態だ。かたやワイルドキャットは自軍艦隊上空なので、自由奔放に暴れまわることができる。

さらに日本軍攻撃隊は、三〇海里以上も手前で米軍戦闘機の迎撃を受けたので、米空母の上空へ近づくに連れて、クシの歯が抜け落ちるようにして一機また一機と、着実に攻撃機の数を減らしていった。

結局、第二波攻撃隊は艦爆六機と艦攻七機を失い、撃墜を免れた攻撃機も多くが被弾して敵機の妨害を受け、有効な攻撃をおこなえたのはわずかに艦爆一三機と艦攻七機にとどまった。

しかも、米空母は二隻とも高速で回避運動をしている。

それでも第二波攻撃隊は、空母「ヨークタウン」に爆弾一発と魚雷一本、空母「ワスプ」にも爆弾二発を命中させた。

魚雷を喰らった「ヨークタウン」は速度が二二ノットに低下、空母「ワスプ」は依然として二九ノット以上で航行していたが、両艦とも中破の損害を受けて、飛行甲板の穴を塞ぐまでは艦載機の発着艦が不可能となった。

しかし、米空母のダメージコントロールはじつに迅速で、空母「ヨークタウン」は、わずか三〇分ほどで飛行甲板に応急修理を施して艦載機の発着艦を可能にし、一時間後には速力も二七ノットにまで回復した。

まもなく、すべての日本軍機が上空から姿を消し、直掩の任務を終えて生き残ったワイルドキャット三八機が着艦の許可を求めてきた。けれど空母「ヨークタウン」の飛行甲板が復旧されるまでに、九機のワイルドキャットが燃料切れを起こして不時着水し、結局、「ヨークタウン」に収容できたワイルドキャットは二九機であった。

いっぽう空母「ワスプ」も、約四〇分後には飛行甲板の穴をふさいで艦載機の収容を可能にしたが、命中弾の炸裂による衝撃で後部の航空機用エレベーターが動かなくなってしまい、飛行甲板中央のエレベーター一基のみで艦載機を上げ下げしなければならず、通常の発艦作業が困難になってしまった。

ちなみに、ヨークタウン型空母は三基の航空機用エレベーターを装備していたが、ワスプ型空母は航空機用エレベーターを、もともと二基しか装備していなかった。

午後零時二〇分過ぎには、米軍・第一七任務部隊の上空に第一次攻撃隊が帰投して来た。すでに海上には空母「サラトガ」の姿はなく、フレッチャー少将は、第一一任務部隊の巡洋艦や駆逐艦を指揮下に編入し、あらためて第一七任務部隊を編成しなおした。

そしてフレッチャー少将は、午後一時までに空母「ヨークタウン」と「ワスプ」で、帰投してきた第一次攻撃隊の全機を収容し、ついに引き揚げを命じたのである。

——空母部隊はよく戦った。しかし、これ以上味方空母を失うわけにはいかない。いずれ近いうちに、反撃の機会が必ず訪れる。

オアフ島司令部で戦況を見守っていた、太平洋艦隊司令長官のチェスター・W・ニミッツ大将がそう判断し、フレッチャー少将に撤退命令を伝えてきたのだ。

じつは、ニミッツ大将はすでにこのとき、日本軍の〝次の作戦〟の情報を入手していたため、空母「ヨークタウン」と「ワスプ」を温存する、という決断を下したのであった。

いっぽう、そのころ角田機動部隊は、出撃させた二波に亘る攻撃隊と直掩の零戦、さらには索敵に出した艦攻や一式双発艦偵の収容に、大わらわとなっていた。

なにせ空母「翔鶴」と「祥鳳」は、味方艦爆の装備している二五〇キログラム爆弾よりも破壊力の大きい、一〇〇〇ポンド（約四五四キログラム）爆弾を喰らってしまったので、飛行甲板の復旧作業が思うようにはかどらず、すべての艦載機を空母「瑞鶴」ただ一艦だけで収容しなければならなかったのだ。

そのため空母「瑞鶴」は、一旦着艦させた零戦をガソリン補充後にすぐに上空へ上げて、艦爆や艦攻などを収容しなければならず、結局、全艦載機を収容し終えるのに一時間以上を要し、収容作業を完了したときには、すでに時刻は午後二時になろうとしていた。

他空母の搭載機を一手に引き受けた空母「瑞鶴」は、常に上空に一八機の零戦を飛ばし、格納庫内に零戦一八機、艦爆二七機、艦攻二〇機、双星六機、一式双発艦偵六機を収容して、さらに飛行甲板上に一八機の零戦を露天繫止しなければならなかった。

しかも、「瑞鶴」艦上に在る艦載機のなかで、攻撃使用に即座に耐えうるものは、零戦二六機、艦爆一四機、艦攻一一機、双星四機の計五五機となっていた。

それでも、攻撃精神旺盛な角田司令官は、この五五機で第二次攻撃を仕掛けようと出撃準備を急がせ、午後二時三〇分には発進準備が整う予定であった。

実際、午後二時三〇分に、これら五五機の第二次攻撃隊を発進させておれば、空母「ヨークタウン」もしくは「ワスプ」に、致命傷を与えられる可能性があった。

ところが、空母「龍驤」を失い、さらに空母「翔鶴」と「祥鳳」の戦闘力を奪われて、そのことを憂慮したMO機動部隊本隊・指揮官の高木武雄中将は、午後二時過ぎに早々と、第四艦隊司令部に対し作戦中止の許可を求めた。

第四艦隊司令長官の井上成美中将は、戦線をこれ以上、広げることに反対していたので、そもそもポートモレスビー攻略作戦にあまり乗り気がなく、高木中将に撤退の許可を与えて、MO作戦の延期を決定した。

しかし、この決定を怪訝(けげん)に思った連合艦隊司令長官の山本五十六大将は、ただちに「極力残敵の殲滅(せんめつ)に努むべし」と命じたが、そのときにはもう戦機は去っており、五月一〇日になってついに山本五十六も、やむを得ずMO作戦の延期を命じたのであった。

そして、珊瑚海海戦において角田・第三機動部隊が兵力を消耗し、米空母「ヨークタウン」と「ワスプ」を取り逃したことが、帝国海軍の〝次の作戦〟に微妙な影響を与えることになる。

（下巻に続く）

〈巻末資料〉

双城型空母（第二次改装後）／空母「赤城」「葛城」

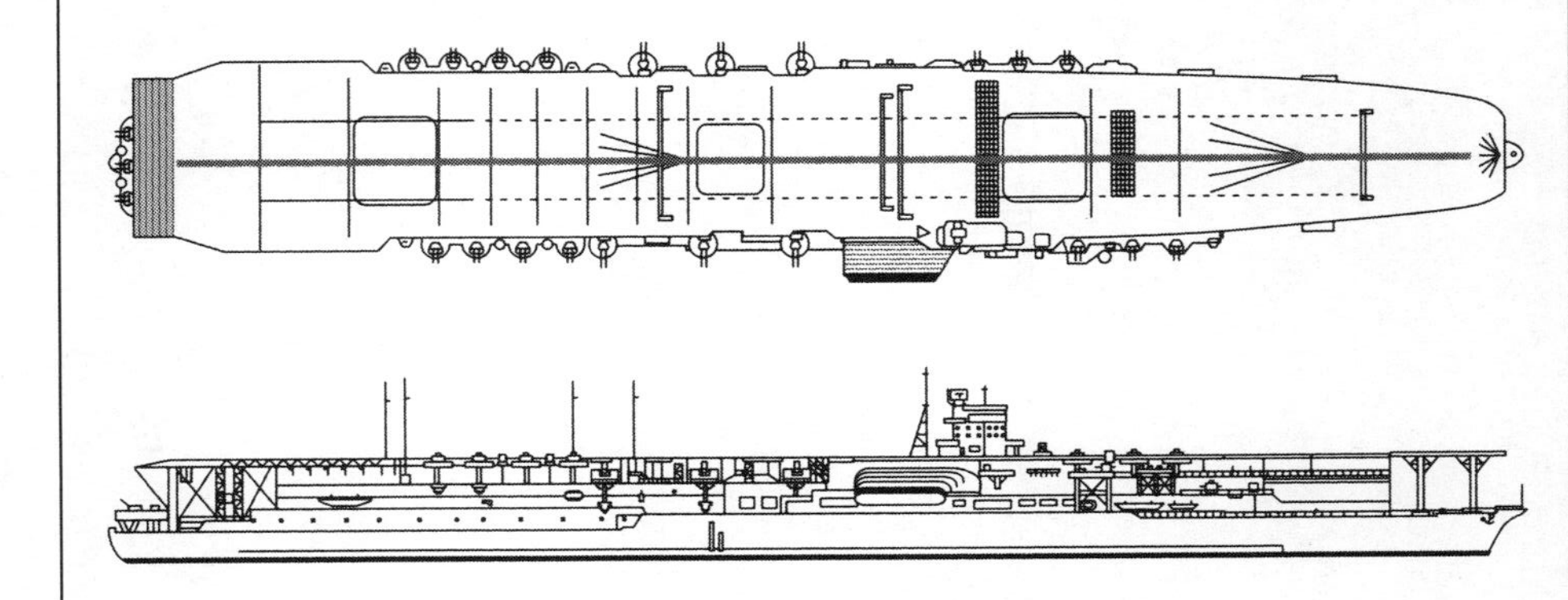

基準排水量：36,000t
飛行甲板全長：252m
飛行甲板全幅：36m
最大速度：31.2kt

搭載機数：常用75機
兵装
・12.7cm高角砲×12門
・25mm機銃×34挺

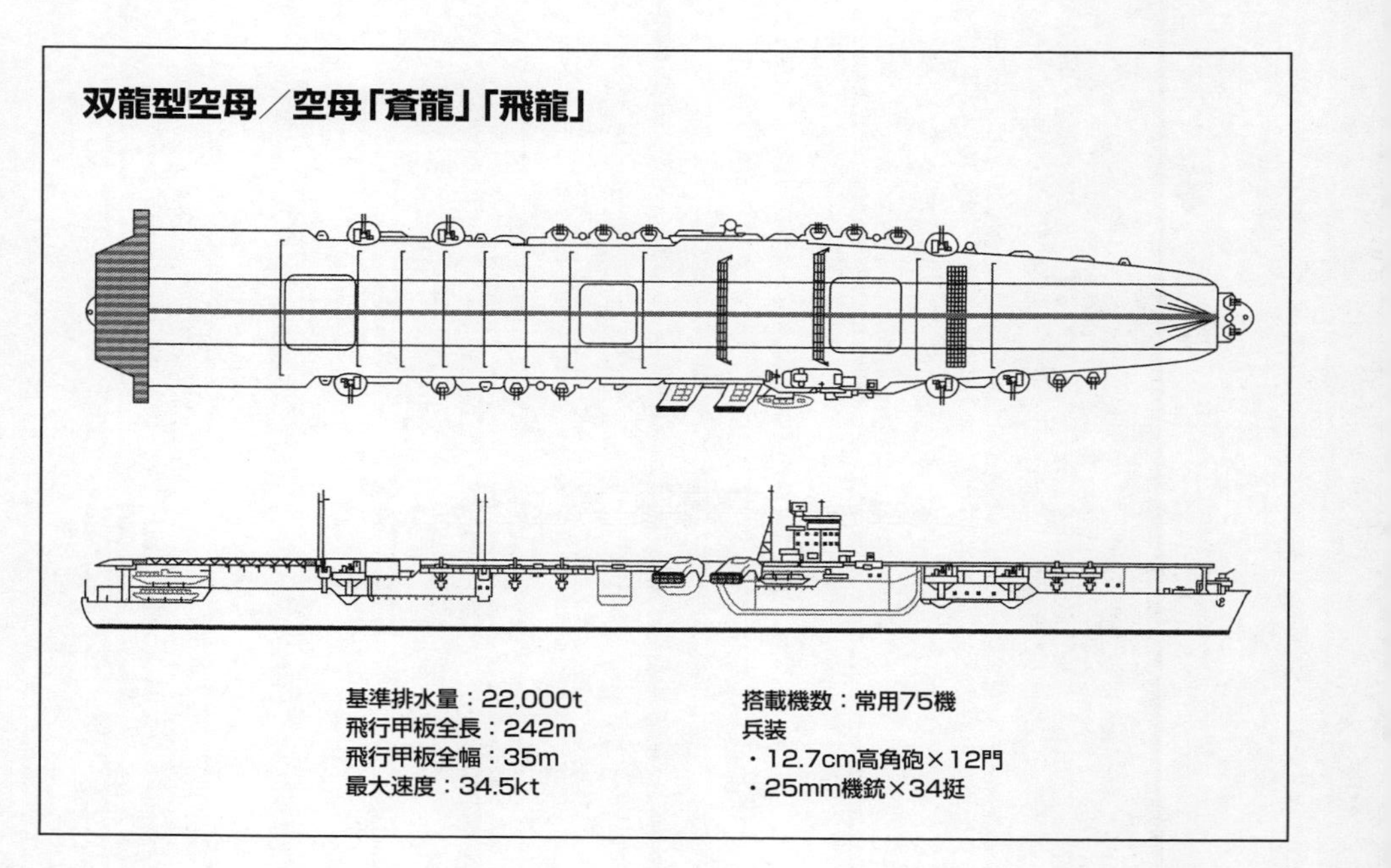
双龍型空母／空母「蒼龍」「飛龍」
基準排水量：22,000t
飛行甲板全長：242m
飛行甲板全幅：35m
最大速度：34.5kt
搭載機数：常用75機
兵装
・12.7cm高角砲×12門
・25mm機銃×34挺

コスミック文庫

双翼の大機動艦隊 上
空母艦隊猛進撃す！

2021年8月25日　初版発行

【著者】
原　俊雄

【発行者】
杉原葉子

【発行】
株式会社コスミック出版
〒154-0002 東京都世田谷区下馬 6-15-4
代表　TEL.03(5432)7081
営業　TEL.03(5432)7084
FAX.03(5432)7088
編集　TEL.03(5432)7086
FAX.03(5432)7090

【ホームページ】
http://www.cosmicpub.com/

【振替口座】
00110-8-611382

【印刷／製本】
中央精版印刷株式会社

ISBN978-4-7747-6312-5 C0193